v. R. T. 1989

CREL 1970

Anar
Der sechste Stock eines fünfstöckigen Hauses

Titel der aserbaidschanischen Originalausgabe:
Beş Mertebeli Evin Altıncı Mertebesi

Anar
Der sechste Stock
eines fünfstöckigen Hauses

Roman

Aus dem Aserbaidschanischen
von Alpaslan und Gökalp Bayramlı

Dağyeli

CIP-Titelaufnahme der Deutschen Bibliothek
Anar:
Der sechste Stock eines fünfstöckigen Hauses: Roman/Anar.
Aus d. Aserbaidschan. von Alpaslan u. Gökalp Bayramlı.-
Frankfurt am Main: Dağyeli, 1989
Einheitssacht.: Besmertebeli evin altyncy mertebesi (dt)
ISBN 3-89329-107-5

1. Auflage 1989
© 1982 Yazıçı, Baku
© Dağyeli Verlag
Merianstraße 27, D-6000 Frankfurt 1, Telefon 069/438138
Alle Rechte vorbehalten
Lektorat: Bruno Kehrein
Umschlag: Mehmet Özdemir
unter Verwendung des Bildes »Şöhret«
von Togrul Narimanbekov
Gesetzt aus der Garamond antiqua
Satz (Datenübernahme): Fotosatz J. Duscha, Berlin
Druck: Fuldaer Verlagsanstalt, Fulda
Printed in Germany
ISBN 3-89329-107-5

1

Möglich, diese Einung als Zustand des Schlafes zu bezeichnen,
Wenn unser tränendes Auge doch Schlaf gefunden hätte.*

Aber plötzlich trat Stille ein. Noch im sachten Schleier des Schlafes spürte Zaur etwas wie Verwunderung. Wie war es denn nur möglich, daß das gesamte Gelärme des großen Hotels — das fremde, vielsprachige Stimmengemurmel, der Klang der Musikinstrumente (man spielte Saxophon, Flügel und Schlagzeug), die aus unbestimmter, aber wohl größerer Entfernung zu hören waren, das Auf und Ab des Fahrstuhls und all die anderen Geräusche — mit einem Mal verschwunden war und mit diesen vertrauten Eindrücken auch das Rauschen des Ozeans?

Es war schon nach Mitternacht. Der Tagesrhythmus, das Aufstehen und Zubettgehen der Menschen, ist auf der ganzen Welt mehr oder minder gleich, und die Befolgung dieses Rhythmus schien nun, zusammen mit den Geräuschen der Menschen und der von den Menschen erfundenen Maschinen, Mechanismen und Geräte, die prächtige Schöpfung der Natur, den rauschenden Ozean, abgeschaltet zu haben.

Während Zaur der klebrigen Masse des Schlafes (diese Masse war genauso wie die Luft dort) zu entkommen suchte, dachte er: »Bestimmt hat Firengiz das Fenster geschlossen.« Die undurchdringlichen Fenster brachten sämtliche Geräusche zum Verstummen und entfernten sie aus Zaurs halb wachendem, halb schlafendem Bewußtsein.

Wirklich — nach dieser gespannten Stille, in der das Ohr womöglich beim kleinsten Laut taub geworden wäre, versank das Zimmer in Dunkelheit. Firengiz schloß das Fenster und löschte das Licht. Zaur bemerkte durch die geschlossenen Lider die verschiedenen Helligkeitsstufen. Zuerst wurde es halbdunkel im Zimmer — durch die geöffnete Badezimmertür fiel ein quadratischer Lichtschein auf den Boden. Nachdem die Tür geschlossen worden war. verbreitete sich das schwache, diffuse Licht der Nachttischlampe wie der Duft eines schweren Parfums, und als Firengiz auch dieses Licht gelöscht hatte, verloren sich alle Konturen.

Zaur öffnete mit Mühe seine Lider. Im undurchdringlichen Dunkel des Zimmers entglitt ihm einen Augenblick lang sein Wirklichkeitssinn. Er wußte nicht, wo er war. Aber nur einen Augenblick lang. Dann wurde ihm wieder klar, daß er sich in einem Hotelzimmer befand, daß jetzt Nacht war und daß jener Tageszyklus, der sich aus den großen Entfernungen, dem Flug, den Bewegungen, den verschiedenen, fremdartigen Schrifttafeln mosaikartig zusammengesetzt hatte, zu Ende ging. Während der Minuten dieses Übergangs nickte Zaur ein. Jetzt war es also nach Mitternacht — ein neuer Tag hatte begonnen. Aber während des elfstündigen Fluges von Moskau nach Afrika, als sie Europa, das Mittelmeer und die Sahara überquerten, waren ihre Zeitbegriffe durcheinandergeraten, und die Lebenszeit von Zaur und Firengiz hatte sich um drei Stunden verlängert. Zählte man noch die eine Stunde Zeitunterschied zwischen Baku und Moskau dazu, so hatten sie ein Geschenk von vier Stunden erhalten, das sie jedoch auf ihrem Rückflug bestimmt würden zurückgeben müssen.

Die Erdkugel ist in Zeitzonen aufgeteilt. Kommt man von Westen nach Osten, so schreitet die Zeit um eine Stunde voran. Wenn es in Moskau elf Uhr ist, so ist es in Baku zwölf... Man sollte unentwegt nach Westen fahren und dies mit einer solchen Geschwindigkeit, daß man innerhalb einer Stunde von einer Zeitzone in die nächste gelangt — so würde die Uhr stillstehen. Ob sich die Zeit auf diese Weise wohl hintergehen läßt?

Auf welche seltsamen Gedanken verfällt doch der Mensch

kraft seiner Phantasie. Und trotzdem, die großartigste Phantasie ist die Wirklichkeit, so zum Beispiel der heutige Tag: Sie waren ans andere Ende der Welt gelangt. Sie befanden sich in Afrika, in der Stadt Dakar, im siebzehnstöckigen Hotel N'Gor, fünfzig Meter vom Atlantik entfernt. Die Eindrücke, die weiten Entfernungen, die Ortsveränderungen der letzten drei Tage waren schwer zu begreifende Tatsachen. Natürlich konnte all das durch den Verstand präzise erklärt werden, und doch war es sehr schwer zu glauben, daß sie vor nur fünfzehn Stunden noch in Moskau gewesen waren; in Moskau hatte es geschneit, die Scheiben des Busses, der sie vom Swertlowplatz zum Scheremetjewo-Flughafen brachte, waren vereist. Nach einem Flug von fünfzehn Stunden landete das Flugzeug in Dakar, und als sie an die Türluke traten, schien ein feuriger Atem ihre Gesichter zu verbrennen – der Atem Afrikas. Es war ein ungewöhnlicher Atem. So, als hätte er alles auf afrikanischem Boden durchdrungen, war er sowohl in der Luft als auch im Essen und Trinken bemerkbar. Er war wie ein Parfum, ein Geruch und wie ein Geschmack... Rührte er von dem Öl, das man aus Pflanzen wie Maniok oder Erdnüssen gewann – oder von den Gaben des Ozeans, wie Fisch und Algen? Wer weiß das schon. Aber diese unbegreifliche, furchtbare Hitze, die scheinbar die Leiber der Menschen zum Schmelzen brachte und mit ihrer Kleidung verklebte, diese Hitze war Afrika, der süßliche Geruch und Geschmack war Afrika und auch die ersten Menschen, die sie auf dem Flughafen gesehen hatten – rabenschwarze, schon fast blauschwarze Neger.

Das Verwirrende war der Anblick der Natur. Manchmal, vor allem abends in der Dämmerung, erinnerten die menschenleeren Felder, die Bäume, die Gräser und die Wege an die Landschaft Abşerons. Aus der Ferne war das Rauschen der Wellen und das Zirpen der Grillen zu hören. Man spazierte, in Gedanken verloren, und schrak plötzlich zusammen: Auf einem zunächst vertraut wirkenden Weg gingen Negerfrauen, die lange afrikanische Gewändern trugen. Sie hatten ihre gekräuselten Haare zu kurzen Zöpfen geflochten und trugen Kopfbedeckungen, die wie große Turbane aussahen. In einer vertrauten Landschaft, inmitten vertrauter Geräusche, völlig fremdartige Menschen, eine völlig fremde Rasse, die Menschen einer völlig fremden Welt zu sehen, verwirrte den Verstand...

Auch der Strand vor dem Hotel übte eine seltsame Wirkung aus: In regelmäßigen Abständen waren Balken aufgestellt, die von weitem wie Soldatengräber aussahen. Wen haben sie hier am Strand wohl begraben — die im Meer Ertrunkenen? Nein, diese Balken markierten die Grenzen von Feldern, die den einzelnen Zimmern des Hotels N'Gor zugeordnet waren. Der Strand war Meter für Meter abgemessen und aufgeteilt worden. Aber der Ozean war ohne Grenzen und für jeden frei...

Sie blieben drei Tage in Dakar, badeten im Atlantik, besichtigten die Stadt. Sie sahen die hohen, schneeweißen Gebäude, die Hütten aus Bambus und Stroh, besuchten den Kermel-Bazar, die Gore-Insel, die jahrhundertelang als Kerker für Sklaven gedient hatte.

Am nächsten Tag mußten sie in ihre Heimat zurück.

»Meine Mutter soll hochleben«, dachte Zaur, »denn es war ihr Wunsch, daß wir diese Reise unternehmen sollten: 'Noch seid ihr jung. Später werdet ihr Kinder bekommen und keine Möglichkeit mehr zu solchen Reisen haben.'«

Seine Mutter hatte recht — eine Gelegenheit für eine solche Reise kam nur einmal im Leben. Sie hatte lange geredet, um sie davon zu überzeugen.

Zaur war nicht dagegen gewesen, aber, offen gesagt, hatte er sich auch nicht dafür begeistern können. So, wie er in letzter Zeit seiner Umwelt begegnete, so verhielt er sich auch gegenüber dieser Reise — ohne jegliches Interesse und gleichgültig.

»Was ist schon dabei; wenn wir fahren, dann fahren wir eben, und wenn nicht, dann eben nicht...« Hatte er denn nicht sein Leben geändert, um die Tage angenehm zu verbringen, zu reisen, glücklich zu sein? Jetzt wollte er nicht darüber nachdenken, überhaupt wollte er über gar nichts nachdenken. Im Dunkeln fragte er mit leiser Stimme seine Frau:»Schläfst du?«, aber es kam keine Antwort. Er wußte, daß seine Frau nicht antworten würde, denn er erkannte an ihren ruhigen, gleichmäßigen Atemzügen, daß sie schlief.»Firengiz schnarcht niemals.« In den ersten Monaten ihrer Ehe war dies eine der schönsten Entdeckungen für Zaur gewesen. Insgeheim verglich er sie mit einem leuchtenden Pokal aus teurem Glas. Zaur hielt es geradezu für unmöglich, daß so ein kostbares Geschöpf schnarchen oder schreien könnte, und er war immerzu von dem Gedanken beherrscht, daß auf Grund auch nur einer kleinen Unachtsamkeit dieses Gefäß zerbrechen könnte. Zwischen ihm und diesem sechs Jahre jüngeren Mädchen, das seine Frau war, befand sich eine Art Vorhang, und er hegte stets ein seltsames Gefühl für sie — Güte, aber auch Sorge. Firengiz war sehr schüchtern. Wenn jemand in ihrer Gegenwart über sie sprach, wurde sie rot, und es bildeten sich Schweißtröpfchen auf ihrer Stirn. Das verärgerte Zaur manchmal, und plötzlich fiel ihm dann die Familie von Firengiz ein — ihr Vater Murtuz, ihre Mutter Alya, ihr Bruder Spartak; Zaur kam es vor, als sei neben Murtuz' Unhöflichkeit und Angeberei, der unerträglichen Selbstsicherheit Alyas und der Gerissenheit Spartaks, die Reinheit und Unschuld Firengiz' von besonderem Wert. Wenn er sich Firengiz ohne ihre Familie vorstellte, verspürte er eine starke Liebe zu ihr, bewunderte ihre Bescheidenheit und Scheu, beneidete ihre kindliche Unschuld:»Schade, ich werde zu keiner Zeit so rein und unschuldig sein.«

Vielleicht lag die Rettung für Zaur in einem Leben für andere, für Firengiz, für ihre zukünftigen Kinder; im Aufbau eines Lebens, das von außen gesehen ein Leben für andere wäre und wie ein glückliches Leben aussähe. Vielleicht würde er durch Kinder erkennen, was Glück und Familie bedeuten.

Zaur versuchte sich seinen späteren Beruf, sein zukünftiges Haus und dessen Ausstattung auszumalen, doch dies verschaffte ihm keine Befriedigung. Er versuchte alles aus einem anderen Blickwinkel zu sehen, wußte jedoch nicht, wie er es anstellen sollte. Mußte man die Dinge überhaupt aus einer bestimmten Sicht sehen? Vielleicht nicht; aber wenn er nachts erwachte und weder wachen noch schlafen konnte, wußte er nicht, wie er die Zeit herumbringen sollte. Wieviele Sonnenschirme stehen wohl da unten vor dem Hotel? Mindestens zwanzig oder dreißig. Und was haben sie für Farben? Rot, gelb, grün, himmelblau, rosa, gelb. Schließlich übermannte ihn der Schlaf...

Dann nahm er diesen Geruch wahr, und im Schlaf wurde ihm bewußt, daß er schlief. Aber sogar jetzt erkannte er diesen Geruch, er war einmalig auf der Welt, so wie der Geruch Afrikas einmalig war.

Zaur lag noch im Schlaf und dachte: »Woher mag dieser Geruch wohl gekommen sein, bis hierher, nach Dakar, bis in den siebzehnten Stock des Hotels?«

Im Schlaf schienen seine Gedanken wie ausgelöscht, er konnte nicht aufwachen und sich befreien, schließlich begann er sich zu fürchten. Aber er wußte ja, von wem der Geruch stammte. Er nahm Tehmines Geruch wahr, diesen aus verschiedenen Parfums vermischten, einzigartigen Duft. Das Geheimnis dieser Essenz kannte nur Tehmine und behielt es auch für sich. »Du kannst jedes beliebige Parfum, auch noch das seltenste, auf diese Weise herstellen«, sagte Tehmine. »Da aber jede Frau einen eigenen einzigartigen Geruch haben möchte, wird sie das Geheimnis der besonderen Mischung niemals verraten.«

Im traumlosen Schlaf wartete Zaur sehnsüchtig, wie vor einem erloschenen Bildschirm. Gleich wird der Bildschirm aufleuchten, der Traum wird in Farben tauchen, wird mit Stimmen angefüllt werden, und Tehmine wird zum Leben erwachen — wie leicht war es für sie, große Entfernungen zurückzulegen, Kontinente und Ozeane zu überqueren. Wenn ihr kaum wahrnehmbarer schwacher Duft Zaur sogar am anderen Ende der Welt erreicht hatte, warum sollten dann nicht auch ihr Gesicht, ihre Stimme, ihr Atem hier erscheinen. Während ihn die verworrene Logik des Traumes gefangenhielt, dachte er: »Auf welcher Flugroute ist sie wohl hierher geflogen? Denn aus Moskau kommt jede Woche nur ein Flugzeug.« Nicht einmal im Schlaf hatte er das vergessen, und er dachte weiter: »Ich schlafe — ich muß aufwachen, ich muß versuchen aufzuwachen, ich muß meine Hand ausstrecken und die Nachttischlampe anschalten...« Er streckte die Hand aus, drückte auf einen Knopf, aber das Licht ging nicht an. Und Zaur erkannte, daß er immer noch im Schlaf lag. Die Hand, die er vermeintlich ausgestreckt hatte, hatte er in Wirklichkeit gar nicht bewegt.

Wenn er also noch nicht wach war, dann müßte er sie doch gleich sehen können... Und er würde sie seit jenem Tag zum erstenmal wiedersehen. Wieviele Monate sind wohl seither vergangen? Nein, er hatte sie in der Zwischenzeit doch noch einmal gesehen. Nicht im Traum, auch nicht im wirklichen Leben — im Fernsehen hatte er sie gesehen. Nur einmal. Aber jetzt, in Westafrika, in Dakar, der Hauptstadt der unabhängigen Republik Senegal, sollte sie vor ihm erscheinen. Und wie schnell sie die Papiere besorgt und eingereicht hatte: eine ärztliche Bescheinigung, mehrere Fragebögen, ein dreimal unterschriebenes Führungszeugnis und ein Visum... Das hatte sie alles erledigt, um möglichst schnell hierher zu kommen: hierher ans andere Ende der Welt, um Zaur zu finden und alles rückgängig zu machen. Alles Vergangene sollte von neuem beginnen, sollte zurückkehren und wiederaufleben. »Aber das alles darf nicht wieder von vorne anfangen, das Geschehene ist nicht zu ignorieren, das Vergangene ist vorüber, ein für allemal. Das ist doch nur ein Traum«, dachte Zaur. »Wovor hast du Angst in diesem Traum, was ist so gefährlich daran. Ich werde aus dem Schlaf aufwachen und diese Gedanken werden verschwinden.« Dann dachte er noch: »Ob im Schlaf oder im Wachsein, das Gefährlichste an Tehmine sind ihr lächelndes Gesicht, ihre Zärtlichkeit, ihre leise Stimme und ihre unausgesprochenen Klagen, ihre schwarzen, langen, dichten Wimpern.« Sie hob ihre Wimpern, als würden sich die Seiten eines uralten Buches öffnen und eine Hälfte ihres Gesichtes mit Schatten bedecken. Einmal hatte Zaur getrunken und gesagt: »Wenn du deine Wimpern hebst, dann glaubt man, in der Geschichte der Menschheit begänne ein neues Kapitel.«

Im Traum wurde sein Wille schwach, die Fesseln, die seinen Verstand und sein Bewußtsein zusammenhielten, begannen sich zu lockern, und Zaur hatte sich den verschwommenen Wünschen Tehmines unterworfen. Denn diese Wünsche waren auch seine eigenen. Aber eines Tages hatte er all seine Energie gesammelt, und es war ihm gelungen, sich von diesen Empfindungen und Erregungen auf ewig zu befreien. Der Schlaf hat jedoch seine eigenen Gesetze, oder besser, der Schlaf unterliegt keinerlei Gesetzen.

Zaur war im Moment nicht darauf vorbereitet, frei zu sein, konnte mit seiner Freiheit nichts anfangen. Er wollte nur eines: aus dem Schlaf erwachen. Das Schwierigste war, die Augenlider zu heben. Er versuchte es und öffnete sie mit Mühe. Aber er lag immer noch im Schlaf. Er hatte nur im Traum die Augen geöffnet. Nachdem er dies erkannt hatte, versuchte er es erneut: Diesmal wachte er wirklich auf. Als er wach war, kam es ihm einen Augenblick vor, als wäre in diesem vom Geruch Afrikas durchtränkten Zimmer noch etwas anderes, der Duft Tehmines hängengeblieben. Zaur, der sich gerade erst von den Kräften befreien konnte, die ihn, wie in einem Strudel, immer tiefer in den Schlaf ziehen wollten, war noch etwas benommen. Aber er mußte sich von diesen Gedanken befreien; um bequem und in Ruhe leben zu können, mußte er all das von sich stoßen. Und wenn er diese Nacht friedlich verbringen wollte, mußte er aufstehen, sich anziehen, das Zimmer verlassen, nach unten gehen, sich ablenken, seine Gedanken auf etwas anderes ausrichten und in sein Zimmer zurückkehren. Nur dann würde er ruhig schlafen können. Als er im Dunkel nach seinen Schuhen tastete, wachte Firengiz auf. Sie sagte nichts, aber daran, daß sich ihr Atemrhythmus änderte, erkannte Zaur, daß sie aufgewacht war. »Ich weiß nicht. Ich kann nicht schlafen«, sagte er, »ich möchte ein wenig am Strand spazierengehen.«

Es kam keine Antwort von Firengiz.

»Ich hätte genausogut sagen können, ich gehe mich im Ozean ertränken. Und trotzdem hätte sie nichts erwidert«, dachte Zaur. Zeitweise kam es ihm vor, als ob sie stumm wäre. Und manchmal, wenn Freunde oder Verwandte feststellten, sie hätten noch nie die Stimme von Firengiz gehört, begann Zaur nachzudenken, wann er ihre Stimme zum letztenmal gehört hatte. Aber es fiel ihm nichts ein außer einzelnen Worten. — Ja, nein — gehen wir — ja, bleiben wir — nein, schlafen wir — ja, stehen wir auf — nein... das war alles.

Zaur zog sich an und verließ das Zimmer... Er drückte den Fahrstuhlknopf. Der Liftboy, ein kleiner Negerjunge in der Arbeitsuniform des Hotels, sah Zaur an, lächelte und sagte irgend etwas auf Französisch. Zaur lächelte zurück, ohne jedoch zu verstehen, was der Junge wollte: Vielleicht wollte er Geld oder er wünschte Gute Nacht. Oder fragte er nach der Uhrzeit oder klagte er über die langsame Fahrt des Lifts? Wer weiß das schon.

Der Strand war um diese Zeit menschenleer... Und betrachtet man den Ozean oder das Meer, so sieht man tatsächlich kein Ende. Läßt man aber diesen Eindruck auch noch auf den Verstand wirken, so erscheint die Grenzenlosigkeit noch unglaublicher und märchenhafter.

Die Stellen nahe dem Strand, dort, wo sich die Wellen brachen, waren von den Lichtern des Hotels und den Strandlampen erhellt. In großer Entfernung jedoch versank der Ozean in tiefster

Finsternis, verschwand in der Einheit von Dunkel und Horizont. In dieser unendlichen Entfernung, auf der anderen Seite des ewig fernen Horizonts, hatte der Ozean noch eine Küste: die Küste Amerikas.

»Hoffentlich kann ich irgendwann einmal auch nach Amerika fahren, zusammen mit Firengiz«, dachte Zaur. Plötzlich jedoch erkannte er, wie sinnlos und unwichtig all das war. Der Wunsch, Amerika zu sehen, die jetzige Reise nach Afrika, die Suche nach innerer Ruhe am Strand eines fremden Ozeans, seine Absicht, alles zu vergessen... Aber kein Flugzeug, kein Schiff, kein einziges Transportmittel kann den Menschen von sich selbst entfernen, und der Ausspruch »Suche nach Glück« bedeutet nicht, daß man das Glück sucht und findet, indem man in der Welt herumreist. Glück und Unglück sind nur im Menschen selbst zu finden. Man trägt sie herum wie eine Last. Man kann hingehen, wohin man will, bis ans Ende der Welt: sie sind eine sehr treue Last. Wohin man auch geht, sie wird weder verlorengehen, noch untergehen, noch wird sie abnehmen oder zunehmen.

Zaur bückte sich und berührte mit den Fingern den abgekühlten, feinen Sand des Strandes und die Steine, die von den Wellen geglättet und poliert waren. Dabei versuchte er eine Empfindung zum Leben zu erwecken — die Erinnerung daran trat von seinen Fingern in die Hände, von den Händen in die Arme, Schultern, Brust, in alle Zellen des Körpers. Wie tausend Ameisen kroch diese Erinnerung in seinen Körper zurück, die Erinnerung an das Glück. Auch wenn es sich später als Illusion herausstellen sollte, hielt er es damals für das wahre Glück. Diese Glücksmomente hatte Zaur an einem Strand, mit Muscheln, Algen, feinem Sand, mit dem Rauschen der Wellen, einem sanften Wind, mit harten, glatten Felsen und einem sternenübersäten Himmel erlebt, an einem Strand, der mit seinem Sand, seiner Brise, seinen Geräuschen und seinem Sternenhimmel diesem hier ähnelte: kein Strand eines Ozeans, sondern der eines Meeres, eines sehr, sehr weit entfernten Meeres.

2

O, welch schöne Tage, als ich mit der Geliebten alle Geheimnisse teilte,
Und um der Wohltat der Einung mit ihr gern ihre Launen ertrug.

Der schmale Strand war endlos lang. Die zerklüftete Küstenlinie verlief teils entlang der Felsen, an denen sich die Wellen brachen, teils entlang der geradlinigen Strände. Das Meer erreichte den Strand in kleinen versteckten Buchten, überschwemmte spitze, fein besandete Ausläufer. Manchmal schwoll es an und brandete gegen die Felsen, überflutete kleine Sandinseln, und von Zeit zu Zeit zog es sich zurück und berührte nur sanft die Sandbänke, die Halbinseln und kleinen Aufwerfungen. Es streichelte den glänzenden Sand, schien ihn zu lecken wie eine Katzenmutter ihre Jungen. Es drehte die kleinen Steine und Muscheln hin und her. Auf einmal änderte es sein Verhalten, ließ die Wellen von wilden Winden gepeitscht aufwirbeln. Von der Stille und Sanftmut blieb keine Spur. Der Wind blies den Sand in die Höhe und das Meer schien sich zu beeilen, um die Steine zu erreichen, sie gegen die steilen Felsen zu schleudern und zu zerschmettern.

Die Küste, die sich auf der Seite von Pirşağı über Mayak und Merdeken bis zum Schornstein des Kreiskraftwerkes erstreckte, entlang den küstennahen Orten Buzovna, Zuğulba und Bilgeh, führte nach Westen, vorbei an Nardaran, Saray und Corat bis nach Sumgayıt und von dort aus nach Norden. Die Sonne, die am fernen Horizont des Meeres aufging, über die gesamte Küste wie ein rollender Ball wanderte, ging gegen Abend hinter den Hügeln von Zuğulba unter, und obwohl sie dann nicht mehr zu sehen war, erleuchtete sie immer noch den Himmel. Dann wurden ihre Strahlen schwächer, der Himmel begann sich zu verfinstern, und auf der Oberfläche des Meeres wanderten seltsame Schatten — die Schatten der Hügel, Wolken und Felsen. Die Fenster der Häuser, die golden blinkten, verbreiteten eine befremdende Stimmung. Danach sank eine traurige Ruhe auf die Küste nieder — dieses Schauspiel wiederholte sich jeden Abend. Ein paar Leute badeten noch, und als sie aus dem Wasser kamen, hoben sich ihre Umrisse wie schwarze Flecken vom Hintergrund ab. Ein paar Autos standen in der Nähe des Strandes. In den letzten Minuten zwischen Dämmerung und Nacht versuchte sich ein Mann verstohlen und so schnell wie möglich umzuziehen. Die Autos verschwanden nach und nach, ohne viel Lärm. Der Himmel hatte sich nun völlig verfinstert, und das Gelächter der Badenden war längst verstummt. Die Rücklichter der Autos, die den Strand verließen, sahen in der Dämmerung wie wehende rote Bänder aus.

Dieser Strand war für Zaur einer der reizvollsten Plätze der Welt, und keine noch so berühmte Landschaft — weder steile Berge, noch schattenspendende dichte Wälder, tosende Wasserfälle, schäumende Flüsse, grüne Ebenen, tiefe Täler, windige Hügel —, nichts, kein Ort war vergleichbar mit dieser sonnenverbrannten, trockenen und kahlen Küste.

»Es ist schon ganz schön kalt.« sagte Tehmine.

Zaur reichte ihr das weiche, gelbe Handtuch aus dem Auto. Sie war gerade aus dem Wasser gekommen. Auf dem Weg zum Auto hatte sie eine Spur kleiner Tröpfchen hinterlassen und als sie einstieg, brachte sie Sand an ihren Füßen mit.

»Man wird nicht mehr baden können. Das war das letzte Mal.«

»Ja«, sagte Zaur und zog an seiner Zigarette, »es ist Herbst geworden.«

»Die drei Monate sind ziemlich schnell vergangen, nicht Zaur? Du weißt doch noch, wie wir das erste Mal hier waren. Es war im Juni, nicht?«

»Es war am fünften Juni«, sagte Zaur, »ich weiß es noch wie heute.«

»Am 5. Juni 1965. Du müßtest dieses Datum irgendwo in einen Felsen einritzen. Als Vermächtnis für die Nachkommenschaft.«

»Und darunter soll ich wohl schreiben: Zaur & Tehmine, und dann noch ein Herz mit einem Pfeil?«

»Ja«, sagte Tehmine, »so ist dieser Sommer vergangen, unser Sommer.«

Zaur drehte sich um und schaute nach hinten. Tehmine kämmte sich.

»Fahren wir?«

»Ja, fahren wir.«

Zaur startete den Motor und fuhr über den sandigen Strand in Richtung Landstraße.

Sie schwiegen. Plötzlich sagte sie: »Zaur, weißt du eigentlich, daß ich mit der Arbeit aufhöre?«

»Was?«

»Ich wechsele den Arbeitsplatz.«

Er fuhr ein wenig langsamer, fast, als wolle er anhalten, drehte sich um und schaute sie an.

»Den Arbeitsplatz? Und wohin?«

»Zum Fernsehen. Kannst du dir das vorstellen — ich werde als Ansagerin eingestellt. Ich habe einen Bekannten; er hat das hingekriegt. Wieviele Jahre hat er versucht, mich zu überreden, zum Fernsehen zu gehen und mit seinen Leuten zu arbeiten. Aber, ich weiß nicht, damals habe ich nicht viel davon gehalten. Jetzt plötzlich habe ich es mir überlegt und ihn angerufen. Er arbeitet dort; aber ehrlich, ich habe alles selbst erledigt, niemand hat mir geholfen. Sie haben mich einer Prüfung unterzogen: ich mußte einen Text lesen — aserbaidschanisch und russisch; beides hat ihnen gefallen. Anscheinend habe ich mich genau zum richtigen Zeitpunkt beworben; sie haben gerade einen Ansager gesucht für eine Sendung, von Moskau aus. Einer der Chefs hat mich gelobt:

Ich spräche beide Sprachen hervorragend, auch mein Äußeres sei genau richtig.«

Diese Neuigkeiten machten Zaur nachdenklich, und er war sich selbst nicht bewußt, ob er sich freuen oder klagen sollte. Er kannte die Gründe nicht, die Tehmine zu diesem Entschluß geführt hatten. Aber er war sich darüber im klaren, daß dieser Entschluß auch mit ihm zusammenhing.

»Aber warum bist du so plötzlich zu diesem Entschluß gekommen?«

Er war sicher, die Antwort Tehmines würde einfach und wahrheitsgemäß sein und sie würde ungezwungen sprechen.

»Deinetwegen!«

»Meinetwegen?«

»Es wäre schwierig für mich, dich jeden Tag zu sehen.«

»Ist es denn so mühselig für dich, mich jeden Tag zu sehen?«

»Hast du noch nichts von diesem Lied gehört: *Weder will ich dich sehen, noch will ich mich betrüben?* Ich hätte dich tagtäglich gesehen und müßte dabei eingestehen, daß du mir nicht mehr gehörst.«

»Wann habe ich dir jemals gehört?« wäre es Zaur beinahe herausgerutscht, aber er formulierte den Gedanken anders.

»Was hat sich in unserem Verhältnis zueinander geändert?«

Tehmine lächelte. Auch wenn es Zaur nicht sah, so spürte er doch ihr Lächeln im Nacken. Er betrachtete sie im Rückspiegel. Immer noch lag ein Lächeln auf ihrem Gesicht.

»Bist du wirklich so schwer von Begriff, Zaurik?« fragte sie. »Verstehst du noch immer nicht, daß das unser letztes Treffen war? Gut, sagen wir, dies ist nicht unser letztes Treffen, denn wir leben ja in der gleichen Stadt, bestimmt werden wir uns bei Gelegenheit begegnen... Trotzdem ist dies unser letztes Treffen. Das heißt, das letzte Treffen dieser Art.«

»Warum?« wollte er fragen, schwieg aber, weil er den Grund selbst herausfinden wollte. Tehmine warf ihm oft vor, er sei nicht sensibel genug, die Feinheiten einer Liebschaft wahrzunehmen, er wisse nicht, wodurch ein Verhältnis geschaffen werde und woran es zerbreche. Die Entscheidung Tehmines traf ihn eigentlich nicht besonders tief. Bis jetzt hatte er sich eher gleichgültig gezeigt. Vielleicht rührte diese Indifferenz ausschließlich von seinem körperlichen Zustand her. Noch vor kurzer Zeit hatte sich Zaur nach ihren Treffen gesehnt, spürte aber jetzt seine eigene Abgestumpftheit, Leere und Überdruß. In letzter Zeit kamen sie häufig zusammen. Vielleicht war das die Ursache für seinen Zustand. Wenn Tehmine diese Neuigkeit vor ein paar Stunden verraten hätte, als sie zum Strand kamen, noch vor den Küssen, den Umarmungen, den leisen Worten und dem Lachen, hätte sie ihn vielleicht verletzt. Es würde noch ein paar Tage dauern, bis das stürmische Verlangen aufkäme, Tehmine in die Arme zu nehmen, und bis zu diesem Zeitpunkt könnte er dem Gedanken, sich nie wieder mit ihr zu treffen, gelassen und gleichgültig gegenüberstehen. »Wie gut, daß ich diesen idiotischen Brief zerrissen und nicht abgeschickt habe«, dachte Zaur, »ich habe ihn nach unserem ersten Treffen im Rausch verfaßt. Was ich nicht alles geschrieben habe: Wie lächerlich kommt mir das jetzt vor: 'Liebe', 'Ich kann ohne Dich nicht leben', 'Wenn Du mich verläßt, dann sterbe ich'. Was ist das für eine Liebe, frage ich mich?... Da ist der Wunsch, da ist das Verlangen, da ist der Wille, das Verlangen zu stillen, da ist aber auch die Übersättigung, der Überdruß und die Gleichgültigkeit, wenn das Verlangen befriedigt wurde. Alles andere sind nur leere Worte.«

»Weißt du, wessen Datscha das ist?«

Tehmines Stimme holte Zaur aus seiner Versunkenheit.

Auf der linken Seite, hinter einer hohen Gartenmauer stand ein Haus aus grauen Bruchsteinen, mit einem recht schiefen Balkon, dessen Geländer in einem schmutzigen Grün gestrichen war.

»Nein.«

»Sie gehört den Murtuzovs, euren Nachbarn.«

»Murtuz Balayeviç?«, fragte Zaur erstaunt, »Woher kennst du ihn?«

»Ich kenne seinen Sohn.«

»Spartak?« fragte Zaur, während ihm ein Schauer über den Rücken lief. Er kannte Spartak sehr gut, wußte, was er für einer war, wie er sich den Frauen, besonders den hübschen, aufdrängte. Die Bekanntschaft Tehmines mit Spartak gefiel ihm überhaupt nicht. Während er sich bewußt gleichgültig gab, fragte er: »Und woher kennst du Spartak?«

»Eine Freundin von mir ist mit ihm bekannt.«

Das Wort »bekannt« ließ Zaur zusammenzucken, denn er wußte, was es für eine Frau bedeutete, mit Spartak bekannt zu sein.

Plötzlich sagte Tehmine: »Halt an!« Zaur bremste und kam genau vor dem riesigen eisernen Gartentor zum Stehen.

»Was ist?«

»Laß uns aussteigen. Weißt du nicht, welchen Ausblick man vom Balkon hat? Sofort wird einem wohler dabei.«

»Das hat uns gerade noch gefehlt. Was haben wir denn in einem fremden Haus verloren?«

»Stell dich nicht so an, nur für eine Minute!«

Unwillig stieg er aus.

»Anscheinend hast du den Ausblick von diesem Balkon schon oft genossen. Ich hätte nie gedacht, daß du mit den Murtuzovs verkehrst. Tust du das auch in Baku? Wie ist es möglich, daß wir uns da noch nie begegnet sind?«

»Aber nein, in Baku kenne ich nicht mal ihr Haus. Hier war ich auch erst einmal. Sie gaben ein Fest, es kamen viele Leute, und irgendwie bin ich dazugestoßen.«

»Wer gab die Feier, Spartak oder Murtuz Balayeviç?«

»Wer ist Murtuz Balayeviç, Spartaks Vater? Ich habe nicht einmal sein Gesicht gesehen. Die Feier veranstaltete Spartak. Damals war er mit meiner Freundin zusammen. Ich glaube, es war an Spartaks Geburtstag. Ich kann mich nicht mehr genau erinnern; mich haben sie jedenfalls auch dorthin geschleppt.«

»Du warst natürlich alleine da, ohne deinen Mann.«

»Jetzt reicht es aber. O, lieber Allah, was soll dieses Verhör? Ja, ich glaube, daß Manaf wirklich nicht in Baku war.«

»Er war in Tbillisi«, sagte Zaur und bereute sogleich, daß ihm dies herausgerutscht war. Es schien, als wären Tehmines Lebensgeister plötzlich erloschen. Sie wußten beide, daß Manaf in Tbillisi eine Geliebte hatte. Ab und zu erfand er eine Ausrede, um dorthin zu verschwinden. Nun hatte Zaur mit dem Bruch des Tabus, nicht darüber zu sprechen, Tehmine eine Ohrfeige erteilt.

Sie schüttelte den Kopf.

»Wie du meinst,« sagte sie. »Ich wollte dir die Aussicht vom Balkon zeigen, das Meer und das Dorf sehen wunderbar aus. Du möchtest anscheinend nicht; aber warum willst du mich verletzen?«

Um seine boshafte Bemerkung etwas abzuschwächen, sagte er sanft: »Aber die Tür ist verschlossen.« Er blickte freundlich in ihre Augen.

Tatsächlich schienen seine Worte zu wirken.

»Na und, hast du als Kind niemals Trauben aus fremden Gärten gestohlen?« sagte Tehmine. »Du bist doch sportlich, klettere doch über die Mauer.«

Zaur war froh, daß sie ihren scherzhaften Ton wiedergefunden hatte. Er lief auf die Mauer zu, sprang an ihr hoch, zog sich hinauf und ließ sich an der anderen Seite hinuntergleiten. Sperrangelweit öffnete er das Tor und trat Tehmine mit großartiger Gebärde entgegen.

»Bitte einzutreten, meine Dame«, sagte er.

Sie genossen die Aussicht auf das Meer, die Küste und die kleinen Dörfer. Auf dem Boden des Balkons lagen mindestens zehn Paar alter, abgetretener Stiefel und lederner Schuhe, dazwischen noch zerrissene Frauenschuhe.

»Diese Schuhe waren einmal sehr modisch«, sagte Tehmine und fragte: »Kennst du seine Schwester? Die Schwester von Spartak?«

»Fira? Natürlich kenne ich sie, warum nicht, sie sind unsere Nachbarn. Was ist denn?«

»Nichts. Es heißt nur, sie sei sehr hübsch. Ich habe sie noch nie gesehen...«

»Ich weiß nicht«, sagte Zaur, »ich habe noch nicht darauf geachtet.«

Zaur klang ein wenig verstimmt, denn die Murtuzovs gefielen ihm nicht. Aber über Fira hatte er tatsächlich noch nicht nachgedacht.

»Vielleicht«, sagte er, »ist sie in einer Hinsicht besser als die anderen Familienmitglieder, da sie nie etwas sagt, sondern nur schweigt.«

»Anscheinend hast du keinen Kontakt mit ihnen. Eigentlich kann ich mich nicht daran erinnern, daß sich Nachbarn jemals gut verstanden hätten. Ihr habt wohl jeden Tag Streitereien in der Gemeinschaftsküche und schüttet euch gegenseitig heimlich Salz in den Topf, oder?«

»Bedaure«, sagte Zaur trocken, »wir haben getrennte Küchen, und unsere Wohnungen befinden sich in verschiedenen Stockwerken.«

»Sag das doch gleich, da werden eure Meinungsverschiedenheiten wohl auf höherem Niveau ausgetragen? Die Murtuzovs haben sich neue finnische Möbel gekauft, und wir, die Zeynalovs, wohnen immer noch in alten arabischen Möbeln, aber was soll's.«

»Macht es dir Spaß, mich auf solche Weise zu ärgern?« fragte Zaur.

»Schon gut, schnapp nicht gleich ein, Liebster!« erwiderte Tehmine und holte tief Luft. »Atme mal tief ein, Zaur«, sagte sie, »füll deine Lungen damit! Das ist wie Medizin.«

Zaur zog eine Zigarette aus seiner Tasche hervor.

»Rauche nicht«, sagte sie, »vergifte dich nicht selbst, genieße erst noch die frische Meeresluft!«

Zaur schob die Zigarette in die Schachtel zurück.

»Ach Zaurik, was bist du doch für ein Kerl.«

»Gut, aber unser Gespräch war noch nicht zu Ende. Du hast mir noch nicht erklärt, warum das unser letztes Treffen ist und warum wir uns trennen müssen.«

»Warum?« sagte Tehmine und zog die Schultern hoch. »Es würde sehr lange dauern, es zu erklären. Es gibt so viele Gründe, zum Beispiel: Wir wachen eines Tages auf und bemerken, daß wir uns Hals über Kopf verliebt haben. Einer von uns beiden, nehmen wir an, ich verliebe mich in dich. Was soll dann werden? Wer braucht das, du, ich? Und noch dazu, wozu sollten wir unser Leben absichtlich komplizieren? Das Leben ist hart genug.«

Dem mußte Zaur zustimmen, denn warum sollte man sich das Leben schwerer machen als nötig?

»Das, was du gerade gesagt hast, beweist, daß es in dieser Hinsicht keine Probleme gibt«, sagte er, »du verliebst dich nicht so leicht. Andernfalls wäre es längst geschehen, wir sehen uns ja schon drei Monate lang — hat es dich da noch nicht erwischt?« Die Worte *verliebt* und *erwischt* betonte er leicht spöttisch. »Hast du dich noch nicht in mich verliebt? Habe ich nicht recht?«

»Und du?«

»Ich?«

»Ja du. Wie steht es mit dir, bist du verliebt?«

»Natürlich. Was soll die Frage? Seit unserem ersten Treffen bin ich bis über beide Ohren verliebt. Nach dem ersten Treffen habe ich dir auch gesagt, daß ich dich liebe. Wie Mecnun, was weiß ich, wie Kerem, wie Ferhad.«

»Sachte, sachte, übertreib mal nicht! Reden ist eine Sache, etwas selber erleben eine andere. Außerdem hast du diese süßen Worte damals in den Mund genommen, obwohl zwischen uns noch gar nichts war. Und jetzt kannst du sie noch einmal wiederholen. Nicht so halb Scherz halb Ernst, nicht so im Witz, sondern aufrichtig und ernsthaft, ganz ernsthaft. Bringst du diese Worte noch einmal über die Lippen?«

»Bist du verrückt, Tehmine? Natürlich mache ich keinen Spaß, ich meine es ernst, ich liebe dich wirklich.«

In dem Moment, als er sprach, bemerkte er selbst, daß er nur leere Worthülsen hervorbrachte, daß er die Gefühle, die er beschwor, in Wirklichkeit nicht empfunden hatte.

»Ach, laß es gut sein, Zaur«, antwortete sie, »von deinen Sprüchen kann einem ja übel werden. Wir haben viel leeres Zeug geredet, aber jetzt reicht es.«

Zaur strich mit seiner Hand über ihre Wange. Er wußte, wenn Worte nicht mehr halfen, mußte er sich mit Gesten behelfen. Tehmine griff nach seiner Hand, behielt sie noch kurz an ihrer Wange, nahm sie dann aber weg, drehte sie und sah in seine Handinnenfläche. Sie sah sie an, als würde sie zum erstenmal in seine Hand schauen.

»Was hast du für große Hände, Zaurik«, sagte sie.

Von weitem waren Geräusche eines elektrischen Zuges zu hören, sie hingen noch einen Moment lang in der Luft und verstummten dann allmählich.

Tehmine drückte ihren Zeigefinger in Zaurs Handfläche, strich dann mit weicher, katzenhafter Bewegung flink an den Linien entlang und sagte: »Wenn du willst, kann ich dir wahrsagen!«

»Kannst du das?«

»Natürlich, zeige mir auch noch deine andere Hand!«

Sie nahm Zaurs Hände und betrachtete aufmerksam die Innenflächen.

»Die rechte Hand zeigt alles Vergangene und Gegenwärtige. Deshalb ist die rechte Hand die Aktive, sie arbeitet, sie zeigt, was schon geschehen ist und was im nächsten Augenblick geschehen wird. Die linke Hand zeigt die Zukunft, sie informiert über kommende Ereignisse, deshalb ändert sich in ihr nicht viel, sie bleibt passiv. Schau, diese Linien stehen für Glück, Einsamkeit und Trauer. Diese bedeutet Erwartung, diese zeigt, ob überraschende, unerwartete Probleme gelöst werden. Schauen wir mal, wie es bei dir steht. Du wirst zweifellos berühmt werden. Diese Linie hier, die bei der Mondlinie beginnt, zeigt, daß du dich mehr von deiner Phantasie als dem Realitätsprinzip leiten läßt. Siehst du die hier,... aha... Sieh an — du wirst zwei oder drei Kinder haben — zwei werden mit großer Wahrscheinlichkeit Jungen.«

»Ist es möglich, auch so etwas zu sehen?«

»Natürlich, siehst du diese Linie — du hast die Begabung, alle deine Gedanken auf die Arbeit auszurichten. Dein Verstand ist präzise und direkt, du zeigst eine gewisse Neigung zum Träumen und zur Phantasie. Du wirst sehr alt werden und bis zum Ende dein Leben lieben. Du wirst nicht sehr reich werden. Du wirst in keine andere Stadt ziehen... aha... dies ist die Kämpferlinie, aber sie berührt keine andere Linie. Schau, das ist der Gürtel der Venus — die Fähigkeit zu lieben, die Veranlagung, sich etwas vorzumachen. Auch diese Linie bricht irgendwo ab. Es sieht so aus, als wären alle Linien unvollständig, Zaurik.«

»Ja, fürchte dich nur vor den unvollständigen.«

»Hör, was noch kommt: der schwersten Prüfung wirst du dich im mittleren Lebensalter unterziehen. In dir wird sich etwas spalten... Schau, diese geteilte Linie — die Schicksalslinie — irgendwann wirst du gezwungen sein, dich zwischen zwei Dingen zu entscheiden. Mit zunehmendem Alter wirst du weicher werden, aber deine Persönlichkeit und deine Disziplin werden sich ausprägen. Ach, könnte ich dich doch im hohen Alter erleben, mit einer gereiften Persönlichkeit, Zaurik, ich kann mir dich so noch überhaupt nicht vorstellen.«

»Gut, über meine Angelegenheiten wissen wir nun Bescheid, jetzt sage dir selber wahr.«

»Nein, was redest du da, davor habe ich Angst. Ich würde niemals in meine eigene Zukunft sehen, ich würde auch nicht zulassen, daß ein anderer das tut. Ich habe mir einmal wahrsagen lassen, das reicht.«

»Du hast dir wahrsagen lassen, was kam dabei heraus?«

»Das sage ich nicht.«

»Nun sag schon, spann mich nicht auf die Folter!«

»Nein, nein.«

»Wie du meinst.«

Zaur bestand nicht weiter darauf, und wie er erwartet hatte, gab Tehmine ihre Hartnäckigkeit auf und willigte von selbst ein:

»Na gut, ich erzähle es, aber nur unter der Bedingung, daß du es als Geheimnis für dich behältst. Sieh in meine Hand, siehst du diese Linie, sie endet hier, siehst du?«

»Ja.«

»Weißt du, warum sie hier endet?«

»Nein.«

»Sie steht für die Lebensdauer. Ihr Ende bedeutet den Tod. Einen frühen Tod. Ein alter Wahrsager hat mir dies prophezeit.«

»Schämst du dich nicht, bist ein gebildetes Mädchen und gibst dich mit solchem Unsinn ab!«

Sie schien Zaurs Worte nicht gehört zu haben:

»Manchmal überlege ich, Zaur«, sagte sie, »angenommen, es tritt plötzlich in Wirklichkeit das ein, was du Unsinn nennst. Schon morgen könnte ich krank werden und sterben, ich könnte mit einem Flugzeug abstürzen oder mit dem Auto verunglücken, was weiß ich, es gibt tausend Möglichkeiten. Manchmal kommen mir solche Gedanken in den Sinn, dann tue ich mir entsetzlich leid und muß fast heulen. Ich denke mir, wenn ich morgen abstürze und sterbe, wer würde um mich trauern? Mein Mann? Vielleicht einen Monat, vielleicht drei Wochen, dann wird er alles vergessen haben. Wer sonst noch? Unsere Nachbarin Medine, sie wird vielleicht einen Monat, nein nicht einmal einen Monat, zwei Wochen meinetwegen, Trauer anlegen... Wer sonst noch? Du? Gut, du wirst zwei Wochen, nein tut mir leid, zwei Wochen sind eine sehr lange Zeit, eine Woche, drei Tage Trauer anlegen, sagen wir, du wirst so richtig unglücklich sein. Und danach wirst du auch vergessen, ist es nicht so? Du wirst alles vergessen... unsere Treffen, den Strand, sogar diesen Balkon. Habe ich nicht recht?«

»Hast du immer noch nicht genug davon, solchen Unsinn zu reden? Was ist mit dir? Mal redest du von Trennung, mal vom Sterben. Komm her zu mir.«

Sie gingen zusammen durch die Balkontür. In dem Zimmer herrschte eine heillose Unordnung. Wahrscheinlich hatte schon lange niemand mehr hier gewohnt. In einer Ecke standen Kisten, daneben lagen Nägel, Hammer, Säge und ein Hobel, Geschirr und Besteck türmten sich vor dem Fenster, Körbe, aus Schilf geflochten, stapelten sich übereinander, in den Fächern eines alten Schrankes waren Essigflaschen aneinandergereiht, auf der anderen Seite lagen unbezogene Kissen und Decken.

Während Zaur Tehmine küßte und streichelte, sagte sie: »Absichtlich habe ich dich hierher gebracht, das letzte Mal, das allerletzte Mal wollte ich hier mit dir zusammensein.«

Zaur widersprach nicht, aber er spürte genau, daß dies nur leere Worte waren, daß heute nicht ihr letztes Treffen sein würde. Sie würden sich wieder treffen, erneut lieben, denn Tehmine konnte ohne ihn — Zaur — nicht leben. Dessen war er sich vollkommen sicher. »Unser letztes Treffen«, sagte er sich, »sehr gut, ich werde keine Anstrengungen für ein neues Treffen unternehmen, und wenn sie dann doch will, sage ich: 'Mein liebes Kind, war es nicht dein eigener Wunsch, daß wir uns nicht treffen?' Sie selbst wird mich suchen und finden, ich muß nur darauf warten, das ist alles.«

Als sie ins Auto stiegen, sagte Tehmine: »Aber es gibt noch einen Grund, warum ich dich hierher in dies Haus geführt habe, doch du wirst diesen Grund nie herausfinden.«

Zaur bestand auf keiner Antwort. Er wußte, wenn er sie nicht drängte, würde sie es selbst sagen. Aber diesmal klappte es nicht. Sie sagte überhaupt nichts. Nicht zu diesem Zeitpunkt und auch nicht später.

...und Zaur fand nie heraus, warum sie zu dieser Datscha gekommen waren.

Vielleicht gab es auch keinen Grund. Vielleicht hatte Tehmine ihn nur neugierig machen wollen. Wer weiß das schon.

Vor der Ecke ihres Hauses stoppte er den Wagen. Tehmine küßte ihn auf den Hals:

»Leb wohl«, sagte sie, stieg aus dem Auto und verschwand schnell in Richtung ihres Hauses.

»Leb wohl, auf Wiedersehen, bis bald.« Zwischen diesen Abschiedsworten gibt es keinen Unterschied. Man kann »Bis bald« sagen und sich für immer trennen. Man kann ebenso »Leb wohl« sagen und sich in drei Tagen oder drei Stunden oder sogar fünfzehn Minuten wiedersehen. Er war sich dessen sicher, aber als er zu Hause im Bad unter der Dusche stand, kam es Zaur auf einmal vor, als würden die kräftigen Strahlen des Wassers den Sand des Strandes, das Salz des Meeres, den Schweiß zusammen mit den Küssen Tehmines, ihrem Streicheln, ihren Brührungen für immer von seinem Körper abwaschen. Ihre Worte, ihr Flüstern, den Duft ihrer Haare. So, als sollte er sie nie wiedersehen, wie sie ihr Haar aus der Stirn warf, wie ihr Lächeln, das schon längst auf ihren Lippen verflogen war, noch kurz, wie ein erlöschender Funke, in ihren Augen weiterlebte. »Natürlich ist es nicht so«, dachte er, »wir werden uns wiedersehen. Ich muß eben warten. Warten, das ist alles.«

3

Wie reizvoll ist das Anlitz der Mondgleichen,
Blickt man jedoch tiefer hinein, ist das Ende gar übel.

Zaur liebte seine Eltern; und das um so mehr, je älter er wurde. Oder genauer gesagt, als Erwachsener liebte er sie genauso, wie er sie als kleiner Junge geliebt hatte — natürlich und uneigennützig. In der kurzen Zeitspanne zwischen Kindheit und Erwachsensein — einer Zeitspanne von fünf, sechs Jahren — ungefähr im Alter von fünfzehn bis zwanzig Jahren — hatte er ein anderes Verhältnis zu seinen Eltern. Natürlich mochte er sie, aber in dieser Zuneigung lag Mißfallen und versteckter, manchmal auch offener Spott — ihm mißfielen ihre Lebensart, ihre veralteten Meinungen und Interessen. Aber zur gleichen Zeit zog er Vorteile aus dieser Lebensweise, die er nicht mochte. Teure Geschenke — in dem Jahr, in dem er auf die höhere Schule kam, schenkte ihm sein Vater einen Moskwitsch-Wagen — wies er nicht zurück. In jenen Jahren interessierte sich Zaur nur für Sport, Jazzmusik, Tanz, Mädchen, westliche Kleidung und Filme.

Seine Eltern hatten das Haus mit alten, kastanienfarbenen Möbeln eingerichtet (später wurden solche Möbel zwar wieder modisch, doch damals galten sie für Zaur als Zeichen der Zurückgebliebenheit und des schlechten Geschmacks). Das Büfett und die Vitrinen hatten sie mit teurem Geschirr gefüllt. Auf dem Tisch und sogar auf dem Klavier reihten sich große Aschenbecher und kristallene Marmeladengläser aneinander. Sie liebten indische Filme, und sein Vater fingerte stundenlang am Radio, hörte arabische und persische Musik. Genußvoll schloß er dabei die Augen

29

und legte sein Ohr an den Lautsprecher des Apparates. Dann sah es so aus, als wäre er eingenickt. Nur ab und zu murmelte er genießerisch: »Wunderbar«. Seine Eltern gaben aufwendige Feste, auf denen lange, nervende Toasts ausgebracht wurden. Als Gastgeber saßen sie dann wie auf Kohlen, weil sie sich um die korrekte Tischordnung sorgten und fürchteten, jemanden vergessen zu haben oder zu versäumen, einen Toast auf eine hochgestellte Persönlichkeit auszusprechen: Die Reihenfolge der Gäste könnte plötzlich durcheinandergeraten: man könnte voreilig auf das Wohl eines Gastes trinken, obwohl dieser erst später an der Reihe war, oder umgekehrt; und der Unglückliche, der verpflichtet war, die Partie zu leiten, der keine Ahnung von Humor hatte, bemühte sich verzweifelt, etwas Lustiges zu sagen, brachte meistens aber nur sich selbst zum Lachen, und als die Gäste merkten, daß gelacht werden sollte, grinste man etwas albern dazu... Die Lebensordnung seiner Eltern belegte Zaur mit dem Etikett »Muselmanentum«, überlegte jedoch nie, seit wann denn die armen Muselmanen Feste gaben oder zum Trinkspruch das Glas erhoben. Und dann gab es noch unzählige Verwandte und die Verpflichtung, sich mit diesen fremden Leuten auseinanderzusetzen, ein Gespräch zu führen, sich nach dem Stand der Dinge zu erkundigen. Dann waren da noch die Leute, die öfters kamen und mit denen seine Mutter klatschte: Wer lebt wie, wer ist aufgestiegen, wer unterstützt wen, wer ist wessen Landsmann, wer steckt mit wem zusammen, wer verdient wieviel, wer hat was gekauft, wer schlägt seine Frau, wer legt den Ehegatten tausendfach herein. Alles dies war Zaur fremd, waren Erscheinungen einer Welt, die er nicht mochte, die ihm nicht gefiel, die er manchmal sogar haßte. Manchmal empfand er seine Eltern sogar als minderwertig. Aber seltsamerweise ließ er sich nie etwas anmerken. Auch wenn er sie zeitweise haßte, scheute er sich keineswegs, ihre Geschenke anzunehmen: So komisch es auch war, in ihm erwachte dann das Gefühl, seine Eltern seien verpflichtet, ihn zu unterstützen.

Schließlich setzte er alle Hebel in Bewegung, um die Objekte seiner Begierde zu bekommen. Seine Mutter war Hausfrau, während sein Vater das Geld verdiente, aber er hatte nicht den Mut, sich direkt an ihn zu wenden; zwischen ihnen schien eine unsichtbare Wand zu bestehen, weshalb er sich zuerst an seine Mutter wandte: »Ich will mir einen Mantel und einen Anzug kaufen«, »Ich möchte verreisen«, gab er als Gründe an. Manchmal versuchte er auch, halb scherzhaft anzudeuten, was ihm am Herzen lag: »Für wen spart ihr eigentlich dieses Geld? Für wen, wenn nicht für euer einziges Kind, wollt ihr das gesamte Vermögen eines Professors ausgeben?«

Alle seine Wünsche wurden erfüllt, obwohl diese Großzügigkeit keinerlei Dankbarkeit bei ihm hervorrief. Stattdessen bekamen sie ein scherzhaftes, glückliches Lächeln.

In diesen Jahren war Zaur mit einem wassernixenhaften blonden Mädchen namens Tanya befreundet. Tanya war Sportlerin, eine Meisterin im Segeln. Niemand hatte eine Ahnung, wie Zaurs Mutter herausfand, mit wem ihr Sohn zusammen war. Diese Beziehung paßte Ziver Hanım gar nicht: »Deine Tanka-Manka hat schon wieder angerufen.«

Mit »Tanka-Manka« war natürlich die nixenhafte Segelbootmeisterin gemeint. Eines Tages zog sie mit ihren Eltern nach Lvov um und verschwand für immer aus Zaurs Leben. Manchmal erinnerte er sich an sie, und dann schien in seiner Erinnerung ein lauer, schwacher Frühlingswind zu wehen. Wenn ihm Tanya mit langen, nassen Haaren erschien, erstanden vor seinem geistigen Auge das Blau des Meeres (ihre Augenfarbe war ebenfalls blau) und die großen weißen die Wellen zerteilenden Segelboote.

* * *

Alles, was Zaurs Vater, Mecid Zeynallı, besaß, hatte er durch selbständige Arbeit in einem langen, beschwerlichen Lebenskampf erreicht. Als er in den dreißiger Jahren aus einem abgelegenen

Bergdorf nach Baku kam, besaß er nichts weiter als geflickte Stiefel, ein paar graue Hemden und Hosen und drei Manat in der Hosentasche. Mecid nahm Gelegenheitsarbeiten im Bergwerk an, verdingte sich als Kofferträger bei der Station und zeitweise sogar als Hilfskoch in einer Kantine. An der Rabfak nahm er Abendunterricht. Obwohl er keine besondere Begabung besaß, scheute er die Arbeit nicht, schlug sich die Nächte um die Ohren und schaffte es mit großer Willensanstrengung, sich schließlich einen Studienplatz zu erkämpfen, erreichte einen sehr guten Abschluß und fuhr zur Aspirantur nach Leningrad. 1936 schrieb er in Moskau seine Dissertation und wurde Kandidat der Wissenschaften, kehrte nach Baku zurück und heiratete noch im gleichen Jahr Ziver, die Sekretärin des Instituts, an dem er seine Arbeit aufnahm. Ziver und ihre Familie hatten im Dağlı-Wohnviertel ein zweistöckiges Haus geerbt. Das obere Geschoß vermieteten sie, in den zwei Zimmern des ersten Stockes lebten Mecid und Ziver genau ein Jahr lang mit Zivers Mutter und ihren Schwestern. Danach zogen sie in eine Wohnung, die im Stadtzentrum frei geworden war; später bekamen sie noch zwei angrenzende Zimmer dazu.

Im September 1940 wurde Zaur geboren.

Der Krieg begann, und der Artillerie-Offizier Mecid Zeynallı wurde in Sewastopol verwundet. Als er das Krankenhaus verließ, rief man ihn eilends nach Baku und schickte ihn mit einer Gruppe von Geologen in den Iran. Bis zum Ende des Krieges blieb er dort. Von den Mitbringseln aus dem Iran erinnerte sich Zaur am stärksten an die lackierten Stiefel und die farbigen Schokoladenschachteln. Nach dem Krieg habilitierte sich Mecid Zeynallı, bekam einen Lehrstuhl und wurde mit einem Orden ausgezeichnet.

Von Tehmines Prophezeiungen erwies sich eine als zutreffend: Je älter Zaur wurde, um so weicher wurde er und fühlte sich mehr zu seinen Eltern hingezogen. Sein Verhältnis zu ihnen wurde auch uneigennütziger, obwohl er es manchmal noch fertigbrachte, zu seiner Mutter zu sagen: »Gut, greif mal in die Taschen, das Geld vom Professor verschimmelt ja schon!« Sein Gehalt deckte nicht einmal ein Zehntel seiner Ausgaben, und trotzdem sagte er jedesmal, wenn er seine Mutter um Geld bat: »Ich borge es mir nur. Wenn ich mein Gehalt bekomme, zahle ich alles zurück.« Beide wußten, daß seine von Tag zu Tag wachsenden Schulden nie beglichen würden.

Einmal hatte er sich aufgeregt, weil sein Vater eine Genossenschaftswohnung mit drei Zimmern gekauft und auf seinen Namen überschrieben hatte. »Wer weiß, wann die Wohnung fertig wird. Stattdessen hätte er mir das Geld geben sollen«, dachte er. Zudem fühlte er sich in seinem Stolz verletzt: »Das heißt wohl, daß mein Vater auch meine zukünftige Wohnung bezahlen wird.« Andererseits freute er sich auf eine eigene Wohnung. Einmal hatte sein Vater ein Gespräch über dieses Thema angefangen. Er hatte einen Zeitpunkt abgepaßt, als Ziver Hanım nicht zu Hause war.

»Natürlich«, sagte sein Vater, »würden wir gerne immer mit dir zusammenleben, aber, ohne etwas verheimlichen zu wollen, du weißt selbst, daß deine Mutter einen schwierigen Charakter hat. Auch wenn deine zukünftige Frau ein Engel sein sollte, wird sie mit deiner Mutter nicht auskommen. Unverträglichkeit und Klatsch in der Familie sind doch zu nichts nutze. Deshalb sollten wir die ganze Sache so handhaben, daß wir Achtung und Liebe untereinander nicht zerstören. Es ist an der Zeit, daß du dir Gedanken über das Heiraten machst. Wir haben auch allmählich das Alter von Großeltern erreicht. Überlege es dir von allen Seiten. Na ja, bis dahin promovierst du dann hoffentlich auch.«

Sein Vater hatte noch nie auf diese Weise mit ihm gesprochen. Überhaupt redeten sie nur wenig. Sein Vater ging in seinem Beruf auf, vertiefte sich in seine Bücher. Zaur hatte überhaupt zum erstenmal derartig offene Worte aus seinem Mund gehört. So präzise, beinahe graphisch, er vor vielen Jahren sein eigenes Leben aufgebaut hatte, so genau plante er nun offensichtlich Zaurs Leben: zuerst der Hochschulabschluß, dann Promotion, eine eigene Wohnung, dann Heirat und schließlich Kinder. Offensichtlich hatten sogar der Zweite Weltkrieg und die Verwundung seine Lebenspläne nicht stören können. Jetzt hatte Zaur den festgelegten Weg zu beschreiten, und hoffentlich würde später dessen Sohn ebenfalls folgen.

* * *

Nach dem Abendessen zog sich Vater in sein Arbeitszimmer zurück, Zaur blätterte in Zeitschriften, und auf einmal sagte Ziver:
»Sieh an, was bekomme ich für Sachen zu hören?«
Zaur, der gerade ein Kreuzworträtsel im »Ogonyok« überflog, fragte gleichgültig:
»Was für Sachen?«
»Sie sehen dich öfters mit einer Frau zusammen.«
Er legte das »Ogonyok« beiseite.
»Was für eine Frau?«
»Was weiß ich, wie heißt sie doch gleich, Nermine, Tehmine... Sie arbeitet bei euch in der Verwaltung.«
Zaur bemerkte, daß er rot anlief, und ihm wurde heiß. Sich beherrschend sagte er:
»Was ist denn passiert?«
»Gut, daß in deinem Gesicht noch eine Spur von Scham zu sehen ist«, sagte sie, »blick mir doch mal in die Augen!«
Zaur lächelte mit Mühe und sah seine Mutter an.
»Ist es wahr, daß du sie in deinem Wagen über den ganzen Abşeron spazierenfährst?«
»Bei Allah, sie haben ihr alles genauestens erzählt«, dachte er.
»Weißt du denn nicht, daß man vor den Leuten nichts verbergen kann? Überlegst du denn nicht? Sie ist eine verheiratete Frau. Sie ist keine von diesen Tanka-Mankas.«
»Wer liefert dir diese Nachrichten? Haben die denn nichts an-

34

deres zu tun?«

»Nein, es sieht so aus, als hättest du nichts zu tun. Schämst du dich gar nicht? Hör zu, was ich dir sage, du bist kein kleines Kind mehr. Du bist ein erwachsener Mann. Ich habe mich noch nie in deine Angelegenheiten eingemischt. Sag schon, ob ich mich je eingemischt habe! Aber diesmal sage ich etwas; mach die Ohren auf und höre, was ich zu sagen habe! Bis jetzt hat dein Vater noch nichts davon gehört, also mach dieser Sache ein Ende, ein für alle Mal! Hast du mich verstanden?«

Zaur wurde wütend: Was ist das für ein Ultimatum, er war doch kein kleines Kind? Aber er schwieg. Vielleicht hätte auch Ziver Hanım das Gespräch an dieser Stelle beenden sollen. Wenn sie sich mit dem bisher Gesagten zufrieden gegeben hätte, wäre vielleicht alles anders verlaufen. Aber sie war eine eigensinnige Frau und konnte ihren Mund nicht halten. Ihre Worte beschleunigten die kommenden Ereignisse. Sie verzog das Gesicht zu einer Grimasse des Ekels:

»Jetzt ist sie schließlich bei dir angelangt«, sagte sie, »nachdem sie alle Männer aus eurer Verwaltung ausprobiert hat, bist du jetzt an der Reihe!«

»Es reicht«, erwiderte er, »es gehört sich nicht, daß du so redest. Den Weibertratsch anderer zu wiederholen steht dir nicht an.«

»Weibertratsch? Die ganze Stadt spricht davon...! Die ganze Stadt weiß doch...«

»Die ganze Stadt... Hast du etwa eine Umfrage in der Stadt gemacht?«

»Das wäre wirklich nicht nötig, alle wissen davon. Für sie macht es doch keinen Unterschied, wer es ist... Wer war doch gleich der Alte, der ihr Vater sein könnte? Er arbeitet bei euch im Büro, wie heißt dieser Hund doch gleich, ein kleiner, glatzköpfiger Kerl, mit einer Warze auf der Nase.«

Er wußte genau, wen seine Mutter meinte, hütete sich aber Dadaşs Namen zu verraten.

»Ach ja, Dadaş, Dadaş heißt er. Daß sie sich nicht in Grund und Boden schämt, dieses schamlose Weibsbild. Ein junges Mädchen, nicht häßlich, nicht häßlich, hat einen jungen Ehemann, und nun schau dir an, wem sie den Kopf verdreht, einem alten, häßlichen Kerl.«

Das wollte Zaur genauer wissen:

»Das hört sich ja so an, als wäre nicht das Schlimme, daß sie eine Liebelei hätte, sondern mit wem.«

»Dreh mir nicht das Wort im Mund herum! Mit wem sie etwas anfängt, ist ihre Sache und die Sache Ihres Kupplerehemannes. Wie kann man nur so dumm sein und mit so einer Frau zusammenleben? Aber von dir soll sie bloß die Finger lassen, sonst, bei Allah, kann sie etwas erleben, daß sie ihren eigenen Namen vergißt.« Was Tehmine noch alles erleben konnte, fügte Ziver Hanım noch präzisierend hinzu: »Ich werde ihr die Augen auskratzen, dieser Hündin.«

Zaur kannte den Charakter seiner Mutter, und er wußte, daß sie auch tat, was sie sagte. Offensichtlich quälten sie diese Vorfälle. Zaur wollte das Ganze nicht weiter zuspitzen und sagte begütigend:

»Laß es gut sein, Mutter, um Allahs willen! Zwischen uns ist nichts. Wir arbeiten in der gleichen Abteilung. Nach der Arbeit habe ich sie vielleicht ein- oder zweimal nach Hause gefahren, das ist alles. Wo liegt da ein Problem? Wenn dich das so sehr stört, dann verspreche ich dir, sie nie wieder mit dem Auto irgendwohin zu fahren, laß sie doch mit dem Omnibus fahren!«

Wie gewöhnlich sprach er ein wenig im Scherz, aber insgeheim machte er sich doch Vorwürfe. Es kam ihm vor, als würde er Tehmine verraten. Um vor seinem Gewissen bestehen zu können, sagte er schließlich:

»Was Dadaş betrifft, kann ich dir hundertprozentig versichern, daß dies eine Lüge ist. Ich bin mir vollkommen sicher. Zwischen ihr und Dadaş war nie etwas und wird auch nie etwas sein.«

»Woher weißt du das? Hat sie dir das selbst gesagt?«

»Nein, nicht sie selbst. Wir arbeiten ja im gleichen Büro, und ich bin schließlich nicht blind. Diese Gerüchte sind vollkommen falsch.«

»Als ob es nur Dadaş wäre. Sogar unser Nachbar hat etwas mit ihr gehabt.«

»Welcher Nachbar?«, fragte Zaur, und es lief ihm eiskalt den Rücken hinunter.

»Alyas Sohn, Spartak. Alya sagt, daß sie den armen Jungen gar nicht in Ruhe gelassen hat. Das Telefon klingelte unaufhörlich. Von wo hat sie angerufen, möchte ich wissen? Von zu Hause doch wohl? Wo treibt sich bloß ihr Dummkopf von Mann herum. Ach...«

Zaur war schockiert, sein Verstand schien wie betäubt, und als er langsam wieder zu sich kam, wurde er nur noch von einem Wunsch beseelt: sich sofort mit Tehmine zu treffen, nach der Sache mit Spartak zu fragen und entweder Schluß mit ihr zu machen, oder... Er hörte die Stimme seiner Mutter kaum noch. Sie redete und redete. Schließlich habe es Alya nicht mehr geduldet und sich selbst darum gekümmert. Aber Alya habe nicht so mit ihrem Sohn darüber geredet wie sie jetzt. Ihr Sohn sei sowieso ein schwachsinniger Taugenichts. Nein, Alya habe sich mit dieser schamlosen Person unterhalten. Sie habe angerufen und gedroht, sie werde sie packen und ihr die Haare einzeln ausreißen, wenn sie nicht Vernunft annehme. Ziver Hanım lachte:

»Nicht einmal die Haare sind echt, sie trägt eine Perücke, die Schwindlerin.«

Zaur kam es vor, als wären diese Drohungen schon wahr geworden, in Gedanken sah er, wie Ziver Hanım Tehmine die Augen auskratzte und Alya Hanım ihr die Haare ausriß (ihre Haare waren echt, das wußte Zaur sehr gut).

»Ich gehe ein bißchen an die frische Luft«, sagte Zaur.

Von der ersten Telefonzelle rief er Tehmine an.

»Ja, bitte«, meldete sich eine weiche Männerstimme. Es war Manaf, Tehmines Mann.

Zaur hängte auf.

Der Abend war angebrochen, es begann zu dämmern. Zaur ging spazieren. Zweimal rief er noch an, hörte Manafs Stimme und legte auf. Natürlich hätte er ihn begrüßen, seinen Namen nennen und Tehmine an den Apparat holen lassen können, schließlich arbeiteten sie zusammen im Büro und kannten sich seit einer gewissen Zeit. Aber erstens war er nicht dazu aufgelegt, mit Tehmines Mann zu reden und zweitens hätte Manaf etwas zu Ohren kommen können. Tehmine hätte wohl kaum in Gegenwart ihres Mannes erklären können, ob sie mit Spartak befreundet war oder nicht. Seinen Gedanken nachhängend, wurde er immer ruhiger. Nehmen wir mal an, daß Dadaş oder sogar Spartak Tehmines Liebhaber waren. Was geht mich das an? Ist sie denn meine Frau oder mit mir verwandt, meine Tochter, oder meine Schwester? Sie ist hübsch, und sie zieht mich an. Sehr gut, ich habe erreicht, was ich wollte, wir sind uns näher gekommen. Wir haben schöne Minuten und Stunden miteinander verbracht. Jetzt müssen wir uns trennen, wie sie selbst gesagt hat. Sehr schön... Warum noch betrübt oder eifersüchtig sein? Ist sie mit dir verwandt? Nein... Muß ich denn ihr Gewissen auf mich laden? Außerdem waren diese Verhältnisse (wenn es sie überhaupt gegeben hat) vor unserer Beziehung. Was geht es mich an? Aber trotzdem, der Gedanke, daß Tehmine mit Spartak zusammen gewesen sein sollte, brachte Zaur innerlich zum Kochen. Er konnte Spartak auf den Tod nicht ausstehen. Schon seit frühester Kindheit, als sie noch im Hof spielten und rauften, war er ihm auf die Nerven gegangen; Spartak war hinterhältig, er petzte und war außerdem feige: wie oft hatte Zaur ihn verprügelt. Alya Hanım lügt mit Sicherheit. Würde Tehmine, die hübsche Tehmine, mit diesem Abschaum Spartak jemals ein Verhältnis eingehen? Wahrscheinlich hatte er es nicht geschafft, mit ihr anzubändeln und log nun das Blaue vom Himmel herunter. Redete Dadaş nicht genauso daher? Tehmine hatte Zaur erzählt, was Dadaş erzählte und aus welchem Grund. Und jetzt Spartak? Wenn sie mal etwas mit Spartak gehabt hätte, dann hätte sie ihm bestimmt davon erzählt.

Das letzte Mal rief er um halb zwölf an, wieder hörte er Manafs Stimme und legte auf. Auf dem Rückweg überlegte er: »Es ist wirklich sonderbar, gerade habe ich Manafs Stimme gehört. Sie sind zusammen in einem dunklen Zimmer. Sie werden die Nacht gemeinsam verbringen. Sie sind Mann und Frau.« Aber dieser Gedanke störte ihn weniger als die Zweifel um Spartak.

Es begann zu regnen. Als Zaur nach Hause ging, fiel ihm plötzlich ein, er könnte Tehmine morgen bei ihrer neuen Arbeitsstelle anrufen. Zwar kannte er ihre neue Telefonnummer nicht, aber er könnte sie von Dadaş bekommen. Er könnte vielleicht jetzt gleich um Mitternacht bei Dadaş anrufen. Plötzlich fiel ihm eine Geschichte ein, die ihm Tehmine erzählt hatte: Eines Nachts, um drei Uhr, hatte Nemet im Rausch Dadaş angerufen und ihn nach der Farbe von Tehmines Augen gefragt.

»Nein, so werde ich es nicht machen«, dachte er, »ich werde Dadaş nicht anrufen. Schließlich kann ich ihn morgen im Büro fragen.«

* * *

Am nächsten Tag kam er lange nicht an Dadaş heran, das Zimmer war voller Leute. An Tehmines Platz saß eine neue Angestellte, ein schwarzhaariges Mädchen. Zaur wechselte ein paar Worte mit Nemet und verließ das Zimmer. Als er in der Pause zurückkam, sah er, daß Dadaş alleine war. Er hatte seine große, dicke Tasche geöffnet, auf dem Tisch lag eine Zeitung, auf der er sein Essen ausgebreitet hatte. Es war heiß, und Dadaş troff der Schweiß vom Gesicht auf das gebratene Huhn. Zaur wurde es bei diesem Anblick plötzlich übel.

Dadaş blickte auf und sagte:

»Komm, komm, iß mit.«

»Guten Appetit«, sagte Zaur und setzte sich an einen Tisch gegenüber. Dadaş erkannte, daß Zaur etwas von ihm wollte. Er schluckte einen großen Bissen und fragte:

»Willst du mich sprechen?«

»Ja, wissen Sie die Telefonnummer von Tehmine, auf ihrer neuen Stelle?«

»Ja, ich weiß sie«, sagte Dadaş und griff ohne seine Hand abzuwischen, mit den fettigen Fingern in die Innentasche seines Jacketts, zog ein kleines Notizbüchlein hervor, blätterte in den zerknitterten Seiten, fand die Nummer und las sie ihm vor. Zaur schrieb sie nicht auf. Die Nummer würde er, wie Tehmines Privatnummer, fürs ganze Leben auswendig behalten.

Mehr wollte er von Dadaş nicht. Er hatte erfahren, was er wissen wollte, ohne daß es jemand mitbekommen hatte. Was sollte er sich noch mit ihm unterhalten? Er hätte jetzt gehen können, aber er blieb noch sitzen, und auf einmal faßte er den Entschluß, ein wenig nachzufragen.

»Warum ist Tehmine eigentlich von hier weggegangen?«

Dadaş kaute ausgiebig einen Bissen, schluckte ihn dann endlich und schüttelte stumm und langsam den Kopf. Schließlich sagte er: »Tja, das ist eine lange Geschichte. Sie wird ihr Leben damit verbringen, wie ein Schmetterling von hier nach da, von einem Ort zum anderen zu flattern.« Dadaş hatte ernst und entschieden gesprochen und fügte noch hinzu:

»Anscheinend steckt ein ehemaliger Liebhaber dahinter.«

Zaur war sprachlos.

»Was für ein Liebhaber?« fragte er.

»Wie heißt der Junge noch? Ich glaube Muhtar, Muhtar Meherremov. Er ist, glaube ich, Regisseur beim Fernsehen. Ich weiß nicht, was sich zwischen ihnen abspielt, aber ich bin hundertprozentig sicher, daß er Tehmine zum Fernsehen geholt hat. Er will sie zur Ansagerin machen. Sie sei Philosophin, habe ein Diplom und ein Hochschulstudium abgeschlossen. Und jetzt wird sie Ansagerin. Ja, ja... was war denn, was hat ihr hier gefehlt? Sie hat normal verdient, ein Honorar hat sie auch ab und zu bekommen, sie konnte kommen und gehen, wann sie wollte.«

Aus Dadaş Worten war zu hören, daß er wütend auf sie war und sich durch ihre unerwartete Entscheidung beleidigt fühlte. Er schien Tehmine wirklich zu lieben, da ihre Untreue ihm so zu schaffen machte. Was ließ ihn so sprechen — seine Verletztheit, seine Wut, seine Eifersucht oder vielleicht nur der Wunsch, sie zu beschützen? Er bedauerte, daß Tehmine ihren eigenen Wert nicht erkenne, nicht wisse, wohin sie gehöre. Na gut, aber wer war dieser Meherremov, wo kam der auf einmal her, was war das für einer? Eine alte Liebe? Vielleicht meinte sie genau diesen Meherremov, als sie sagte, daß ein alter Bekannter sie zum Fernsehen gebracht hätte. Ein alter Bekannter. Wohin man auch sieht, überall alte Bekannte von ihr. Stellt man sich denn so eine Frau vor, bei Allah?

Dadaş hatte zu Ende gegessen. Die Überreste der Mahlzeit wickelte er in eine Zeitung. Zaur stand auf und wollte gerade gehen, als er Dadaş sagen hörte: »Zaur, mein Sohn, ich kenne deinen Vater gut. Ich achte ihn. Du bist für mich wie ein Sohn. Sei nicht beleidigt, aber ich möchte dir einen guten Rat geben, sozusagen als väterlicher Freund: Schlag dir diese Frau aus dem Kopf!«

Zaur hätte ein derartiges Wort nie erwartet und war vollkommen verblüfft.

»So ist das also«, dachte er, »alle wissen davon.« Seine Mutter hatte Recht, vor den Leuten kann man nichts verbergen. Wenn das so war, dann mußte auch Dadaş alles wissen. Wahrscheinlich hatte er ihm nur von diesem Meherremov erzählt, um sich ein wenig an ihm zu rächen. Wenn all dies stimmte, dann war Zaur sozusagen Dadaş Rivale. Ein Rivale, der bekommen hatte, was er wollte.

»Dieses Mädchen ist eine rechte Plage. Glaub mir! Ich verstehe es ja: Sie ist schön, wunderschön und anziehend. Du bist ein junger Mann... Aber wenn möglich, dann bleibe ihr fern! Die läßt dich schneller links liegen, als du auch nur ahnen kannst.«

Zaur versuchte, mit bitterstem Ausdruck zu antworten:

»Und ich hatte geglaubt, daß Sie ein gutes Verhältnis zu ihr haben.«

Diesmal war es Dadaş, der erstaunt und wortlos war, aber er hatte sich sofort wieder in der Gewalt und erwiderte seelenruhig:

»Ja, ich habe eigentlich ein gutes Verhältnis zu ihr. Sie tut mir einfach leid. Sie hat, wie jeder Mensch, auch ihre guten Seiten. Aber was kann man machen? Sie wird sich selbst zugrunde richten. Sie lebt nach Lust und Laune, kümmert sich um nichts auf dieser Welt. Aber so geht es eben nicht. Es gibt immer noch Sitte und Anstand.«

»Ist schon gut, du alter Bastard. Du, ein verheirateter alter Mann, als du Tehmine so mies angeglotzt hast, was war das für Sitte und Anstand? Außerdem warst du auch noch ihr Chef!«, dachte Zaur, und blickte Dadaş stumm an. Der aber geriet in einen Redeschwall:

»Ihr ist vollkommen egal, mit wem sie etwas anfängt... Wen kennt sie nicht alles — die Basa-Direktoren, Schieber, was weiß denn ich. Und was soll das Ganze? Will sie ein neues Kleid, einen Pelz, Ringe oder Ohrringe, was weiß ich?«

Diesem wirren Wortschwall fühlte sich Zaur hilflos ausgeliefert. Er wußte, daß er keine energischen Einwände, keine wirklichen Gegenbeweise vorbringen konnte. Dadaş hätte nur gelacht.

»Du bist ein anständiger Junge, deswegen läßt du dich auch hereinlegen. Deswegen konnte sie dich hereinlegen und um den Finger wickeln«, hätte er gesagt oder zumindest gedacht. Außerdem war Zaur nicht wirklich sicher, ob Dadaş vielleicht nicht doch recht hatte. Ja, Tehmine redete viel über die verschiedensten Leute und ihre Berufe. Ihre Kleider mußten vom besten Schneider in

42

ganz Baku genäht werden, Portraitphotos mußten von berühmten, auf Wettbewerben siegreichen Photographen stammen, ihr Friseur und sogar der Zahnarzt waren die angesehensten ihrer Zunft. Ja, und diesen Lebensstil konnten ihr nur bestimmte Männer bieten; dafür hatte sie dann eine Gegenleistung zu erbringen.

Schon zum zweitenmal heute erfuhr Zaur schreckliche Dinge über Tehmine, und es verletzte ihn. Aber war ihm vor drei Monaten, noch vor ihrer Bekanntschaft, nicht bereits solcher Tratsch zu Ohren gekommen? Warum hatte er sich um dieses Gerede nicht im geringsten gekümmert? Womöglich war er damals erst neugierig geworden. Vielleicht hatte er sich im Innersten gesagt, wenn diese Frau so leicht zu haben ist, warum soll ich dann nicht auch etwas davon profitieren? Zaur hatte erreicht, was er wollte, also warum sollte er sich noch quälen. Alles war gelaufen... Was ging es ihn noch an? Was war ihm Tehmine schon wert? Eine schöne Erinnerung an die letzten drei Monate, mehr nicht.

Aber auch mit diesen Gedanken konnte er den Schmerz nicht lindern.

Er mußte Dadaş jetzt entgegnen:

»Ich hätte nie gedacht«, sagte er, »daß Sie so schlecht von Tehmine reden könnten.«

Dadaş erwiderte trocken:

»Ich erzähle doch nur Tatsachen, will dich warnen. Du bist für mich wie ein Sohn und ich wie dein Onkel.«

Das klang lustig: »Ich dein Onkel, du mein Sohn.« Zaur mußte lachen. Es war ein nervöses Lachen, während er in Dadaşs Augen blickte.

»Sie sind weder mein Onkel, noch bin ich Ihr Sohn. Ich bin kein Kind mehr. Ich weiß, was ich tue.«

Er sagte ihm das geradeheraus ins Gesicht und freute sich, daß er den Mut fand, seine Meinung diesem warzennasigen alten Mann offen und ehrlich entgegenzusetzen: »Er wird mir von nun an feindselig gesinnt sein, aber was soll's. Er soll machen, was er will«, dachte Zaur und verließ das Zimmer, ohne sich zu verabschieden.

4

Die Einung brennt mir in der Seele und auch der Trennungsschmerz,
Mein Haupt sank mit einem seltsamen Licht diese Nacht.

So wie sich ein jeder an die von ihm bewohnten Räume gewöhnt, so gewöhnt sich ein Autofahrer an die Stadt: An ihre Straßen, Plätze, Kurven, Steigungen und Gefälle. So wie die Bewohner eines Hauses die reparaturbedürftigen Ecken kennen, so kennen die Autofahrer die glatten und die unebenen Stellen der Straßen. Geheimnisse, wie Durchgangssperren, Abbiegeverbote, defekte Ampeln und unerwartete Gräben bereiten ihnen tagtäglich kleine Beunruhigungen. Genauso verursachen undichte Dächer, verstopfte Wasserrohre, kaputte Fensterscheiben und knarrende Holzböden Kopfzerbrechen. So wie sich jemand in seinen eigenen vier Wänden auch im Dunkeln zurechtfindet, so hatte Zaur das Gefühl, selbst mit verbundenen Augen durch die Straßen Bakus fahren zu können. Natürlich fuhr er nicht blind, sondern beobachtete aufmerksam die anderen Autos, die Fußgänger, die Ampeln und die Handzeichen der Schutzmänner. Aber obwohl er die Stadt wie seine Westentasche kannte, wußte er nicht, in welche Richtung er fuhr. Er war mit seinen Gedanken ganz woanders, dachte über Dadaş nach und über das Gespräch, das er mit ihm geführt hatte.

Er stellte sich sein Gesicht vor, fühlte wachsenden Haß gegen ihn und beschimpfte ihn gehörig: »Wie aufgeblasen er daherredet. Für sie mache keiner einen Unterschied. Von wegen Basa-Direktoren und Schieber. Wenn sie schon keine Unterschiede macht, warum bist du dann nicht an sie herangekommen? Und willst du sie deswegen schlecht machen und sie mit Dreck bewerfen?«

Aber das Schlimmste war, daß Zaur sich nicht sicher sein konnte, ob das Gerede von Dadaş nicht vielleicht doch der Wahrheit entsprach. Er wollte, unabhängig von Dadaşs Worten, über Tehmine nachdenken, konnte sich aber über nichts Gewißheit verschaffen. Es schien ihm, als gäbe es Tehmine zweimal. Die eine, die sich mit Zaur traf, der Zaur bereitwillig alles glaubte; die andere, eine Fremde, Unbekannte, die nur in den Gedanken vieler Männer lebte. Welche Tehmine war die Wirkliche, die Wahre? Vielleicht auch beide? Die eine war die Wahre. Die andere war die, die in den Vorstellungen, Träumen derer, die sie verleumdeten und ablehnten, existierte.

Diejenigen, die Tehmine in irgendeiner Weise verdächtigten, waren ihr gegenüber keineswegs gleichgültig eingestellt. Entweder gefiel sie ihnen oder sie haßten sie oder waren um ihretwillen eifersüchtig oder rächten sich an ihr, wenn sie sich jemand anderem zuwandte.

Während Zaur über diese Dinge nachdachte, verschwand allmählich sein Interesse, Tehmine anzurufen. Dieser Anruf, der gestern für Zaur noch eine so große Bedeutung gehabt hatte, erschien heute, nach dem Gespräch mit Dadaş, vollkommen fehl am Platz. Wonach hätte er schon fragen können? Nach Spartak oder diesem Regisseur? Oder nach den Basa-Direktoren oder den Schiebern? Was hätte Tehmine für Antworten gegeben auf ein solches Verhör? »Wenn du mich für eine Hure hältst, dann macht es für dich sowieso keinen Unterschied«, würde sie vielleicht sagen, »und wenn nicht, wie kannst du dann deine Zweifel beseitigen?« Vielleicht würde sie auch alles bestreiten und nur die Sache mit dem Regisseur zugeben oder die mit Spartak. Irgendwie kamen Zaurs Gedanken wieder durcheinander. Nein, das durfte nicht geschehen, er mußte sich unter Kontrolle bekommen. Er durfte über diese Dinge nicht mehr nachdenken. Er mußte einfach nur warten. Er brauchte mit niemandem über Tehmine zu reden. Er mußte sie auch nicht anrufen. Nur warten, mehr nicht. Früher oder später würde sie bei ihm anrufen, das bezweifelte Zaur nicht. Wenn sie anruft, um ein Treffen auszumachen und dieses Treffen zustandekommt, dann könnte er mit ihr über alles reden.

* * *

Die Tage vergingen, ohne daß Tehmine sich meldete.

Eines Abends ließ Ziver Hanım rein zufällig verlauten, daß Zaurs Gemeinschaftswohnung in ein oder zwei Monaten fertig sein müßte. Zaur erkannte die Absicht, die hinter dieser Andeutung lag. Immer wenn sie mit dieser Wohnung begann, kam sie anschließend auf das Heiraten zu sprechen. Und gerade diese Sache war Zaur immer ein Rätsel gewesen, denn er wußte genau, seine Mutter würde nie mit seiner Frau auskommen, zwischen ihnen würden Tratschereien entstehen, sie würde sticheln und, auch wenn seine Frau schlagfertig sein sollte, nicht zurückstecken, es würde zu einem regelrechten Familienstreit kommen. Und trotzdem beharrte Ziver Hanım ungeduldig darauf, ihren Sohn zu verheiraten. Ihr Gespräch eröffnete sie immer in der Art: Diese Eltern hätten ihren Sohn verheiratet, jene Familie habe ihre Tochter unter die Haube gebracht, dieses Mädchen hätten sie für ihren Sohn gewollt. So kam Ziver Hanım über Umwege auf Zaur zu sprechen. Sie sagte dann, er sei nun erwachsen, der Zeitpunkt zum Heiraten wäre gekommen, wie lange er noch ledig bleiben wolle. Auch sie würden älter werden. Sein Vater habe schon zwei Infarkte hinter sich. Ihr selbst mache dieses verdammte Asthma zu schaffen. Hätten sie es denn etwa verdient, so zu sterben, den glücklichsten Tag im Leben ihres Sohnes nicht zu erleben, nicht auf seiner Hochzeit zu tanzen, nicht mit ihren Enkelkindern spielen zu können, usw... Alles leere Worte. Sie hätten eine schwierige Kindheit verbracht, Hunger, Armut, Not und Elend ertragen müssen. Und so sei es ihr sehnlichster Wunsch, daß wenigstens ihr Sohn glücklich werde, keine Not erleiden müsse, einem anständigen, wohlerzogenen Mädchen begegne, daß er es heiraten würde und daß sie Kinder bekämen, und daß sie dies alles miterlebten und sich daran freuten. Das Glück, das sie in ihrer Jugend nicht erleben konnten, das sollten einmal ihr Sohn und ihre Enkel im Leben haben. »Deren Glück ist doch auch das unsere, nicht wahr?«

Zaur ließ diesen Wortschwall jedesmal geduldig über sich ergehen, lächelte insgeheim darüber, sagte weder »Ja« noch »Nein«. Aber diesmal hatte sie ihre Ausführungen noch um einen Punkt erweitert. Zuerst dachte er, sich verhört zu haben.

»Wer?« fragte er. »Welche Firengiz?«

»Na, unsere Nachbarin, Alyas Tochter.«

Dieser Vorschlag kam so unerwartet, daß Zaur vollkommen verwirrt war.

»Die ist doch noch ein Kind.«

»Wieso ein Kind, sie ist neunzehn Jahre alt, studiert an der Hochschule. Du bist nur fünf Jahre älter als sie. Es gehört sich doch, daß der Mann etwas älter ist als die Frau.«

Natürlich hatte sie damit den Altersunterschied zu ihrem Mann im Hinterkopf. Sie war acht Jahre jünger als er.

»Ihre Eltern sind auch dafür. Wie oft hat mir das Alya angedeutet. 'Sei froh', sagt sie, 'du hast nur einen Sohn. Damit hat man es nicht schwer. Schau, ich habe auch einen Sohn. Ich brauche mir kein bißchen Sorge um ihn zu machen. Aber mit Töchtern ist das anders. Ach, was für einen Mann wird sie wohl bekommen, in was für eine Familie wird sie geraten. Meine Tochter ist wie eine verschlossene Rose', sagt sie, 'und ihr Schicksal ist noch ungewiß.

Wenn man nur wüßte, wie ihre zukünftige Familie aussieht', sagt sie, 'dann hätte man keinen Grund zu Besorgnis.' Ich bin doch nicht blöd und merke nicht, daß sie auf uns anspielt.«

»Na gut, aber warum diese Hetzerei? Was ist denn passiert, ist es schon zu spät für das Mädchen? Sie ist doch erst neunzehn, warum wird ihre Mutter unruhig?«

»Bei Allah, du verstehst ja überhaupt nichts. Kapierst du wirklich nicht, worum es geht? Ja, sie ist neunzehn. Sie wird bald heiraten. Alya Hanım macht sich Sorgen, ob sie den Richtigen findet. Andererseits kennt sie unsere Familie, kennt dich. Du bist vor ihren Augen aufgewachsen. Welche Mutter wünscht sich nicht, daß ihre Tochter in eine anständige Familie kommt?«

»Ja, und warum verleitet dies dich zu so großen Anstrengungen? Was gehen dich Probleme anderer an? Sie ist ein junges hübsches Mädchen, mit der Zeit wird sie schon jemanden finden. Warum macht dich das nervös?«

»Du glaubst, sie ist es, die mich nervös macht. Das Mädchen wird jemanden finden, ja, aber du bist es, der mir Sorgen bereitet. Solche Mädchen gibt es nicht wie Sand am Meer. Du willst Schönheit — die hat sie, du willst Verstand — den hat sie, du willst eine respektable Familie — die hat sie, du willst Anstand und Ehre — wenn sie jemandem begegnet, wird sie gleich verlegen, was willst du mehr? Wenn du sie heiratest, hast du ausgesorgt für dein ganzes Leben. Und für sie brauchst du dich vor niemandem zu schämen. Es sieht so aus, als würdest du solche Dinge nicht ganz verstehen.«

Seltsamerweise erschien Zaur, als seine Mutter die Vorzüge von Firengiz aufzählte, Tehmine vor Augen, und er konnte nur schwer den Wunsch unterdrücken, sie gleich anzurufen und sich mit ihr zu treffen.

»Sie kommen morgen zu deinem Geburtstag«, sagte Ziver Hanım. Da er mit seinen Gedanken noch ganz woanders war, zuckte er unwillkürlich zusammen.

»Wer kommt?«

»Was heißt hier wer? Von wem rede ich denn schon stundenlang? Unsere Nachbarn, Alya, ihr Mann. Ihre Tochter bringen
sie auch mit.«

Als er das hörte, ging ihm auf einmal ein Licht auf. Warum hatte er nicht gleich daran gedacht. Hoch sollte sie leben, seine Mutter, denn sie hatte ihn daran erinnert: er hatte morgen Geburtstag. Auch Tehmine kannte das Datum, sie hatte es in ihr Notizbüchlein geschrieben. Wahrscheinlich wartete sie auf diesen Tag
und hatte deshalb nicht angerufen. Offensichtlich brauchte sie einen Vorwand, um anzurufen, um ein neues Treffen auszumachen. Natürlich, so mußte es sein.

Zaur dachte mit Freude daran. Seit seiner frühesten Jugend hatte er nicht mehr mit einer derartigen Ungeduld seinem Geburtstag entgegengesehen. Üblicherweise versammelten sich an diesem Tag ihm völlig fremde Verwandte, sprachen Glückwünsche
aus und führten eintönige Gespräche. Im September kam oft
noch dieses heiße Wetter hinzu, wodurch die Leute übermäßig
schwitzten und die Innenräume nach Schweiß rochen. Zaur hatte jedesmal das Ende der Feier kaum erwarten können. Aber diesmal wartete er mit Sehnsucht auf den morgigen Geburtstag.

Sie rief nicht an seinem Geburtstag an, sondern am Tag zuvor.
Genauer gesagt, um Mitternacht. Es war kurz nach zwölf, und
der Kalender zeigte wirklich den 23. September. Er lag bereits im
Bett, schlief aber noch nicht. Bevor nicht im ganzen Haus die
Lichter gelöscht und alle Geräusche verstummt waren, konnte er
nicht einschlafen. Sein Vater ging immer früh zu Bett und stand
früh auf. Seine Mutter wartete mit dem Zubettgehen bis zum
Sendeschluß des Bakuer Fernsehens. Diese Nacht war sein Vater
schon sehr früh eingeschlafen, aber seine Mutter war noch wach.
Sie war noch zusammen mit ihrer Nachbarin Sitare in der Küche

beschäftigt. Sie trafen Vorbereitungen für den nächsten Morgen. Aus der Küche drangen süße und würzige Gerüche — von Baklava, Şekerbura, Şekerçöreği. Im Zubereiten von raffinierten Gerichten konnte es niemand mit Ziver Hanım aufnehmen. Aber morgen mußte sie sogar ihre anerkannte Geschicklichkeit noch übertreffen, denn die peinlich genaue Alya würde ihr Urteil abgeben. Leise Stimmen waren aus der Küche zu vernehmen. Um den Professor nicht in seinem Schlaf zu stören, unterhielten sie sich im Flüsterton. Obwohl Zaur nicht jedes Wort verstand, wußte er, über was sie redeten. Sie sprachen über das hauchdünne Ausrollen des Blätterteiges, über das feine Zerstampfen der Nüße, über das genaue Maß der Gewürze, die dem Baklava zugefügt werden sollen. Sie gingen die Gästeliste durch: Wer mag dein Baklava, dein Şekerbura, wer genießt welche Torte, welches Gebäck, welchen Kuchen, welcher Mann mag die süßen Sachen für sein Leben gern, welche Frau ist mit nichts zufriedenzustellen, obwohl sie neulich den Reis hatte anbrennen lassen? Dagegen ließe sich eben nichts machen, sagte Sitare. Ziver Hanım erwiderte, eine gute Feier vorzubereiten, sei eine schwierige und ermüdende Aufgabe, aber wenn man schon nicht für sein einziges Kind Strapazen auf sich nehme, für wen dann? Natürlich, meinte Sitare, habe sie, Allah sei Dank, einen Sohn großgezogen, jetzt müsse sie auch Schwierigkeiten auf sich nehmen. Was wäre das schon, entgegnete Ziver Hanım, er habe sowieso einen so guten Charakter, ein so reines Herz. Deshalb habe sie solche Angst um ihn, so gutgläubig wie er sei, könne er an eine ganz Schlimme geraten. Zaur sei nicht so schwach, ganz im Gegenteil, er sei sehr vernünftig und selbstbewußt, könne zwischen gut und schlecht unterscheiden, sie solle sich solche Dinge nicht einreden. Dann hörte ihre Unterhaltung abrupt auf, da das Gebäck zu verbrennen drohte.

Genau zu diesem Zeitpunkt klingelte das Telefon. Zaur sprang auf. Wer konnte ihn um diese Zeit anrufen? Er nahm den Hörer ab:

50

»Hallo!«

Er hörte einen Strudel von Geräuschen: offensichtlich kam das Gespräch aus einer Telefonzelle. Zuerst war nur ein undeutliches Rauschen zu vernehmen, dann eine weit entfernte Stimme. Zaur erkannte sie sofort.

»Ich bin es, Zaurik«, sagte Tehmine, »entschuldige, daß ich so spät anrufe. Kannst du reden?«

»Natürlich.«

»Ich wollte dich schon den ganzen Tag anrufen, aber ich hatte so viel zu tun, daß ich einfach keine Zeit fand.« Ab und zu wurde die Leitung unterbrochen, aber Zaur verstand Tehmine trotzdem genau.

»Ich rufe dich vom Flughafen aus an. Ich fliege in einer halben Stunde.«

Zaur hörte stumm zu, er sagte nicht einmal »Ja« oder »Nein«.

»Hörst du mich, Zaur?« fragte Tehmine erstaunt, »hörst du mich?«

»Ja, ich höre dich.«

»Ich möchte dir gratulieren. Ich weiß ja, daß du heute Geburtstag hast. Ich habe dir auch ein Geschenk gekauft. Du wirst es morgen erhalten.«

Sie sprach sehr hastig. Es schien, als habe sie Angst, die Leitung könnte unterbrochen werden.

»Es ist nur eine Kleinigkeit, das Geschenk, aber du mußt es immer bei dir tragen, damit du immer an mich denkst. Du erhältst es morgen. Meine Nachbarin Medine wird es dir bringen, ins Büro.«

»Danke«, sagte Zaur, »aber wohin fliegst du, wenn diese Frage erlaubt ist, aus welchem Grund?« Er bemerkte, daß sie in der Küche verstummt waren und ihn scheinbar belauschten.

»Nach Moskau«, sagte Tehmine freudig, »wir machen morgen eine Sendung, von Moskau aus. Ich werde das Programm ansagen. Du kannst es dir anschauen.« Dann fügte sie noch eilig hin zu: »Gut, Zaurik, bis dann, ich muß mich beeilen, mein Flug wurde bereits aufgerufen.«

Zaur hatte den Flughafen vor Augen: Die vielfarbigen Signallampen, das geöffnete Flugzeug, die Treppe und auf der Treppe Tehmines neue Bekannte — das Personal vom Fernsehen, die Stewardeß, die mit einer kleinen Lampe die Tickets kontrollierte. Gleich würde auch Tehmine die Treppe hochsteigen, dann würden die Türen des Flugzeugs fest verschlossen werden, die Propeller würden sich zu drehen beginnen, das Flugzeug würde losfahren und schließlich abheben. Die Gruppe der Fernsehleute würde sich unterhalten, lachen, Witze reißen. Sie würden über die Sendungen am folgenden Tag reden.

Und Tehmine würde bei ihnen sein. Dieser alte Freund, der Fernsehregisseur, wie hieß er doch gleich, Muhtar, kommt wahrscheinlich mit nach Moskau. Vielleicht war er gerade jetzt bei Tehmine, neben dem Telefon, hörte dem Gespräch mit ihm zu. Genauso wie seine Mutter und Sitare seinem Gespräch lauschten.

Tehmines Anruf hatte bei ihm ein Durcheinander von Gefühlen ausgelöst. Die Stimmen und die Warmherzigkeit Tehmines schienen Zaur ganz nah. Er spürte aber auch die andere, ihm fremde Freude Tehmines. Die Freude an Reisen, einer anderen Lebensart, neuen Bekanntschaften. Für Zaur war dies eine ungewohnte, fremde Welt.

»Mach's gut, Zaurik, ich wünsche dir viel viel Glück!«

»Und dir einen guten Tag«, sagte Zaur, »wie lange bleibst du?«

»Drei Tage«, sagte sie, dann wurde es still; offenbar überlegte sie, ob sie etwas Bestimmtes sagen sollte oder nicht; schließlich fügte sie mit leiser Stimme (anscheinend stand wirklich jemand neben ihr) fast flüsternd hinzu: »Komm doch auch nach Moskau, Zaurik. Also bis bald, ich muß jetzt auflegen.«

Dann war nur noch der Signalton des Telefons zu hören. Zaur dachte über Tehmines letzte Worte nach: Hatte sie das wirklich gesagt? — Jetzt, nachdem sie beim letzten Treffen von Trennung gesprochen hatte, nachdem sie das Büro, die Abteilung Dadaşs verlassen hatte, nachdem sie in die lärmende und hektische Welt des Fernsehens eingetreten war, während sie gerade mit ihren neuen Bekannten nach Moskau flog? Gerade jetzt sollte sie Zaur gebeten haben, ihr nachzureisen? Nein, er irrte sich nicht.

»Wer war das?« kam es aus der Küche.

»Niemand«, sagte Zaur, »nur ein Freund.«

5

Ich empfand keine Zuneigung zu dir, doch du richtest mich
[zugrunde,
Würde ein Ahnungsloser, der mich tadelt, bei deinem Anblick
[sich nicht schämen?

Nach Zaurs ungefährer Rechnung mußte seine Familie in Baku und in anderen Städten und Dörfern Aserbaidschans etwa siebenundsiebzig Verwandte haben. Den Schätzungen seiner Eltern traute er dagegen nicht. Wenn sie zu Späßen aufgelegt waren, begannen sie sich gegenseitig ihre Verwandten aufzuzählen. Nach seiner Mutter hatte Vater mehr Verwandte. »Seit wann ist der ein Vetter des Enkels meiner Tante?« sagte sie, zählte aber den Sohn der Schwägerin der Tochter des Onkels von Mecid zu den nahen Verwandten ihres Mannes. »Jedenfalls hat er sich auf unserer Hochschule als Verwandter vorgestellt, und du hast ihm geholfen. Aber dann, als du alles geregelt hattest, tauchte er nie wieder auf.«

Daneben gab es noch Verwandte, die Mecid »Saison-Verwandte« nannte. Niemand wußte, wie sie genau miteinander verwandt waren, aber immer dann, wenn die Prüfungszeiten begannen, standen diese »Saison-Verwandten« vor der Tür. Mit Zitaten von Nizami, Firdovsi, Sadi versuchten sie zu beweisen, daß Verwandte in schwierigen Zeiten zusammenhalten sollten, und, sollte Mecid ihren Kindern nicht helfen, dann sei alle Weisheit der großen Dichter vergebens... Im allgemeinen waren diese Sprüche in den Sommermonaten während der Prüfungen zu hören, aber auch in den anderen Jahreszeiten hatte Mecid keine Ruhe, denn er hatte ein weiches Herz. Niemals erwartete er eine Gegenleistung für seine Hilfe, nicht einmal ein Dankeschön. Manch einer, dem er in einer Notsituation beigestanden hatte, verschwand für immer. Trotzdem gab es neben diesen flüchtigen, sich in nichts auflösenden »Notverwandten« auch nahe Verwandte, mit denen sie ein gutes Verhältnis hatten. Unter diesen nahen Verwandten befanden sich die Schwestern von Ziver Hanım, ihre Tanten und Cousinen; der einzige nahe Verwandte von Mecid dagegen war der in Baku lebende berühmte Chirurg Behram Zeynallı. Zweifellos war Behram Zeynallıs Familie, seine Frau Rühsare Hanım, sein Sohn Rasim, zu diesen Verwandten zu zählen, aber mit Giyas, dem Sohn von Behrams Bruder, hatten sie keinen nennenswerten Umgang... Mecid wußte, daß Giyas mit einem Mädchen namens Dilare verheiratet war und einen Sohn hatte, aber weder er selbst, noch Ziver oder Zaur waren mit dieser Familie bekannt. Anscheinend trafen sich Giyas und sein Onkel ab und zu, aber obwohl Zaurs Familie öfters Behrams besuchte, waren sie noch nie Giyas und seiner Frau begegnet. Meistens trafen sie sich mit Behrams Familie oder anderen Verwandten an Geburtstagen, auf Verlobungen, Hochzeiten und manchmal auch an Trauertagen. Am heutigen Tag waren zwei Schwestern von Ziver, ihre Cousine und Behram Zeynallı mit seiner Frau Rühsare gekommen, außerdem zwei Arbeitskollegen von Mecid. Şahin war Assistent an seinem Lehrstuhl. Er war ungeheuer hilfsbereit. Was auch immer gebraucht wurde, besorgte er: angefangen von Sedir-Reis über frischen Fisch bis hin zur Mayonnaise. Das Verhältnis zu den Nachbarn war nicht sonderlich gut; nur die Murtuzovs waren eingeladen. Murtuzov selbst war pensionierter Oberst, er hatte sich alle seine Orden angesteckt. Mit dabei waren noch seine Frau Alya und seine Tochter Firengiz. »Ihre Tochter haben sie wohl mitgebracht, um sie in unsere Familie einzuführen«, dachte Zaur. Außerdem hatten sie noch ein anderes, fremdes Ehepaar mitgebracht, sozusagen uneingeladene Gäste. Der Ton, in dem Alya Hanım sprach, verriet nicht, ob sie etwas klären oder sich entschuldigen wollte:

»Tahire und Cabbar sind mit uns gekommen, ich habe sie dazu überredet«, sagte sie.

Tahire war Alyas mittlere Schwester. Ihre jüngste Schwester, Süreyya, war die Frau von Nemet. Nemet war Übersetzer und arbeitete mit Zaur im selben Verlag. Zaur hielt ihn für einen höchst langweiligen Menschen.

Cabbar und Tahire aber sah Zaur zum erstenmal:

»Verzeihen Sie«, sagte Tahire zu Ziver, »aber Alya hat darauf bestanden, daß wir auch mitgehen. Ich wußte gar nicht, daß Zaur heute Geburtstag hat. Ein Geschenk bleiben wir dadurch schuldig.« Ihre Entschuldigung brachte sie in einem derart arroganten Ton vor, als ob die Gastgeber sich eigentlich dafür bedanken müßten, sie als Gäste zu haben.

»Was reden Sie da, Sie sind willkommen, fühlen Sie sich wie zu Hause!« sagte Ziver Hanım.

Zaur fiel auf, daß auch seine Mutter mit einem abweisenden Unterton in der Stimme sprach. Zweifellos hatte sie Tahires Arroganz bemerkt.

Zaur begriff sofort, daß diese Leute nicht nur gekommen waren, um Firengiz vorzuführen, sondern auch, um sich Zaur anzusehen. Genauer gesagt seine Familie, ihre Verwandten, ihre Wohnung, ihre Verhältnisse, ihr Benehmen, mit einem Wort, die Umgebung, in die »ihre Firengiz« kommen könnte. Offensichtlich war Tahire nicht nur Alyas Schwester, sondern auch ihre engste Beraterin. Zaur fand diese Kindereien nicht nur lächerlich, sondern entwickelte auch einen gewissen Haß. Seine Gefühle versuchte er jedoch zu verbergen und zeigte jedem ein freundliches Gesicht. Darüber war er selbst erstaunt. Er wünschte sich jedoch inständig, daß dieser Tag möglichst schnell zu Ende ging. Trotzdem war er an diesem Tag von einem warmen, beglückenden Gefühl durchdrungen, das ihn nachsichtiger werden ließ.

Alle paar Minuten steckte er seine Hand in die Tasche, holte sein »Ronson«-Feuerzeug hervor und zündete es an. Ihm kam es so vor, als würden alle an seiner Freude teilhaben. Das Feuerzeug hatte heute Medine, Tehmines Nachbarin, gebracht. Es war das Geschenk, von dem Tehmine gesprochen hatte. Ein »Ronson«-Feuerzeug, einen Strauß Rosen und eine Glückwunschkarte. Zaur war wie benommen und verstand nicht alle Worte, die man an ihn richtete. Um nicht unhöflich zu wirken, sagte er ab und zu »Ja, natürlich« oder »Nein«, aber er wußte selbst nicht, ob sein »Ja, nein« immer an der richtigen Stelle kam. Tahires Mann, Cabbar, hatte mit ihm ein hitziges Gespräch über irgendetwas begonnen. Zaur nickte beständig, ohne ihm zuzuhören, murmelte immerzu »Ja, ja, natürlich«, obwohl er selbst nicht wußte, was er da ohne Einwände akzeptierte. Ab und zu sammelte er seine Konzentration, versuchte Cabbars Worten zu folgen, um festzustellen, wovon er redete. Cabbar hatte sich neben ihn gesetzt, doch seine Stimme klang wie von weit her.

»Es wäre nicht vorteilhaft, wenn Sie am Institut ihres Vaters promovieren würden. Es könnte zu Gerede kommen. Aber wenn Sie wollen, kann ich in die Wege leiten, daß Sie an unserem Institut promovieren.«

Zaur sagte, »Ja, ja, natürlich«, wußte jedoch nicht, welchen Vorschlag ihm Cabbar da so ausführlich unterbreitete. In Cabbars Redefluß mischten sich noch andere Stimmen — die seines

Vaters, seiner Mutter, seiner Tante, von Murtuz, Alya, Behram, Tahire, Rühsare, Şahin. Nur die Firengiz war nicht zu hören. Ihre Wangen glühten rot. Zaur mußte zugeben, daß sie wirklich ein wunderschönes Mädchen war, und er glaubte zu verstehen, weshalb sie so nicht sprach. Wahrscheinlich war er selbst der Grund ihrer Verlegenheit. Bestimmt hatte Alya Hanım ihr alle diese Träume behutsam und unauffällig eingeredet. Aus dem Stimmengewirr drangen einzelne Sätze an sein Ohr:

»Damals war er in meiner Truppe, unter meinem Befehl, hatte auszuführen, was ich anordnete, nun ist er hochnäsig geworden, scheint einen nicht mehr zu kennen, wenn man ihm auf der Straße begegnet«, ließ sich Murtuz vernehmen.

»Letztes Jahr flogen wir von London zurück nach Warschau, erhielten dort jedoch keine Landeerlaubnis und mußten nach Prag ausweichen, außer mir war noch Professor Speranski dabei«, erzählte Behram Zeynallı.

»Er hat mich ins Lager mitgenommen. Mutter, hat er gesagt, suche aus, was dir gefällt. Wirklich, Rühsare Hanım, ganz offen, ich traute meinen Augen nicht. Was das Herz begehrt — jede Farbe, jede Form, jeder Schnitt, es gab einfach alles«, berichtete Alya Hanım. Wie immer prahlte sie, wie großartig ihr Sohn sei. Spartak habe sie irgendwann einmal in ein Lager geführt, daß mit seltenen Waren gefüllt war — dieses Ereignis hatte Alya Hanım bereits mindestens zehnmal Ziver Hanım erzählt und Ziver Hanım bereits mindestens siebenmal Zaur. Spartak war Alya Hanıms liebstes Thema, aber nicht ihr einziges. Außer ihrem Sohn hatte sie noch zwei weitere Lieblingsthemen: die Dienstzeit ihres Mannes und den Anstand ihrer Tochter.

»Wenn nötig, dann spreche ich auch mit dem wissenschaftlichen Sekretär. Er hört auf mich, wir könnten erreichen, daß sie dich bei uns promovieren lassen«, sagte Cabbar, und Zaur antwortete:

»Ja, ja, natürlich.«

Ziver Hanım kam aus der Küche zurück.

»Zaur«, sagte sie, »langweilen sich unsere Gäste auch nicht, vielleicht solltest du den Fernseher anschalten.«

Zaur drückte auf den Knopf, und bald mischten sich unter die lebhaften Stimmen der Gäste noch die Geräusche des Apparates.

»Unsere Volleyballmädchen haben in einem energischen Kampf einen verdienten Sieg errungen«, tönte es aus dem Gerät.

»In Prag hatte ich eine Vorlesung zu halten«, sagte Behram Zeynallı.

»Eines Tages habe ich ihn auf der Straße angesprochen«, sagte Murtuz Murtuzov. Alya Hanım sprach von der Pelzjacke im Lager, Rühsare Hanım von dem Häuschen, in dem sie sich im Sommer erholten.

»Wenn sie wollen, kann ich gleich mit dem Direktor persönlich sprechen. Ich glaube nicht, daß er Einwände hätte«, sagte Cabbar.

»Von Prag aus mußte ich dann mit dem Zug fahren. Wir saßen zusammen mit Speranski in einem Abteil...«

»Da habe ich ihn gepackt: 'Alter Gauner, kennst du mich nicht mehr?'«

»So viel habe ich gar nicht genommen, schau, dieses Kleid, französische Schuhe für Fira, zwei Bettbezüge für Firas Mitgift und zwei, drei Kleinigkeiten. Spartak sagt, Mutter, die Welt geht doch noch nicht unter, wann immer du willst, können wir hierher kommen.«

»Ich habe vor, das Geschirr zu kaufen, wir haben da einen Bekannten — Şamhal, ein Untersuchungsrichter. Seine Frau Tamara hat Geburtstag, ich wollte ihr ein Geschenk mitbringen...«

»Ich war schon auf der Krim und auch in Sotschi... aber das ist ganz was anderes... Der Sand — wie Perlen, das Meer — glasklares Wasser, die Sommerhäuser — so gemütlich, so ordentlich...«

»Die Volleyballspieler dagegen haben in dieser Saison noch keinen Erfolg erzielen können...«

»Was soll der Direktor schon sagen? Sogar aus Tbillisi und Eriwan kommen sie an unser Institut, um zu promovieren...«

»Kommen Sie bitte zu Tisch!«

»Şahin, könntest du vielleicht einschenken?«

»Und warum ist Spartak nicht gekommen?«

»Wer weiß, wo der jetzt steckt.«

»Gut, aber wer wird unser Tamada?«

»Murtuz Balayeviç, Oberst Murtuz.«

»Nein, auf keinen Fall, der Professor, der Professor ist gut.«

»Welcher Professor, wir haben hier zwei.«

»Zeynallı.«

»Auch Zeynallı ist doppelt vertreten.«

»Nein, natürlich Professor Behram Zeynallı. Mecid ist doch Hausherr. Der Hausherr kann den Tamada nicht machen.«

»Vielen Dank, liebe Ziver, das heißt also, ich bin kein Hausherr, sondern ein Fremder.«

»Nein, lieber Behram, auch Sie sind Hausherr, natürlich ist das auch Ihr Haus. Gerade deswegen bitten wir Sie, Zauriks Partie zu leiten.«

»Nein, Murtuz ist besser geeignet«, sagte Behram.

»Nein, so etwas gibt es nicht, der richtige Tamada ist der verehrte Behram«, sagte Murtuz.

»Dann trinken wir auf Behrams Wohl«, rief Mecid.

»Nein, wenn ihr mir schon den Dienst der Tamada aufgeladen habt, dann hört mir zu. Laßt uns auf Zaurs Wohl trinken«, erwiderte Behram.

»Lebe hoch, Zaur!« rief Şahin.

»Lebe hoch, mein Sohn!« fiel Ziver ein.

»Lebe hoch!« sagte Mecid.

»Leben Sie hoch, Zaur!« schlossen sich Rühsare Hanım, Alya Hanım und Tahire Hanım an. Firengiz dagegen brachte keinen Ton heraus.

»Auf Ihr Wohl!« sagte Cabbar.

»Guten Abend, verehrte Zuschauer!« sagte Tehmine.

Zaur zuckte zusammen und drehte sich zum Fernseher...

Alle hatten ihre Gläser erhoben und miteinander angestoßen, »Lebe hoch, lebe hoch!« gerufen und getrunken. Doch Zaur sah diese Szene wie durch einen Rauchschleier, und dieser Schleier lichtete sich nur vor einem Gesicht — dem Tehmines.

»Wir beginnen nun unser aserbaidschanisches Programm, das wir aus unserem sonnigen Baku mitgebracht haben...«

Zaur erfaßte nicht den Sinn ihrer Worte. Er lauschte der Melodie ihrer Stimme und war in das zaghafte Lächeln auf ihren Lippen versunken. Jetzt hatte Tehmine auch die Aufmerksamkeit der anderen auf sich gezogen

»Schaut her, sie bringen eine Sendung aus Moskau.«

»Ja, das hat doch in der Zeitung gestanden.«

»Wer ist das, eine neue Ansagerin?«

»Ja, wie heißt sie doch gleich?«

Alya Hanım sagte trocken: »Tehmine. Jetzt ist sie Ansagerin geworden.«

»Das ist doch die Frau...«, sagte Murtuz.

»Ja, ja«, fiel ihm Alya ins Wort und Zaur wußte, wenn Alya nicht dazwischengekommen wäre, dann hätte Murtuz Balayeviç Spartaks Namen genannt.

Tehmine sprach und lächelte, lächelte Millionen von Zuschauern zu, so wie sie allein Zaur zugelächelt hatte, am Strand, im Auto, in Murtuzovs Datscha.

Währenddessen diskutierten auf einmal alle über Tehmines Kleidung, ihr Make-up, ihre Gestik, ihr gesamtes Leben. Die Männer lachten leise. Die Frauen verzogen verächtlich die Lippen, flüsterten sich Geheimnisse zu und schüttelten vorwurfsvoll die Köpfe. Jemand bemerkte, er kenne Manaf. Der Arme sei ein anständiger, aufrechter Mann. Was solle der jetzt bloß tun, nachdem er in der ganzen Stadt blamiert war. Ein anderer erwiderte, er solle verdammt sein, der halte sich wohl für einen Mann. Dann stellte jemand fest, Tehmine habe sich aufgetakelt wie eine

Festblume. Wieder ein anderer sagte, beim Fernsehen kümmerten sie sich wohl nicht darum, wer dies sei, was sie tue, woher sie stamme, wen sie da ihren Millionen Zuschauern vorsetzten.

In diesem Augenblick klingelte es an der Tür. Şahin öffnete. Spartak trat ein, und ohne ein Wort des Grußes sagte er zu seiner Mutter:

»Ihr seid gegangen und habt die Tür zugesperrt. Ihr habt doch meinen Schlüssel.«

Alya Hanım wandte sich mahnend an Spartak: »Zaur hat Geburtstag, warum gratulierst du ihm nicht?« Spartak drehte sich zu Zaur, betrachtete aufmerksam das »Ronson« in Zaurs Hand und lächelte bedeutsam. Als ihm auffiel, daß alle fernsahen, blickte auch er in Richtung des Fernsehgerätes.

»Aah«, sagte er, »bravo, Tehmine.« und verschwand wieder. Auf dem Bildschirm überließ Tehmine ihren Platz den Musikern und als sie anfingen zu spielen, wechselten die Gäste augenblicklich das Gesprächsthema: Jener Sänger hätte dies aus Paris mitgebracht, jener Komponist würde soundsoviel verdienen, jener Tänzer wäre bereits soundso alt...

Tahire meinte, sie würde Emin Sabitoğlus Lieder mögen. Cabbar sagte, Zaur müßte unbedingt an seinem Institut promovieren. Murtuz erklärte, alle diese Musiker und Sänger seien Nichtstuer, ein schönes Leben wollten sie, aber nicht dafür arbeiten. Während des Krieges hätten sie sich vor der Front gedrückt, aber als es daran ging, Orden einzuheimsen, hätten sie sich in die vorderste Reihe gedrängelt. Behram erwiderte, die heutigen Sänger wären während des Krieges noch gar nicht geboren, oder erst kleine Kinder gewesen.

Tahire bemerkte, auch die Lieder von Polad Bülbüloğlu würden ihr sehr gefallen. Rühsare meinte, das Baklava wäre unbeschreiblich gut, und sie bedaure außerordentlich, daß Ziver Hanım das Rezept verheimliche. Alya Hanım sagte, sie müßte sich wohl eines Tages einschleichen, um Ziver Hanım bei der Zubereitung zu beobachten.

Daraufhin lachte Ziver und meinte, sie würde ihnen alle Rezepte schenken. Murtuz Balayeviç schimpfte, was diesem Sänger wohl einfiele, sich so lange Haare wachsen zu lassen wie ein Mädchen. Wäre das nun Mode, oder was? Cabbar sagte, er könne hundertprozentig sicher sein, er werde diese Angelegenheit mit der Promotion auf sich nehmen, und Tehmine sagte:

»Unsere Sendung ist nun zu Ende. Bis zum nächstenmal.« Sie zögerte einen Augenblick und fügte hinzu: »Ich möchte den Zuschauern, die heute Geburtstag haben, gratulieren.«

Zaur erstarrte für einen Moment und blickte dann seltsamerweise zu seiner Mutter. Sie erwiderte seinen Blick, und er erkannte, daß außer ihnen niemand die Bedeutung der letzten Worte Tehmines verstanden hatte. Am liebsten hätte er sie in die Arme genommen und geküßt.

Zaur hatte drei, vier Gläser getrunken, wahrscheinlich war er bereits etwas angeheitert. Denn auf einmal wurde ihm bewußt, daß er Tehmine liebte, daß er sie mehr liebte, als er bisher jemanden geliebt hatte oder je lieben würde.

»Gleich morgen werde ich mit dem wissenschaftlichen Sekretär reden«, bemerkte noch Cabbar.

* * *

Die folgende Nacht konnte Zaur kein Auge zumachen. Zur Arbeit kam er jedoch früher als alle anderen und erwartete ungeduldig den alten Buchhalter Sefder.

»Onkel Sefder, bekomme ich heute mein Gehalt?«

»Natürlich, heute nachmittag.«

»Ich habe während der Feiertage gearbeitet und habe drei Tage gut. Kann ich die jetzt haben?«

»Du müßtest mit dem stellvertretenden Direktor darüber sprechen.«

Der stellvertretende Direktor war etwas erstaunt, unterzeichnete aber das Gesuch. Um zwei Uhr bekam Zaur, nachdem er seinen Gehaltsbescheid unterzeichnet hatte, 52 Manat und 30 Kopeken. Insgesamt hatte er 95 Manat bei sich. Er ging zu Aeroflot und kaufte ein Tagesflugticket an der Kasse, ging dann zur Post und gab ein Telegramm auf: »Moskau. Fernsehstation Zentrum Tehmine Aliyeva. Ich fliege zu Dir im wahren, wie im übertragenen Sinn. Bin morgen da. Flugnummer 852. Kuß Zaur.«

»Ich weiß, warum du nach Moskau willst. Gestern hat sie dir doch im Fernsehen ein Zeichen gegeben. Glaubst du, ich hätte das nicht verstanden? Du wirst nirgendwohin gehen... Du lügst, du hast dort nichts zu tun, keinerlei Aufgabe... Als ob ich es nicht wüßte. Ich könnte sofort im Büro anrufen und nachfragen. Ich möchte mal wissen, was das für eine eilige Angelegenheit ist, daß sie dich schnellstens losschicken. Siehst du, du lügst also. Das macht gar nichts. Gleich wird dein Vater kommen, um mit dir zu reden. Wie, willst du nicht einmal auf deinen Vater warten? Was ist das für eine Reise und ein Ticket, Junge? Ich nehme es dir gleich weg und zerreiße es. Willst du mich hereinlegen, Junge? Ich rufe sofort deinen Vater an, aber du wirst sowieso gehen. Dein Vater, deine Mutter sind dir vollkommen egal. Diese anstandslose Hündin ist für dich wohl mehr wert als deine Eltern. Ist das unser Lohn, die Gegenleistung für unsere Mühe, für alle Anstrengungen, die wir auf uns genommen haben? Nicht einmal die Tränen deiner Mutter bedeuten dir etwas. O Allah, wie sehr hat ihm dieses anstandslose Stück den Kopf verdreht. Sie ist nicht anstandslos, was ist sie denn? Ich nenne sie nicht nur anstandslos, ich nenne sie sogar schmutzig, und noch zehnmal schlimmer. Du lernst mich noch kennen. Ich rufe ihren Kuppler von Mann an. Wenn du für mich schon kein Mitleid empfindest, dann wenigstens für deinen kranken Vater. Du hast keinerlei Mitgefühl, was bist du bloß für ein Mensch? Geh doch, ohne eine Kopeke in der Tasche! Ich möchte mal sehen, woher du das Geld für die Reise bekommen willst. Du glaubst, du bekommst wie früher etwas von deiner Mutter oder deinem Vater. Da wäre ich mir aber nicht so sicher. Wenn du gehst, dann komme nie wieder zurück, ich will dich nicht mehr sehen, Nichtsnutz! Gehst du, mein Sohn, mein Kind, mein ein und alles, sterben will ich. Was heißt das, ich soll mir keine Sorgen machen, ich bin schließlich deine Mutter, wie soll ich da ruhig bleiben. Ich weiß ja nicht einmal wohin du gehst, zu wem. Was soll's, du kommst nach drei Tagen wieder zurück. Lohnt es sich, daß du für drei Tage zu dieser Schwindlerin gehst? Ja, gut, gut, ich rede nicht mehr schlecht über sie, aber ich sehe doch, daß sie dir den Kopf verdreht hat. Im Moment kümmert dich die ganze Welt nicht. O Allah, wie soll ich das nur ertragen? Wenn du zurückkommst, wirst du meinen Tod erleben. Nimm wenigstens diesen Mantel und den Schal, dort ist es jetzt vielleicht schon kalt! Nein, was lädst du mir nur für Schwierigkeiten auf! Könnte ich nur sterben und müßte diesen Tag nicht erleben. Gib wenigstens ein Telegramm auf, damit ich weiß, daß du gut angekommen bist! Sie hat dich verhext. Sie soll weinen, soll wie ich meinem Kind nachweinen... O Allah, was haben wir nur verbrochen, daß du uns solche Schwierigkeiten aufbürdest? Vergiß das Telegramm nicht.«

6

Ich erreichte dich, Geliebte, indem ich meine Seele opferte.
Hab' Gnade, denn indem ich dich erreiche, erreiche ich meine
[eigene Seele.

W ir gehen nun in den Landeanflug über. Bitte legen Sie die
Gurte an und stellen Sie das Rauchen ein.« Nach einem frühlingshaften Regen zeigte sich der Himmel über Moskau wieder klar und heiter. Die Luft war rein. Der Regen schien die einzelnen Wolken fortgeweht und das Antlitz des Himmels gewaschen zu haben. Das sich ausbreitende Blau füllte die gesamte Fläche der Fensterscheiben des Flughafengebäudes aus. In der Halle waren Menschen zu sehen — Wartende, Begleitende, Abreisende, Ankommende. Unter den Reisenden, die die Maschine verließen und durch das Gebäude schritten, war Zaur, und am anderen Ende des Ganges befand sich, unter den Wartenden, Tehmine. Zaur entdeckte sie bereits von weitem und winkte. Auch Tehmine sah Zaur und wollte auf ihn zulaufen, aber ein Mädchen in einer dunkelblauen Uniform versperrte ihr lächelnd den Weg: Zaur lief auf Tehmine zu. Noch sieben, acht Meter, dann warf sie sich an seinen Hals:

»Zaurik«, sagte sie, »wie gut, daß du gekommen bist!«

Viele Jahre später, im hohen Alter, wenn er die schmerzlichen und glücklichen Erinnerungen seines Lebens Revue passieren ließ, sich die guten und die schlechten Tage ins Gedächtnis zurückrief, dann sagte er sich: »Wenn es in meinem Leben je glückliche Jahre, Monate, Tage, Stunden, oder gar Minuten gegeben hatte, dann war der glücklichste Moment, als ich in der Halle des Domodedowo-Flughafens Tehmine entdeckte, auf sie zulief, sie

in die Arme nahm und sie die Worte sprach:
'Zaurik, wie gut, daß du gekommen bist!'

* * *

»Welches Gepäck, bist du verrückt? Ich bin so gekommen, wie ich hier stehe. Laß uns gehen! Wo sind die Taxis?«

»Nein«, sagte Tehmine, »ich bin schon länger hier. In der Zeit, in der ich auf das Flugzeug gewartet habe, bin ich im Wald spazierengegangen. Weißt du, wie schön es dort ist? Komm, ich zeig ihn dir!«

Sie verließen die Straße und kamen in einen Tannenwald. Zaur wollte Tehmine küssen, doch sie legte ihm die Finger auf die Lippen und sagte:

»Pssst, sei mal still und lausche!«

Es war kaum zu glauben, aber Zaur hörte es wahrhaftig. Man konnte es kaum begreifen, hier in der Nähe eines modernen Flughafens, dessen Flugzeuglärm die Ohren betäubte, neben einer Straße, auf der Autos vorüberbrausten, sangen Vögel, die sich um dieses gesamte Getöse nicht zu kümmern schienen.

»Sie singen fast wie Nachtigallen«, sagte Zaur.

»Wirklich, man kann es nicht glauben, nicht wahr? Ich fühle mich wie in den Liebesgeschichten der mittelalterlichen Lieder. Sie singen wirklich wie Nachtigallen. Sie singen für uns. Hörst du, Zaur?«

Sie schlang ihre Arme um ihn. »Hör zu, Zaurik«, flüsterte sie, »ich dürfte dir das nicht sagen. Ich weiß, daß es nicht richtig ist. Ich dürfte es eigentlich nicht... aber... Ich liebe dich, Zaurik, wie verrückt liebe ich dich. Ich kann ohne dich nicht leben. Außer dir brauche ich niemanden. Ich weiß, ich dürfte dir all das nicht sagen...« Sie lachte: »Jetzt wirst du bestimmt größenwahnsinnig und kommst dir irrsinnig toll vor. Aber was soll ich machen, ich mußte es dir unbedingt sagen.«

»Tehmine, auch ich dürfte es dir vielleicht nicht sagen«, erwiderte Zaur flüsternd, »ich liebe dich mehr als mein Leben... ich kann nicht eine Stunde, nicht eine Minute ohne dich sein. Im Moment bin ich drauf und dran, die Sinne zu verlieren vor Glück. Wenn du willst, dann gehe ich jetzt, in diesem Augenblick, dort auf die Straße und werfe mich vor ein Auto.«

»Bist du verrückt, warum solltest du dich vor ein Auto werfen?«

Sie gingen im Wald spazieren und Zaur redete ohne Unterbrechung. Er erzählte, wie er Tehmine im Fernsehen gesehen hatte, von seinem Geburtstag, von den Verwandten und Nachbarn, sogar von dem Plan, Firengiz mit ihm zu verheiraten. Er war von den beglückenden Momenten, die er gerade durchlebte, so berauscht, daß es ihm nie in den Sinn gekommen wäre, diese Neuigkeiten könnten Tehmine verletzen. Zaur war derart berauscht, daß er nicht daran zweifelte, daß dieses Glück sich auf die Menschen in der Umgebung ausbreite, sie in ein Meer von Glück tauche... Nur für einen Augenblick huschte ein kurzer Schatten über das Gesicht Tehmines, aber sie lächelte sofort wieder und hielt die Möglichkeit einer Heirat mit Firengiz nur für einen Scherz.

Sie küßte ihn und erzählte von ihrer Ankunft in Moskau und von der Sendung. Den Verantwortlichen hier hätte sowohl die Sendung ziemlich gut gefallen, als auch ihr Auftritt als Ansagerin. Dann verließen sie den Wald und spazierten auf der Landstraße. Zu Fuß wollten sie nach Moskau laufen, obwohl das eine Strecke von siebzig Kilometern war.

Zaur war sich nun sicher, daß er liebte und auch geliebt wurde. Sein Glücksgefühl war so überwältigend, daß er annahm, nichts könnte ihre Stimmung verderben. Plötzlich sprach er von Spartak. Dieses Gerede hätte ihn fast wahnsinnig gemacht, sagte er, er habe viele Nächte nicht schlafen können.

»Du Dummkopf, auf wen du alles eifersüchtig bist«, sagte Tehmine, »man kann doch nicht jeden Unsinn, jeden Tratsch glauben. Spartak ist ein Trottel, wie kannst du nur annehmen, daß ich etwas mit ihm haben könnte? Kennst du mich denn überhaupt nicht? Vielleicht kennst du ihn nicht? Ich habe dir diese Sache doch erklärt. Spartak traf sich öfters mit einer Freundin von mir, und ich habe auf ihren Wunsch ein- oder zweimal bei ihm angerufen. Ja, das stimmt. Wahrscheinlich fand seine Mutter dann heraus, daß ich es war. Angeblich hätte ich mich mit ihr gestritten, dabei habe ich nicht zwei Worte mit ihr gewechselt. Als ob ich es nötig hätte, mit seiner Mutter primitive Zankereien anzufangen. Du hast wirklich eine seltsame Vorstellung von mir.«

Als für Zaur nun endlich das Thema Spartak abgeschlossen war, wollte er noch nach dem von Dadaş erwähnten Fernsehregisseur fragen, um wenigstens herauszufinden, ob der sich in Moskau aufhielt. Aber was hätte dies für einen Sinn gehabt? Wenn ihn Tehmine schon nach Moskau gerufen hatte und er gekommen war, dann mußte ihr dieser Regisseur doch völlig gleichgültig sein. Aber was war mit den von Dadaş erwähnten Basa-Direktoren, den Schiebern — Tehmines Bekannten, was war mit ihnen, sollte er sie ansprechen? Tehmine aber, die scheinbar Zaurs Gedanken gelesen hatte, fing selbst an, über sie zu reden:

»Zaurik«, sagte sie, »sei einer Sache gewiß, man redet über mich, und jetzt werden sie gerade dir wieder erfundene Verdächtigungen zutragen. Wenn sie erkennen, daß wir miteinander glücklich sind, werden sie uns das nie verzeihen. Sie werden mich hundertfach mit Dreck bewerfen und sich darum bemühen, daß auch du das zu Ohren bekommst. Aber ich will, daß du einige Dinge genau weißt. Das erste, Zaur, ist: Ich bin keine Art Engel, mache dir in dieser Hinsicht keinerlei Illusionen! Aber es ist auch wahr, daß ich bis jetzt keinen so geliebt habe wie dich und bis jetzt auch keinem gesagt habe, daß ich ihn liebe. Es gibt eine große, tiefe Wahrheit, Zaurik, es gibt auf der Welt eine, nur eine Wahrheit — die Wahrheit des Herzens und des Glücks. Sieh, auf der Welt gibt es den heutigen Abend, diesen Wald, die singenden Vögel, dich, mich, wir lieben uns; wenn wir zusammen sind, sind wir glücklich. Sieh, das ist die Wahrheit, außer dieser Wahrheit gibt es keine andere. Du bist nach Moskau geflogen. Als ich dich dort im Flughafen gesehen habe, weißt du, wie ich mich da gefreut habe! Und du?«

»Ich mich auch.«

»Siehst du, es gibt diese Minuten, auf dieser Landstraße gehen wir nach Moskau, wir zwei, du und ich. Das ist Glück, Zaurik. Das ist die Wahrheit, die größte Wahrheit. Suche nach keiner anderen, durchlebe das Glück der Augenblicke, in denen wir zusammen sind! Das ist die letzte Wahrheit.«

Lange Zeit gingen sie zu Fuß auf der Landstraße, dann wurden sie müde und fuhren mit dem Bus weiter. Er war bis auf den letzten Platz besetzt, viele Fahrgäste hatten Angelgerätschaften dabei. Am Noginplatz stiegen sie aus und spazierten am Ufer des Moskauer Flusses entlang.

»Das ist meine Bleibe«, sagte sie. Durch die weinroten Vorhänge an den Fenstern des Rossiya-Hotels schimmerte mattes Licht.

Sie wandten sich zum Frunse-Ufer. Dort kamen sie an einem dreistöckigen Haus vorbei, auf dessen Dach eine Reklame-Leuchtschrift für »Aeroflot« angebracht war und erreichten schließlich die »Krim«-Brücke.

In der großen Stadt, in der sie niemand kannte, wurden sie wie berauscht von dem Gefühl der Ungebundenheit; Arm in Arm ließen sie sich treiben. Sie hatten scheinbar alle Alltagssorgen abgeschüttelt. Sie grüßten Leute, die ihnen unbekannt waren, und diese antworteten überrascht. Sie kauften Rosen und verschenkten sie an junge Pärchen. Sie wählten von einer Telefonzelle aus innerhalb Moskaus Bakuer Telefonnummern. Einen krächzenden Mann, der sich unter Dadaşs Nummer meldete, fragten sie nach Dadaş. Sie wetteten, ob die Leute in Moskau, die sich unter den Bakuer Telefonnummern meldeten, ähnliche Stimmen haben würden. Auch mit den Aufzügen im Hotel trieben sie ihre Spielchen. Welcher würde wohl eher kommen? Zaur tippte auf den zweiten, Tehmine auf den dritten. Der dritte kam zuerst, und Zaur verlor einen Manat an sie. Sie stellten sich an einem Informationshäuschen an und fragten, als sie an die Reihe kamen: »Können sie uns die Adressen der glücklichsten Menschen in Moskau geben?« Das Fräulein starrte sie mit offenem Mund an. »Wenn Sie nochmals gefragt werden sollten, geben Sie unsere Adresse an!« Schließlich kamen sie zu einer Schießbude. Zaur traf wie er wollte und gewann ein Parfum, das er Tehmine schenkte. Tehmine meinte, dies sei bestimmt ein billiges Parfum, sie werde es dem teuren französischen Parfum beimengen, so daß niemand hinter das Geheimnis seiner Zusammensetzung kommen könnte. Auf diese Weise würde ihrem Parfum das Glück beigemengt. Als sie Eis kauften, ließen sie der Verkäuferin viele Grüße von Mihail Vasilyevitsch zukommen. Die Frau fragte völlig erstaunt, welchen Mihail Vasilyevitsch sie meinten. Als sie die Straße an einer verbotenen Stelle überquerten, wurden sie prompt von einem Polizisten angehalten, der drei Manat Strafgebühr verlangte. Zaur zahlte und bekam eine Quittung, die er erstaunt entgegennahm. Auf ihr war, neben der Unterschrift des Sergeanten Trofimow, der Grund der Strafe, die Höhe der Gebühr, und das Datum — der 25. September — vermerkt. Zaur wollte den Zettel wegwerfen, aber Tehmine hinderte ihn daran, faltete ihn sorgfältig zusammen und steckte ihn in ihre Tasche.

»Wie kann man solch ein Dokument nur zerreißen«, sagte sie, »das ist die Rechnung für unseren glücklichsten Tag. Der Sergeant Trofimow selbst hat das Datum beglaubigt. Heben wir es zur Erinnerung auf... Als Beleg für unseren einzigen Fehler auf dieser Welt: das nicht vorschriftsmäßige Überqueren der Kutusow-Hauptstraße.«

Nach einer Weile sagte Tehmine:

»Gehen wir zu mir?«

»Zu dir?«

»Ja, ich wohne alleine.«

»Lassen die mich denn da rein?«

»Ich habe mit dem Pförtner gesprochen. Wir verstehen uns gut. Er hat mich im Fernsehen gesehen.«

Zaur war etwas verunsichert über die Selbstsicherheit, mit der sich Tehmine mit dem Wächter geeinigt hatte, einen für ihn wildfremden Menschen mit in ihr Hotelzimmer zu nehmen. Als sie bemerkte, was in ihm vorging sagte sie:

»Aber komme nicht wieder auf dumme Gedanken. Ich habe der Etagenfrau heute dein Telegramm gezeigt, ihr alles erklärt, und sie hat mich verstanden.«

* * *

»Warte, langsam, ich will mich selbst ausziehen! Mach das Licht aus! Komm her zu mir! Ich habe dich sehr vermißt. Ich war so traurig ohne dich. Du bist alles für mich. O Allah, ich glaube, ich werde verrückt vor Freude... Zaurik, wie hast du es ohne mich so lange ausgehalten... mein Schatz, mein ein und alles...«

Aus dem Lautsprechern an der Wand kam Musik. Eine Sängerin trug mit melancholischer Stimme ein trauriges Lied vor. Später, als sie entspannt dalagen und eine Zigarette rauchten, sagte Tehmine:

»Weißt du, was das für ein Lied war, Zaur?«

»Nein.«

»Ein altes georgisches Lied.«

Zum erstenmal an diesem Tag sprach Tehmine mit leiser und trauriger Stimme:

»Wenn ich einmal nicht mehr bei dir bin, und du hörst dieses Lied, dann wird dir alles wieder einfallen, Moskau, unsere Nacht.«

»Wenn ich einmal nicht mehr bei dir bin«, ahmte Zaur sie nach, »fängst du schon wieder damit an?«

»Weißt du, im Leben ist alles möglich. Du könntest mit anderen Frauen zusammen sein, und das wirst du auch sehr wahrscheinlich, aber es wird nie wie mit mir werden, Zaur, mit niemandem wird es so werden, ich weiß das. Es wird anders, vielleicht schöner als jetzt, aber niemals genauso... Das gehört uns, nur uns... sonst niemandem... deshalb bin ich ganz ruhig...«

* * *

Um zehn Uhr in der Frühe kaufte er in der Unterführung neben der Majakowski-Metro das Ticket für die Baku-Maschine. Sie trennten sich am Bahnsteig. Tehmine hatte einen Termin im Studio.

»Warte abends um neun an der Schabalowka vor dem Fernsehstudio auf mich«, sagte sie und winkte aus dem Fenster der anfahrenden Bahn.

Zaur fuhr mit der Rolltreppe nach oben und kam zum Majakowski-Platz, ging dann die Gorkistraße hinunter zum Haupttelegrafenamt. Er hatte seit gestern nichts gegessen und auch nicht geschlafen, trotzdem fühlte er weder Hunger noch Müdigkeit. Er lief durch regennasse Straßen und hörte wieder das Flüstern Tehmines wie vor einer, fünf oder acht Stunden, fühlte ihr Streicheln, die Berührung ihrer Hände, ihrer Haare, ihrer Lippen. Alle Schönheiten Moskaus erinnerten ihn an Tehmine und doch kam keine ihr gleich. Er wollte alle Orte, an denen er gestern mit Tehmine vorbeigekommen war, noch einmal allein besuchen, aber in Gedanken war Tehmine bei ihm. Ihre Worte, ihr Lächeln, ihr Flüstern, ihr manchmal weiches, manchmal auch erstickendes Lachen, die Wärme ihrer Lippen, die Kühle ihrer schmalen Finger, der sanfte Druck ihres Kopfes im Gedränge auf der Straße, im Aufzug, auf der Rolltreppe oder im Bus, ihre Berührungen mit der Hüfte oder den Knien waren Erinnerungen, die in jeder Zelle seines Körpers wirkten und ihn in einen bisher unbekannten Strudel des Glücks stürzten. Wieviel hatte sie ihm doch erzählt. Alles, was sie seit ihrem Treffen im Sommer am Strand verheimlicht hatte, sprudelte in jener milden Moskauer Nacht aus ihr heraus. Sie sprach von ihrer Kindheit, von dem Strandhaus in Pirşağı, von den letzten Tagen im Sommer, von den Pioniergruppen, den orientalischen Konzerten, die jeden Sonntag um zwei Uhr gesendet wurden. Sie sprach von ihrer Kindheit wie von einer für immer entrückten Welt, aus der sie vertrieben worden war... Der aufgeheizte Sand verbrannte ihre nackten Füße, abends dagegen war er kühl und feucht. Nachts, wenn sie ihre Nachbarn verließ, um nach Hause zu gehen und zwischen den Weinreben umhersprang, hatte sie Angst, im Sand, der vom silbernen Mondlicht grau war, auf eine Schlange zu treten. Bei den Nachbarn erzählte man Märchen über verliebte Schlangen. Sie beschworen sogar, daß jemand mit eigenen Augen gesehen hätte, wie eine Schlange ein Mädchen verfolgte, in das sie sich verliebt hatte. Die Nachbarskinder waren in ihrem Alter. Sie spielten miteinander, erzählten sich gruselige Geschichten. Um Mitternacht, wenn die kleine Tehmine heimkehrte, zuckte sie vor jedem Schatten in der mondhellen Nacht zusammen und bekam eine Gänsehaut. Auf Zehenspitzen schlich sie ins Haus, um ihren Vater und ihre Großmutter nicht zu wecken. Vorsichtig kroch sie unter die Bettdecke, schlief aber nicht sofort ein, sondern betrachtete den sternenübersäten Sommerhimmel und lauschte der Musik, die von den Ferienheimen der Ölarbeiter herüberwehte. Sie tanzten dort. Viele verschiedene Melodien wurden gespielt, aber jede Nacht beendeten sie ihre Feier mit einem bestimmten Tango. Diese Melodie hatte Tehmine noch immer im Ohr, konnte sich sogar noch an den Text erinnern. In ihm war von einer untergehenden Sonne die Rede, die sich traurig vom Meer verabschiedete. Noch heute kamen ihr die Tränen, wenn sie diesen Tango hörte. Er erinnerte sie an ihre Kindheit, den Garten zu Hause, ihren Vater. In den Ferienheimen tanzten zehn oder zwölf Jahre ältere Jungen und Mädchen. Ihre Welt war die der Musik, der Strandspaziergänge im Mondschein, der Liebe und der Trennungen. Und Tehmine freute sich, daß diese Welt auch auf sie wartete.

An ihre Mutter konnte sie sich nicht erinnern. Sie war gestorben, als sie eineinhalb Jahre alt war. Lange Zeit hatte sie sich eingeredet, daß ihre Mutter nicht wirklich tot war, sondern irgendwo an einem fremden Ort lebte und eines Tages zurückkommen würde. Sie würde ihr dann eine große, hübsche Puppe, Schokolade und — daran dachte sie seltsamerweise immer — einen mit gelben Blumen bedruckten Schirm mitbringen. Sie stellte sich ihre Mutter in einem langen schneeweißen Kleid vor, in einem endlosen Tulpenfeld stehend. Ihre Stimme, ihre Art zu sprechen, konnte sie sich auf keine Weise ausmalen. Deshalb gab sie ihr in der Phantasie die Stimme einer Nachbarin. Im Laufe der Jahre erkannte Tehmine die Leere ihrer Träume. Einmal hatte Großmutter ihr das Grab ihrer Mutter gezeigt. Von da an war sie sich bewußt geworden, daß ihre Mutter wirklich gestorben war und niemals wiederkehren würde. Später versuchte sie sich vorzustellen, wie sie einmal gewesen war, versuchte sich vorzustellen, wie ihre Eltern miteinander gelebt hatten, als sie noch nicht auf der Welt war. Sie malte sich aus, wie sich ihr junger Vater und ihre junge Mutter in einer vom Mond beschienenen Nacht am Meeresstrand trafen...

Tehmine hatte erzählt, ihr seien erst vor kurzem ihre Eltern im Traum erschienen. Ihre Mutter trug ein langes weißes Kleid und ihr Vater ein offenes Sommerhemd. In einer Mondnacht hätten sie am besagten Strand getanzt. »Im Schlaf hörte ich auch diesen Tango: Die müde Sonne verabschiedete sich mit Liebe und Güte vom Meer. Ich habe so stark geweint, daß ich kaum atmen konnte. Mein Kissen war naß von Tränen.« Sie schwieg einen Augenblick und fügte dann noch hinzu: »Manaf rüttelte mich wach und fragte, was mit mir los sei.«

Sie erwähnte zum erstenmal Manafs Namen, aber sie wollte

nichts über ihren Mann erzählen. Sie sprach lieber über ihre Nachbarin Medine. Sie sagte, Medine sei eine wahre Freundin, unter Frauen eine derart vertrauenswürdige Freundin zu finden, sei eine schwierige Sache. Medine würde sie niemals verraten. Sie sprach auch über Dadaş. Sie ekele sich vor ihm, wie sie sich vor Fröschen und Mäusen ekele. Sie habe nur mit Mühe seine Nähe im Büro ausgehalten. Von Dadaşs Schweißgeruch werde ihr richtig schlecht. Dann erzählte sie von Nemet: »Einmal hat mich Nemet um vier Uhr in der Nacht angerufen. Nein, du Dummkopf, natürlich nicht, um mir zu sagen, daß er mich liebe. Wer würde schon mitten in der Nacht deswegen anrufen. Er schüttete mir sein Herz aus. Sein Leben enge ihn ein, ersticke ihn. Ich weiß doch nicht, was für ein Mensch er ist... Spartak? Was hast du dauernd mit diesem Spartak? Ein Idiot, ein Schwachkopf ist er... Aber ich muß dir auch sagen, daß er gar nicht so dumm ist. Ich glaube er weiß, wie man Geld macht... Weißt du eigentlich, wie reich Spartak ist? Das Geld von seinem Vater? Daß ich nicht lache, sein Vater muß mit seinem Rentnerlohn auskommen, woher soll der soviel Geld haben? Im Gegenteil, Spartak versorgt seinen Vater, genauso wie seine Mutter, und die Kleidung für seine Schwester kauft er auch noch. Ach, ich hatte ja ganz vergessen, daß seine Schwester deine zukünftige Verlobte ist. Du hast Glück, Zaurik, Spartak wird seiner Schwester eine Mitgift geben, da bleibt dir die Luft weg. Dein ganzes Leben kannst du nach Lust und Laune auf Spartaks Rechnung verbringen. Schon gut, du brauchst nicht gleich die Miene zu verziehen, ich mache doch nur Spaß. Wegen eines Spaßes kann man doch nicht beleidigt sein. Ich liebe dich doch, wer ist schon Spartak im Vergleich zu dir? Warum sollte er dich versorgen? Aber Spaß beiseite, Spartak schwimmt im Geld. Wenn er nach Moskau kommt, reserviert er in drei, vier Hotels Zimmer. Warum? Was weiß ich warum. Geld ist schließlich zum Ausgeben da. Im »Rossiya« nimmt er sich gewöhnlich eine Luxussuite mit fünf Zimmern. Einmal hat er sich maßlos aufgeregt, als diese Luxussuite nicht frei war. Er tobte geradezu vor Wut.«

»Darf man fragen, woher du das alles weißt?«

»Er hat es selbst erzählt... meiner Freundin natürlich, und sie hat es mir weitererzählt. Natürlich ist Spartak ein Schwätzer, aus einer Mücke macht er einen Elefanten, aber wenn er etwas erzählt, dann ist ein wahrer Kern dran. Wenn man das Geld hat...«

»Na gut, woher hat er soviel Geld?«

»Ich habe dir doch gesagt, er handelt.«

»Hat er keine Angst, ins Gefängnis zu kommen?«

»Natürlich, früher oder später erwischen sie ihn. Aber weißt du, was er einem antwortet, wenn man ihn danach fragt? Jeder muß einmal sterben. Das Leben ist kurz. Genieße es, wann immer du die Möglichkeit dazu hast, wenn es zu Ende ist, ist es zu Ende.«

»Ich sehe, daß du Spartaks Lebensphilosophie genau kennst.«

»Zaur, bist du wirklich so dumm, auf einen Trunkenbold wie Spartak eifersüchtig zu sein?«

»Ich kann nicht glauben, daß ein Trunkenbold, der nur hinter Geld und Frauen her ist, von einer schönen Frau wie dir unbeeindruckt bleibt. Hat er nie versucht, sich an dich ranzumachen?«

»Natürlich hat er es versucht. Er hat sogar für mich geschwärmt. Was hat er mir nicht alles versprochen — einen Pelzmantel, Schmuck, was weiß ich noch alles. Aber er hat verstanden, daß ich nicht so eine bin, wie er sich das vorstellt. Mit solchen Dingen konnte er mich nicht gefügig machen... Allah sei Dank«, sagte Tehmine und lachte schallend, »hat er es auch noch auf eine andere Art und Weise versucht. Er hat mir Gedichte vorgelesen... O Allah! Ha, ha, ha...«

»Und was ist geschehen?«

»Was heißt, was ist geschehen? Die Gedichte, genau wie der Pelz, der Schmuck... Spartak ist gar nicht so dumm. Er hat schnell verstanden, daß er nichts erreicht. Aber dann hat er angefangen, den Mund hier und da groß aufzureißen, als ob er irgendetwas mit mir hätte. Als du vorhin erzählt hast, was seine Mutter gesagt hat, habe ich kapiert, daß Spartak ihr das eingeredet hat. Seine Mutter ist ungeheuer stolz auf Spartaks Abenteuer. Immer dann, wenn Manaf Baku verlassen hatte, parkte Spartak sein Auto vor unserem Haus. Manchmal stand es da bis in die Nacht hinein, manchmal bis zum nächsten Morgen. Wo er dann selbst war, das weiß nur Allah, vielleicht war er zu Hause und hat geschlafen. Es gibt doch diese Anekdote, weißt du nicht, über diesen Harem. Der Haremsherr sagt zu jeder seiner Frauen, daß er die Nacht bei einer anderen verbringt, obwohl er alleine schlafen geht.«

»Warum?«

»Was, warum? Warum der Haremsherr alleine schläft?«

»Nein, warum stellt Spartak sein Auto vor eurem Haus ab?«

»Es ist doch klar!«

»Gut, aber warum machst du dem Treiben nicht ein Ende?«

»Was soll ich denn tun? Zaurik, wie oft habe ich dir gesagt, daß man über mich erzählen kann, was man will, es ist mir egal. Ich bin der Meinung, man braucht eine innere Moral, und wenn man die hat und ihr treu ist, dann sind alle äußerlichen Dinge ohne Bedeutung. Was kümmert mich, wer was gesagt oder gedacht hat?«

»Aber eines verstehe ich nicht: Wenn du das alles weißt, warum brichst du dann den Kontakt zu ihm nicht ab?«

»Was für einen Kontakt? Wir sehen uns alle paar Monate mal. Manchmal kann Spartak auch hilfsbereit sein.

Wenn ich etwas brauche, sage ich es ihm, und er besorgt es sofort. Schau, zum Beispiel dein »Ronson«, er hat es mir anstandslos besorgt.«

Zaur erinnerte sich an den bedeutungsvollen Blick Spartaks auf sein Feuerzeug. Den Grund verstand er erst jetzt und wurde wütend:

»Wenn ich das gewußt hätte!«

»Schon gut, bleib ruhig! Ich habe es selbst bezahlt, Spartak hat es nur besorgt. Er wollte das Geld nicht, ich habe es ihm regelrecht aufdrängen müssen. Ehrlich gesagt, was für ein Schwindler Spartak auch immer sein mag, ein Geizhals ist er jedenfalls nicht.«

»Wenn man soviel verdient«, dachte Zaur, »kann man großzügig sein. Vor allem an der Seite einer schönen Frau.«

Die Großzügigkeit Spartaks, sein Geld und Tehmines Gerede verletzten ihn, denn er selbst lebte und amüsierte sich auf Kosten seines Vaters. Aber trotz allem schien Tehmine Zaur zu lieben. Spartaks Geld und sogar die selbstverfaßten Gedichte hatten sie nicht beeindruckt.

In dieser Moskauer Nacht hatte sie nur ihm gehört.

Als er in den Moskauer Straßen spazierenging, sich alle Gespräche der Nacht und alle Erinnerungen ins Gedächtnis rief, verspürte er nur ein unendliches Glücksgefühl. Ihm kam es vor, als könnte nichts gegenüber diesem Gefühl bestehen. Er war sich sicher, würden seine Eltern von der Energie dieses Gefühls wissen, würden sie keinerlei Einwände gegen Tehmine haben. Waren seine Eltern denn Feinde ihres eigenen Sohnes, war es nicht der Wunsch seiner Eltern, ihren Sohn glücklich zu sehen? Sein Glück müßte sich nicht nur auf seine Eltern, sondern auch auf Alya Hanım übertragen. »Das ist Schicksal«, müßten sie sagen und Zaur ein langes gemeinsames Leben mit Tehmine wünschen. Ebenso alle Bekannten... Und genauso Tehmines Mann Manaf... »Mit mir war sie nicht glücklich, soll sie wenigstens mit Zaur glücklich werden«, müßte er sagen und beiseite treten, und überhaupt müßten alle Menschen, die hier einen so seltenen Zustand wie das wahre Glück sahen, das gleiche auch für sich wünschen. Firengiz ist schon ein hübsches Mädchen, durchaus... Er hätte sie heiraten können, er hätte sie nehmen können, sie hätten zusammen eine Familie gründen können. Aber was sollte er tun, auf dieser Welt gab es Tehmine und zu seinem Pech war er in eine schwierige und doch glückliche Liebe geraten.

7

Hätte ich nicht die Fremde verlassen und die Heimreise
[angetreten,
Wenn ich es ertragen könnte, Geliebte und Nebenbuhler als
[Freunde Seit an Seit zu sehen?

Abends um neun kam er zur Schabalowka und begann vor dem Fernseh-Studio auf- und abzugehen. Durch das Hauptportal des Studios gingen Scharen von Menschen ein und aus. Zaur wartete ungefähr fünfzehn Minuten und ging dann hinein. Auch innen, im Foyer, hielten sich zahlreiche Leute auf. Neben einer großen metallenen Vase stand ein Polizist, der die Ausweise kontrollierte. Da Zaur keinen Ausweis hatte, mußte er jenseits der Absperrung stehenbleiben... Ein Schild markierte diese Stelle als Raucherecke. Als Aschenbecher diente die Hälfte einer Filmdose, die vor Zigarettenstummeln überquoll. Die Raucher versammelten sich um den improvisierten Aschenbecher, sogen gierig eins, zwei tiefe Züge ein und drückten die Zigaretten in der Dose aus. Ein Mädchen in einem schwarzen Pullover zog einen Mantel an, lief auf die Straße, rief jemanden und kam wieder zurück. Ein anderes Mädchen, das eine Brille trug, versuchte irgend jemanden anzurufen. Das Mädchen im schwarzen Pullover trat an den Polizisten heran und gab ihm ein Papier: »Das ist die Liste der Schauspieler, die hier passieren werden.«

Ein junger Mann, der einen mongolischen Bart trug, ging zum Foyer und begrüßte einen Mann, der gerade von draußen kam. Er hatte eine Lederjacke an und trug den gleichen Bart. Als er ihn erreicht hatte, sagte er:

»Grüß dich, Alter, gib mir eine Zigarette! Was hast du für

welche?«

»B. T. Welche hast du?«

»Was? Ach, vorgestern, Fellini. Wie fandest du's?«

»He Alter, fantastisch. Ich bin fast verrückt geworden, Alter, die Szene im Tunnel. Ist aber wohl zu schaffen.«

»Ja, natürlich, Alter... Aber du weißt doch, Fellini ist vom Barock ins Rokoko gekommen...«

Komischerweise gefiel Zaur dieser Satz, er mußte an sich halten, nicht laut aufzulachen. Das Mädchen hatte endlich die Telefonverbindung hergestellt:

»Hier ist Julka«, sagte sie, »ich versuche schon seit einer Stunde, dich anzurufen.«

Tehmine kam von der anderen Seite des Foyers. Sie trug ein langes Kleid. Neben ihr gingen zwei Männer und eine hochgewachsene blonde Frau. Zaur kam diese Frau bekannt vor, und dann fiel ihm ein, daß er sie aus dem Fernsehen kannte — sie war Ansagerin im Moskauer Fernsehen. Einer von den Männern war anscheinend auch ein Moskauer, aber der andere... Zaur hatte ihn noch nie gesehen, doch er erkannte ihn sofort, ahnte wer das war. Es war zweifellos jener Fernsehregisseur, dessen Name Tehmine so oft erwähnt hatte, Muhtar Meherremov. Obwohl Muhtar noch kein hohes Alter hatte, waren seine Haare bereits ergraut. Sein fülliger Körper hinterließ einen unförmigen Eindruck, den das zerknitterte Sakko, das ungebügelte Hemd und die unordentlich gebundene Krawatte noch verstärkten. Offenbar legte er keinen großen Wert auf sein Äußeres. Seine etwas melancholischen Augen verrieten Intelligenz, aber sein Gesicht wirkte müde. Er schien über eine reiche Lebenserfahrung zu verfügen. Muhtar Meherremov war ein aufmerksamer Mensch, den wahrscheinlich nichts auf dieser Welt überraschen konnte. So wie sich solche Menschen auf Grund ihres Unglücklichseins über nichts von Herzen freuen können, so können sie auf Grund ihrer Selbstzufriedenheit über nichts wirklich trauern. Seltsam, wie verschiedenartig die Haare eines Menschen ergrauen können — bei manchen werden sie schneeweiß, bei manchen scheinen sie zu verschimmeln. Das Grau von Muhtar sah wie Asche aus, aber auch sein Gesicht schien diese Farbe zu haben. Auf seiner Stirn und um die Lippen hatten sich tiefe Falten eingegraben, unter den Augen zeichneten sich schwarze Ringe ab. Seine Zähne waren schneeweiß, und wenn er lachte, gaben sie seinem Gesicht einen fröhlicheren Ausdruck.

Als Tehmine Zaur sah, winkte sie ihm, kam aber nicht näher, sondern unterhielt sich weiter mit ihren Kollegen. Ihr Gespräch zog sich in die Länge, doch Zaur wartete geduldig. Er wußte, daß Tehmine sich bald von ihnen trennen und zu ihm kommen würde, daß sie wieder, wie gestern, in den Straßen Moskaus umherwandern würden. Noch immer kamen und gingen zahlreiche Menschen, zeigten ihre Ausweise, noch immer kamen Zaur halbe Sätze und Wortfetzen zu Ohren: »Trakt, Monitor, Chutsiev, Chesin, Fellini...«

Schließlich begann sich Tehmine von ihren Kollegen zu verabschieden, dem einen reichte sie die Hand zum Handkuß, dann umarmte sie die Ansagerin. Auch Muhtar verabschiedete sich von den Moskauern und schloß sich Tehmine an. Zaur wäre diese Variante nie in den Sinn gekommen.

»Darf ich bekannt machen«, sagte Tehmine, »Zaur, Muhtar... Ich habe jedem von euch so viel über den anderen erzählt, daß ihr eigentlich schon miteinander vertraut sein müßtet.«

»Sehr erfreut«, sagte Muhtar, und streckte die Hand aus.

Zaur streckte seine Hand ebenfalls aus und sagte höflich: »Ganz meinerseits.«

»Laßt uns gehen«, schlug Tehmine vor, und als sie auf die Straße traten, hängte sie sich bei beiden ein.

»In welche Richtung, wohin gehen wir jetzt?« Tehmine wandte sich keinem zu, aber Muhtar antwortete als erster:

»Wohin du willst!«

»Weißt du, was wir machen, Zaur«, sagte sie — Zaur registrierte, daß sie ihn in Muhtars Gegenwart nicht »Zaurik« nannte —, »Muhtar möchte uns zum Essen einladen. Ich finde, das ist eine großartige Idee, was denkst du?«

Bevor er antworten konnte, sagte Muhtar: »Wenn Sie heute abend nichts Wichtiges vorhaben, wäre es meiner Meinung nach doch nicht schlecht, irgendwohin zu gehen, nicht?«

Schau nur, wie er die Sache angeht: »Wenn Sie nichts Wichtiges vorhaben.« Was sollte ich denn hier schon vorhaben? Weiß er denn nichts von unserem Verhältnis? Hat Tehmine ihm denn nichts erzählt? Zaur kam eine unangenehme Idee: Vielleicht weiß ich selbst nichts von dem wahren Verhältnis zwischen Tehmine und diesem Muhtar. Was soll das heißen: »Wenn Sie nichts Wichtiges vorhaben?« Angenommen, ich hätte etwas Wichtiges zu tun, sollte ich ihn dann mit Tehmine allein lassen? Einen Augenblick lang wünschte er sich, zu sagen »Ja, ich habe etwas Wichtiges zu tun«, aber er befürchtete, es würde ihn niemand aufhalten, daß vielleicht sogar Tehmine sagen könnte: »Wenn du etwas Wichtiges zu tun hast, dann wollen wir dich nicht aufhalten.«

»Nein, ich habe nichts zu tun«, erwiderte Zaur.

»Sehr gut«, sagte Muhtar, »laßt uns in den Kinoclub gehen.«

Sie riefen ein Taxi — Muhtar setzte sich nach vorne, Zaur und Tehmine nach hinten. Muhtar gab die Adresse an.

Als sie ankamen und Muhtar den Fahrer bezahlte, fühlte sich Zaur seltsam. Jetzt aufzustehen und zu sagen: »Nein, laß mich das bezahlen!« wäre lächerlich, denn auch die größere Rechnung für das Essen würde Muhtar bezahlen. Andererseits ließ er sich ungern aushalten, obwohl er nur noch zehn Manat in der Tasche hatte.

Im Taxi hatte Zaur geschwiegen, Muhtar und Tehmine unterhielten sich über ihre Sendung, die Möglichkeiten des Moskauer Fernsehens, über allgemeine Dinge. Hier hätte man erst wirkliche Möglichkeiten. Wenn man in Baku zwei Proben machen könne, müsse man Allah danken, hier dagegen hätten Regisseure sieben bis acht Proben. Die Technik sei einwandfrei. Wenn sie wenigstens einen Synchron-Videoschreiber in ihrem Studio hätten. Aber es lag in ihrem Gespräch auch eine Spur des Stolzes: trotz der Mängel hätten sie eine gute Sendung zeigen können. Sie hätten Tehmine sogar halb im Scherz vorgeschlagen dortzubleiben. Muhtar dagegen umwarben sie schon lange. Am Eingang zum Kinoclub zeigte er seinen Mitgliedsausweis mit der Bemerkung:»Das sind meine Gäste«. Noch auf der Treppe traf Muhtar Bekannte. Sie begrüßten sich herzlich und begannen ein freudiges Gespräch. Tehmine trat vor einen Spiegel, korrigierte ihre Frisur und schminkte sich die Lippen.

Zaur aber wußte nicht, was er tun sollte, er wollte rauchen, war sich jedoch nicht sicher, ob es erlaubt war. Ihm war, als hätten sie ihn vergessen. Muhtar kam mit immer neuen Bekannten ins Gespräch, und Tehmine war ernsthaft mit ihrem Spiegelbild beschäftigt.

Die Menschen im Foyer sah Zaur zum erstenmal, aber viele Gesichter kamen ihm bekannt vor. Er kannte sie aus dem Fernsehen. Es waren nicht die Berühmten mit den geläufigen Namen, aber sie hatten wohl in vielen Filmen mitgespielt, und ihre Gesichter hatten sich eingeprägt. Er konnte sich nicht mehr erinnern, in welchem Film eine Frau mitgespielt hatte, die jetzt schlichte russische Kleidung trug. Ein Junge dort in karierter Jacke hatte in irgendeinem Film einen deutschen Offizier gespielt.

»Was ist, Zaurik, langweilst du dich etwa?« Tehmine trat an ihn heran und ihm fiel auf, daß sie ihn in Muhtars Abwesenheit wie immer Zaurik nannte, »oder schaust du die Filmstars an?«

»Ja«, sagte Zaur, »ich habe gerade die leibhaftige Larionowa gesehen.«

Tehmine erwiderte im gleichen scherzhaften Ton:

»Und ich habe den leibhaftigen Tichonow gesehen.«

»Verzeiht, Freunde«, Muhtar kam ein paar Schritte auf sie zu, aber dann traf er wieder einen Bekannten, den er herzlich umarmte.

»Ein seltsamer Mensch«, sagte sie, »so ist es auch in den Fernseh-Studios, jeder kennt ihn. Und jeder schwärmt für ihn. Wer ihn trifft, nimmt ihn in die Arme und begrüßt ihn. Warum machst du so ein beleidigtes Gesicht, Zaurik?«

»Nein«, sagte er, »ich bin sehr guter Laune.« Plötzlich fragte er ganz dumm: »Liebst du mich nicht mehr?«

Tehmine lachte.

»Dummkopf, natürlich liebe ich dich. Du hast mir den ganzen Tag gefehlt... und was hast du so gemacht?«

Zaur hatte keine Gelegenheit zu antworten, denn Muhtar drehte sich um und kam näher. Tehmine fragte ihn:

»Muhtar, wer ist die Frau mit dem Fächer?«

Muhtar nannte ihren Namen.

»Und der junge Mann neben ihr, ist das ihr Mann?«

»Ihr ehemaliger Mann. Da, der Junge, der ihnen Kaffee bringt, ist ihr jetziger Mann. Gut, gehen wir ins Lokal?«

Das Lokal war nahezu leer. Im großen Salon waren lediglich drei, vier Tische besetzt. Die einzige Beleuchtung bestand aus kleinen Kerzen auf den Tischen. Sie nahmen an einem Tisch an einem Fenster Platz, rechts Tehmine, in der Mitte Zaur und links Muhtar. Der Kellner legte ihnen eine mit lustigen Zeichnungen verzierte Speisekarte vor. Tehmine fing an zu lesen. Es schien, als würden allein die Namen der Speisen einen Wohlgeruch verbreiten, und Zaur stellte fest, daß er hungrig war — er hatte den ganzen Tag noch nichts gegessen.

»Ich weiß gar nicht, was ich nehmen soll«, sagte Tehmine und reichte Muhtar die Karte, »suche du etwas aus.«

»Wollen wir eine Suppe essen?« fragte er.

»Natürlich nicht«, sagte Tehmine, »man kann doch abends keine Suppe essen. Ich möchte Huhn.«

»Tabaka?«

»Ja.«

»Zaur, Sie?«

Zaur zuckte mit den Schultern.

»Was mich betrifft, ich hätte Lust auf ein gutes Stück Fleisch«, sagte Muhtar und blickte zum Kellner, »bereiten sie Gegrilltes noch immer so schmackhaft zu wie früher?«

Der Kellner nickte.

»Dann bringen sie das zweimal, oder, Zaur?«

»Ja.«

Muhtar bestellte noch eine Reihe von Beilagen.

»Gut, was trinken wir?«

»Weiß ich nicht, was trinkt ihr?«

Muhtar bestellte Cognac.

Der Kellner notierte alles und ging. Zuerst schwiegen sie, dann sagte Muhtar:

»Habt ihr bemerkt, welch traurige Augen er hat? Den Kellner meine ich.«

Diese Worte überraschten Zaur, denn vorhin hatte er von Muhtars Augen das gleiche gedacht.

»Mir ist aufgefallen, daß viele Kellner, vor allem die älteren, traurige Augen haben. Traurige und kluge... das hängt wahrscheinlich mit ihrem Beruf zusammen. Kellner sind traurig und verständig wie Allah.« Er lächelte.

»Hast du etwa Allah gesehen?« fragte Tehmine, »woher willst du wissen, daß Allah traurig und verständig ist? Gut, sagen wir, er ist verständig, das kann man noch akzeptieren, aber warum sollte er traurig sein?«

»Aus dem gleichen Grund wie die Kellner. Sie kennen die Menschen zu gut, sehen ihre schwachen Seiten.«

Zaur wollte etwas Interessantes bemerken, Muhtar widersprechen, intelligent und gleichzeitig witzig sein, aber sein Verstand war wie betäubt. Er fürchtete, sich zu blamieren, wußte plötzlich nicht mehr, was er mit seinen Händen anfangen sollte. Ihm war, als bemerkten Tehmine und Muhtar seine Unruhe. Muhtar beobachtete ihn aus den Augenwinkeln, verfolgte jede seiner Bewegungen.

Der Kellner brachte die Beilagen und schenkte den Cognac ein. Muhtar probierte noch vor dem ersten Bissen den Cognac, nahm ohne ein Wort einen Schluck, hielt dann lange Zeit das Glas in den Händen, als ob er es wärmen wollte. Dann nahm er wieder einen kleinen Schluck. Auch Zaur hatte das Bedürfnis zu trinken, aber er wußte nicht, wie; vielleicht so wie Muhtar, ohne einen Toast auszusprechen, mit kleinen Schlückchen?

»Gib mir etwas Salat«, sagte Tehmine.

Nachdem Zaur ihr die Beilagen gereicht hatte, erhob er sein Glas und sagte:

»Auf dein Wohl, Tehmine.«

»Danke, mein Schatz«, sagte sie und nahm einen Schluck. Muhtar schaute Tehmine an, lächelte und nahm auch einen Schluck. Dann sagte er:

»Aber unter uns gesagt, der Cognac ist wirklich gut.«

Zaur stimmte dem zu.

Muhtar wandte sich plötzlich an Zaur:

»Was machen sie beruflich?«

»Ich bin Geologe«, sagte Zaur, schwieg kurz und fügte dann hinzu:

»Aber ich arbeite in einem Verlag. Tehmine und ich haben dort zusammen gearbeitet.«

»Ja richtig, Tehmine hat mir davon erzählt. Geologe... ein romantischer Beruf... man arbeitet in den Bergen.«

Zaur stockte, denn Muhtar hatte seine empfindlichste Stelle getroffen. Er schämte sich, daß er als einziger seiner Mitstudenten nicht direkt in seinem Fach tätig war, sondern lediglich geologische Fachbücher lektorierte. Er hatte die Stelle auf Drängen seiner Mutter angenommen. Für seine Aspirantur mußte er ein Praktikum absolvieren. Aber daraus war nichts geworden; obwohl er, wiederum auf Drängen seiner Mutter, bereits ein Dissertationsthema ausgesucht hatte, saß er schon das zweite Jahr im Verlag fest. »Berge, Wälder...« Er wußte nicht, ob Muhtar seinen wunden Punkt absichtlich berührt hatte, oder ob es nur Zufall war. Ein romantischer Beruf...

»Und was machen sie beruflich?« fragte er Muhtar. Natürlich wußte er sehr gut, welchen Beruf er ausübte, denn vorhin hatten sie sich ausführlich über Muhtars Arbeit unterhalten.

Muhtar grinste nur:

»Ich bin Fernsehregisseur«, sagte er, »aber das ist auch nicht mein eigentlicher Beruf. Ich habe eine Ausbildung als Kinoregisseur. Ich habe die Moskauer Filmakademie absolviert. Das ist eine lange Geschichte.«

Muhtar sagte dies in einer Weise, die Zaur zu dem Gedanken veranlaßte: »Anscheinend habe ich auch eine wunde Stelle von ihm berührt.« Das gefiel ihm, aber diesmal griff Tehmine rasch in das Gespräch ein.

»Nachdem er die Akademie absolviert hatte, haben sie ihn gebeten, hier bei »Mosfilm« zu arbeiten. Es war ein Fehler, damals wegzugehen. Was hättest du inzwischen für große Filme gemacht!«

»Ach Tehmine, kommt es bei einem Film auf Größe an?« erwiderte Muhtar. »Im Leben ist alles hochtrabender. Und auch schlichter. Hochtrabend und gleichzeitig schlicht«, wiederholte er nochmals. »Im Leben gibt es eine Grenze, eine unvorhersehbare Altersgrenze, natürlich, du und auch Zaur, ihr seid von dieser Grenze noch weit entfernt, aber ich habe sie schon überschritten. Deshalb kann ich darüber sprechen. Bis man diese Grenze erreicht, liegt alles noch vor einem, man lebt mit Hoffnungen, Wünschen und Träumen — diese Sache werde ich so erledigen, jene Angelegenheit wird sich so ergeben. Wenn man aber erst mal die Grenze überschritten hat, kann man sogar so alt wie unser Şireli werden, es wird alles hinter einem liegen. Nur noch Erinnerungen, Erinnerungen an Wünsche, die nicht in Erfüllung gegangen sind, das ist alles.«

Er nippte am Cognac und blickte Zaur an.

»Wissen Sie, Zaur, Film — das ist etwas Großes. Der Film bleibt — mag es ein großer oder unbedeutender Film sein — wenn er aufgenommen ist. Ob Kinofilm oder Fernsehfilm — er wird bleiben. Aber mein Beruf ist eine schmerzhafte Angelegenheit. Wurde die Sendung einmal aufgenommen, dann ist es, als ob alle Anstrengung umsonst war. Verstehen Sie?«

Anstelle von Zaur antwortete Tehmine.

»Genauso geht es mir. Ich habe etwas angesagt und bin vom Bildschirm verschwunden — das ist alles, nichts bleibt von mir zurück.«

»Ja«, sagte Muhtar, »das ist wirklich eine traurige Arbeit. Wieviel Kraft du auch investierst, ob du Tag und Nacht arbeitest, alles, was du an Verstand und Herz hineinlegst, auf Kosten deiner Nerven und deiner Gesundheit, manchmal Wochen, Monate nur darüber nachdenkst, deine gesamte Schaffenskraft — gut, das ist ein großes Wort — sagen wir, deine Fähigkeit, sagen wir, deine Erfahrung — mit einem Wort, alles was du hast, setzt du ein, um eine Sendung zu gestalten, die dann eine halbe Stunde, vierzig Minuten, höchstens eine Stunde lang gesendet wird, dann ziehst du erst einmal an deiner Zigarette, öffnest den Mund, und der Rauch steigt nach oben — und wie dieser Rauch verfliegt, so verschwindet alles. Nichts bleibt zurück. Nein, es ist wirklich ein bitterer Beruf...«

»Wie der Beruf der Kellner?« fragte Zaur.

Worauf ihm Tehmine zuvorkam: »Nicht nur wie der des Kellners, sondern auch der Allahs.«

Muhtar lächelte.

»Ja, unsere Traurigkeit ist so groß wie die Allahs, nur fehlt uns seine Weisheit.«

»Komm Muhtar, laß uns zusammen einen Film machen«, sagte Tehmine, »du drehst und ich spiele. Weißt du, wie gut ich spielen würde? Besser als alle deine Schauspielerinnen. Wie wäre es, laß es uns versuchen. Überhaupt, laß uns endlich irgendetwas zusammen machen!« Zaur erschien diese Bemerkung Tehmines etwas zweideutig.

»Das habe ich doch schon oft vorgeschlagen«, erwiderte Muhtar.

»Ich meine es ernst«, sagte Tehmine, »wenn du darauf bestehst, würden sie dir da etwa keinen Film geben? Warum setzt du dich nicht dafür ein? Wenigstens für mich... Könnte ich die Hauptrolle spielen?«

»Es ist zu spät«, sagte Muhtar. »In meinem Alter werde ich mein Leben nicht mehr ändern... Auch für dich ist es zu spät.«

»Schämst du dich nicht«, sagte Tehmine, »wie kannst du so etwas sagen. Ich wäre bereit zu sterben, um in einem Kinofilm mitspielen zu dürfen. Irgend etwas sollte von mir zurückbleiben, wenn ich einmal sterbe... Und es soll jetzt sein, jetzt, sonst ist es, wie du gesagt hast, wirklich zu spät. Ich möchte ein Filmstar werden, und Photos von mir sollen in allen Zeitschriften abgedruckt sein. Meine Lieblingsfarbe? Blau. Meine Lieblingsfilme? Die Werke von Muhtar Meherremov... Mein Hobby? Nun, was ist denn mein Hobby?«

»Dich hübsch zu machen«, sagte Muhtar.

»Ach, ihr Männer versteht nichts von dieser Welt«, sagte sie, »ihr versteht nicht, daß eine schöne Frau von nationalem Wert ist, wie seltene Bäume, wertvolle Ausgrabungen und historische Denkmäler.«

»Deine Bescheidenheit ist unübertrefflich«, sagte Muhtar.

»Was ist, willst du damit sagen, ich sei nicht schön? Wollt ihr etwa meine Schönheit verleugnen?«

»Nein, ich verleugne sie nicht«, sagte Muhtar, »Aber laß es

mich genauer sagen, du warst sehr schön. Ich wiederhole, du warst...«

»Unverschämter Kerl«, sagte Tehmine und drohte scherzhaft mit ihrem Zeigefinger. Da wandte sich Muhtar zu Zaur: »Zaur, was ist mit dir los, warum sagst du nichts, was bist du für ein Gentleman, verteidige mich doch vor dieser Ehrlosen.« Aber bevor Zaur etwas sagen konnten, meinte er noch:

»Ich könnte dir zeigen, was es heißt, sich über Muhtar Meherremovs Werke lustig zu machen.«

»Ach Muhtar, anscheinend verstehst du keinen Spaß?«

»Und du? Verstehst du denn Spaß? Wie könnte ich über deine Schönheit jemals in der Vergangenheitsform sprechen?«

Zaur spürte, daß sich hinter diesem halb scherzhaften, halb ernsten Wortwechsel eine langjährige Freundschaft verbarg — all dies stand für eine Welt, die Zaur völlig fremd war.

Der Kellner brachte die Hauptspeise und sie begannen mit dem Essen. Zwischendurch nippten sie wortlos an ihren Cognacgläsern. Der Alkohol vernebelte allmählich Zaurs Gedanken, und er fühlte sich zusehends unwohler. In Gegenwart Muhtars kam er sich träge, schlampig, sogar dumm und unfähig vor. Er erinnerte sich an die Worte Tehmines, an ihre Zärtlichkeiten. Wenn das alles nicht erfunden war, was, ja was liebte Tehmine dann an ihm? Aufgrund welcher Eigenschaften und Fähigkeiten könnte Tehmine einen Mann wie Zaur lieben? Nur wegen seiner äußerlichen Erscheinung, seines Aussehens, seiner Jugend, seiner Kraft? Wenn es so war, verband sie dann nur körperliche Liebe? Wozu waren dann die Vögel im Domodedowo-Wald gut gewesen, ihr gestriges Bummeln in Moskaus Straßen, die Poesie ihrer Liebe?

Muhtar redete und redete. Der Cognac, der Zaur in ein Meer von Traurigkeit getaucht hatte, heiterte ihn dagegen auf. Nun erklärte er sogar, er würde seinen Beruf mit keinem anderen auf der Welt tauschen. Die Gedanken, die Worte, die einem einsamen Menschen in einer stillen Nacht eingefallen sind, würden zuerst auf dem Papier festgehalten und dann, am nächsten Morgen, mit Beteiligung von zehn oder sogar hundert Menschen, in Gesichter, Farben und Geräusche verwandelt, erwachten zu Leben, das auf tausend, Millionen Bildschirmen erschiene und sich in das Bewußtsein der Zuschauer einpräge. Dann erlöschen die Bildschirme, seien alle Worte, alle Gesichter verschwunden — was existierte schon für immer auf dieser Welt? Was bliebe, sei wie die Stimmung eines angenehmen Traumes. Sollten denn die Spuren eines angenehmen Traumes den Menschen weniger Freude bereiten, als materielle Genüsse?

»Ich würde gerne einen Film über die Innenstadt drehen«, sagte er, »alle Geschichten spielten sich in diesen Häusern ab. Und den Schluß, den Schluß des Filmes sehe ich so klar vor mir, daß seine Charaktere mir oft im Traum erscheinen. Am Schluß zeige ich die Dächer der Häuser und auf einem dieser Dächer steht ein schönes Mädchen in einem pechschwarzen Kleid und hängt Wäsche zum Trocknen auf. Auf der Leine hängen Tücher, Laken und Kissenbezüge, alle schneeweiß. Der Wind läßt die Wäsche flattern, wodurch das schwarzgekleidete Mädchen immer wieder verdeckt wird. Der Himmel ist klar und in der Ferne ist das blaue Meer zu sehen. Es handelt sich um eine Art Tanz der weißen Wäsche, des schwarzen Mädchens, des Windes. Aber gleichzeitig erinnern die Wäschestücke an Segel und die Häuser an Boote, die im fernen blauen Meer schwimmen. Versteht ihr, ich würde die Kamera so plazieren, daß die Dächer wie ein Schiffsdeck wirkten: Monument und Symbol zugleich. Wir sehen in Segeln oft nur Kissenbezüge, aber ich will aus Kissenbezügen Segel machen. Dieses Symbol hat jedoch noch eine andere Bedeutung. Die wehende Wäsche auf den Dächern ist gleichzeitig eine Kapitulationsfahne. Die alten Häuser der Innenstadt können nicht gegen die modernen Bulldozer bestehen, sie sind dazu verurteilt, zerstört zu werden. Jemand hat darüber ein Gedicht geschrieben...
Was sehen weiße Kissenbezüge im Traum?

Sie sehen, sie sind Segel im fernen südlichen Meer, oder, ʻauf die fernen südlichen Meere fallen die Schatten dieser Segel...ʻ, ich erinnere mich nicht mehr genau.«

Tehmine beendete Muhtars langen Monolog abrupt mit den Worten:

»Komm, laß uns auf dein Wohl trinken, Muhtar! Ich habe Zaur viel über dich erzählt. Und Zaur ist mir auch teuer.«

»Auch Zaur«, wiederholte Zaur in Gedanken.

»Deshalb sage ich, Zaurik, laß uns auf das Wohl Muhtars anstoßen! Muhtar ist ein wahrer Freund, ein Freund, von dem du in den schwierigsten Stunden Hilfe erwarten kannst. Und niemals wird er dir deshalb irgendeine Schuld aufladen... oder etwas von dir erwarten... ein Wort...«

»Ein Wort, laß solche Reden«, unterbrach sie Muhtar, »das sind doch nur Schmeicheleien. Woher willst du wissen, daß ich nichts erwarte? Vielleicht habe ich auch einen Wunsch auf dem Herzen? Lange Rede, kurzer Sinn — laßt uns einfach trinken, Prost!«

Tehmine erwiderte mit dem Starrsinn einer Betrunkenen:

»Nein, ich will noch ein paar Worte sagen und bitte dich, mich nicht zu unterbrechen. Ich will sagen, daß es auch unter Freunden verschiedene Arten gibt. Es gibt Freunde für die angenehmen Tage, die nur an angenehmen Tagen an deiner Seite sind — keine drei Kopeken sind solche Freunde wert. Dann gibt es Freunde für schlechte Tage — solche Freunde kann man gar nicht hoch genug schätzen. Aber wenn diese Freunde dir nur an schlechten Tagen zur Seite stehen und sonst nie da sind, dann ist auch dies eine einseitige Freundschaft. Solche Freundschaften können einem zu schaffen machen, denn man muß auf schlechte Tage warten, damit sie ihre Freundschaft bestätigen können. Nein, in gewisser Weise ist auch dies nur eine halbe Freundschaft. Aber es gibt noch eine Art von Freundschaft, meiner Meinung nach ist das die wahre: An einem schlechten Tag läßt dich so ein Freund nicht allein, aber auch an einem schönen Tag ist er bei dir.

Er nimmt teil an deinen Schwierigkeiten und an deinem Glück. Dein Glück ist seines und seines ist auch deines, wartet mal, ich bin ganz durcheinander... ich glaube, ich habe zu viel getrunken... was soll's... auf dein Wohl, Muhtar!«

Sie tranken, dann stand Muhtar auf, entfernte sich für einen Moment, und Tehmine sagte:

»Weißt du, was das für ein Mensch ist? Seine Fähigkeiten als Regisseur sind unantastbar, eine Gabe Allahs...«

Zaur dachte: »Warum hat dieser gewissenlose Allah mir nichts davon gegeben?«

»Zaur, irgendwie erscheinst du mir heute zerstreut. Was ist los?«

»Es ist seltsam«, antwortete er, »daß du an der Seite von Muhtar Zaur zu mir sagst und wenn Muhtar weg ist, Zaurik.«

Tehmine lachte laut auf.

»Um Allahs willen, bist du einfältig.«

»Wie sollte ich denn auch klug sein? Klug sind nur Allah, die Kellner und die Regisseure.«

»Du bist vielleicht giftig, Zaur... Was ist, bist du eifersüchtig, auf wen, auf Muhtar? O Allah! Wenn du willst, nehm' ich dich in Muhtars Gegenwart in die Arme und küsse dich, Zaurik, nein sogar Zaur-Schätzchen nenn' ich dich, wenn du willst!«

»Ja, ich will es«, sagte er, »komm, laß uns auf der Stelle gehen!«

»Darf ich bekannt machen«, sagte Muhtar, als er eine Dame und einen Herrn an ihren Tisch führte. Er stellte ihnen Zaur und Tehmine auf russisch vor und sagte dann: »Sie heißen Sascha und Lena«, und fügte hinzu, daß es natürlich nicht nötig sei, sie weiter vorzustellen, wer würde sie nicht aus Kinofilmen kennen.

Muhtar lud Sascha und Lena ein, sich an den Tisch zu setzen.

Die beiden waren ziemlich angetrunken, und Sascha fiel beinahe vom Stuhl, als er sich setzen wollte.

»Pardon«, sagte Sascha, »sehr erfreut.« Dann wandte er sich an Tehmine, »Madame, hätten Sie etwas dagegen, wenn ich mich neben Sie setzen würde?« Tehmine hatte nichts einzuwenden und Sascha fragte: »Sind Sie auch Schauspielerin?«

»Nein, ich bin Ansagerin«, antwortete Tehmine.

»Ach ja, ich habe Sie schon einmal gesehen«, sagte Lena, »vorgestern.«

Sascha fragte Tehmine, wie es denn käme, daß sie keine Schauspielerin sei, und Tehmine antwortete, daß man diese Frage den Regisseuren stellen müßte, zum Beispiel Muhtar.

Muhtar sagte, ob es erlaubt sei, sie zu fragen, was sie trinken wollten.

»Ja, das ist mir im Augenblick gleich«, sagte Sascha, »von mir aus Wodka.«

»Und sie, Lena?«

»Auch mir ist es gleich; Wodka, mir auch Wodka.«

Dann fragte Lena Zaur nach seinem Namen.

»Zaur.«

»Zaur! Ein schöner Name aus der Steppe: und wie heiße ich?«

Zaur antwortete, das müsse sie besser wissen als er.

»Seien Sie nicht unhöflich, Steppenmann«, sagte Lena, »Sie müßten genau wissen, wie ich heiße: Le — na.«

Der Kellner brachte den Wodka, Muhtar schenkte ein.

»Ihr trinkt Cognac, wir Wodka«, sagte Sascha, »was für eine Anarchie an unserem Tisch.«

»Nein, an unserem Tisch gibt es keine Anarchie«, sagte Muhtar, »denn wir haben eine Königin an unserer Seite, sogar zwei.«

»Ich verstehe«, sagte Lena, »der Charme des Ostens.«

Sie sollten auf das Wohl der Frauen im Osten trinken, meinte Sascha, denn sie habe den Schleier abgeworfen und trinke Cognac. Dann fragte er Tehmine, ob sie jemals einen Schleier getragen habe.

Tehmine antwortete, bei ihnen habe niemand, zu keiner Zeit, gewußt, was ein Schleier sei.

Muhtar meinte, bei ihnen habe es Kopftücher gegeben, die hätten aber nichts mit Schleiern zu tun.

Lena sagte, sie wisse, daß es in Usbekistan Schleier gegeben habe und fügte hinzu, sie habe am letztjährigen Taschkent-Festival teilgenommen; in Taschkent bereiteten sie ein berühmtes Reis-Gericht zu.

Zaur erwiderte, ihr Reis sei noch schmackhafter. Er beteiligte sich am Gespräch, um durch sein Schweigen nicht auf sich aufmerksam zu machen, aber Sascha bemerkte sofort mit lauter Stimme:

»Bravo, bravo, die Sphinx hat gesprochen. Sie haben lange und rätselhaft geschwiegen und haben sich endlich dazu entschlossen, den Mund aufzumachen, um die Ehre Ihrer nationalen Küche zu verteidigen.«

Lena unterbrach ihn:

»Ja gut... nein...«, und fügte noch eine unflätige Bemerkung an.

Tehmine tat, als habe sie nicht verstanden, während Zaur feuerrot anlief. Muhtar bat Lena vorsichtig darum, nicht mehr derart zu schimpfen. Bei ihnen sei es unüblich, in Gegenwart einer Frau solche Worte in den Mund zu nehmen.

Dann solle die aserbaidschanische Republik hochleben, meinte Sascha und fügte, seine Frau tadelnd, hinzu:

»Da sind die nicht zimperlich; wenn du sie beleidigst, stoßen sie dir ein Messer ins Herz oder schießen dir eine Kugel in den Leib.«

Auf Zaur zeigend, fragte er, was für einen Bewacher die Dame, Tehmine, hätte.

Muhtar erwiderte, er sei doch schließlich in Baku gewesen und sei heil zurückgekehrt, niemand habe ihn bedroht.

»Ja, ich war dort ja auch fromm wie ein Lamm«, sagte Sascha.

»Ja, in bezug auf Wasser bist du mehr als bescheiden. Meiner Meinung nach hast du schon alles außer Wasser getrunken«, sagte Muhtar.

»Ja, Alter, ich war dort drei Tage und das, ohne dabei zu vertrocknen.« Nach der Landung mit dem Flugzeug hätten ihn die Bosse des dortigen Kinos begrüßt, dann seien sie irgendwohin gegangen, hätten irgendwo ein Treffen veranstaltet, der Rest fiele ihm nicht mehr ein. Drei Tage später habe ihn jemand ins Flugzeug nach Moskau gesetzt... An mehr erinnere er sich nicht. Er hob sein Glas und sagte:

»Los, laßt uns trinken«, drehte sich zu Tehmine und bemerkte, er wisse nicht, wo diese aserbaidschanischen Regisseure ihre Augen hätten. Wie könnte man einer derartigen Weltschönheit wie ihr nur keine Filmrolle anbieten.

Tehmine meinte, wenn sie dort keinen Film mit ihr drehen wollten, dann vielleicht hier. »Mit Vergnügen«, erwiderte Sascha und fragte nach ihrer Adresse und Telefonnummer. Tehmine gab sie ihm nicht, sagte aber, er könne sie, wenn er wolle, über Muhtar erfahren.

»Ist er Ihr Freund?« fragte Sascha.

»Nein«, sagte Tehmine trocken.

»Wer ist dann Ihr Freund?«

»Ich habe keinen Freund, ich habe einen Mann.«

»Und wer ist Ihr Mann?«

Nach einem Moment des Zögerns zeigte Tehmine auf Zaur.

Später stritten Tehmine und Zaur darüber, wer denn mehr erstaunt war — Zaur oder Muhtar. Dann erklärte sie, daß sie Sascha ein für allemal los sein wollte.

Wirklich, Sascha schien aufzuwachen, er änderte sofort seinen Ton, wandte sich zu Zaur und bat ihn, ihm nicht die Knochen zu brechen, er sei sich ganz sicher, er könne das mühelos, aber er sei überhaupt kein Frauenheld, sondern Alkoholiker, auch seine Frau würde dies, falls nötig, bestätigen.

»Fahr zur Hölle!« hätte Lena am liebsten gesagt, doch ihr fielen wohl plötzlich Muhtars Worte ein, worauf sie sich die Hand vor den Mund hielt und sich entschuldigte.

Sascha wandte sich Muhtar zu:

»Alter, wir haben schon lange nichts mehr zusammen getrunken«, sagte er und fragte, ob er sich noch an den Institutsdekan Pal Palitsch erinnere, dessen Vorlesungen sie besucht hatten.

Muhtar antwortete, natürlich erinnere er sich an ihn, und Sascha fragte, ob er denn wisse, daß der arme Pal Palitsch gestorben sei. Muhtar antwortete, natürlich wisse er es, und er habe sogar eine Trauerkarte geschickt.

Sascha meinte, er habe nicht einmal ein Telegramm aufgeben können, er sei in Cannes bei der Premiere ihres Films gewesen, auf der Rückfahrt habe er es erfahren.

Tehmine fragte, ob Sascha Cannes gefallen habe.

Sascha antwortete, er habe das dritte Mal an den Festspielen in Cannes teilgenommen und alles ginge ihm sehr auf die Nerven — Empfänge, Pressekonferenzen, Cocktailparties, aber vernünftiges Trinken sei nicht möglich… Aber diesmal habe er das Glück gehabt, Fellinis neuen Film zu sehen, der hier noch nicht in die Kinos gekommen sei.

»Ja, Alter«, sagte Sascha zu Muhtar, »wenn es möglich ist, ihn zu sehen, werde ich mich bei dir melden.«

Plötzlich sagte Zaur:

»Ich glaube, Fellini ist vom Barock zum Rokoko übergewechselt.« Zaurs Bemerkung kam so unerwartet, daß alle verdutzt waren, einander eine Zeitlang wortlos anblickten, bis endlich Sascha sagte:

»Was laberst du denn da, Alter.«

Tehmine lachte lauthals und lobte Zaur.

Zaur schob sein Glas an die Tischkante, füllte es bis an den Rand mit Cognac und trank es in einem Zug aus. Nachdem er getrunken hatte, sagte er, seiner Meinung nach sei »Tarzan« der beste Film der Welt.

Er wollte nur erreichen, daß sie über seine Unwissenheit und seinen primitiven Geschmack lachten, aber Lena übernahm Zaurs Ansicht. Tarzan sei wenigstens ein robuster Mann… dann strich sie mit der Hand durch Zaurs Haare und flötete:

»Sie sind wie Tarzan. Ein wildes, uraltes Geschöpf mit einem Urwaldnamen.«

»Vorhin sagten sie Steppenname«, entgegnete Tehmine.

Lena antwortete, Wald, Tal, Berg, das sei alles das gleiche und entschuldigte sich sofort. Sie schwor, nie mehr so unhöflich daherzureden. Später erzählte Lena auch von ihrem Aufenthalt in Baku. Sie habe im Filmstudio eine kleine Rolle gespielt und dort einen interessanten Mann kennengelernt. Er sei Regisseur, vielleicht würden sie ihn kennen. Sie sprach seinen Namen mit großer Sorgfalt aus: Ağamehdi.

Muhtar sagte, er kenne ihn.

Lena beteuerte, er sei ein sehr interessanter Bursche. Er habe ihr alles mögliche versprochen, damit sie für immer in Baku bleibe.

Sascha fragte Zaur, ob er auch Regisseur sei.

Zaur sagte, nein, er sei kein Regisseur, er sei Schmarotzer und würde auf Kosten seiner Eltern leben.

Sascha antwortete ruhig, das sei auch kein schlechter Beruf, und was für eine Geschicklichkeit dazu nötig sei, nicht nur selbst auf Kosten der Eltern zu leben, sondern auch seine Frau damit zu ernähren.

Tehmine schüttelte über Zaurs Ausführungen vorwurfsvoll den Kopf.

»Ich rede so, weil ich eure Unterhaltung satt habe — Filmfestspiele in Cannes, Fellini, weiße Segel, was weiß ich für Spinnereien«, sagte Zaur und fügte hinzu: »Ich bin ein einfacher normaler Mensch.«

»Jetzt wird langweilige Demagogie betrieben. Das beste ist, etwas zu trinken«, sagte Lena.

»Die Kunst gehört dem Volk«, sagte Sascha und fragte Zaur:

»Nun, Vertreter des einfachen Volkes, wo haben Sie diese schicken Schuhe gekauft? Ich habe solche Schuhe nicht einmal in Paris finden können. Schau mal, Lena...«

Alle betrachteten neugierig Zaurs Schuhe. Zaur überlegte und sagte dann, er würde sie verkaufen, sie seien noch wie neu. Sascha fragte nach dem Preis. Zaur antwortete: vierzig Manat, er selbst habe sie für sechzig Manat gekauft. Man fand heraus, daß sie dieselbe Schuhgröße hatten. Zaur sah, daß Sascha nicht abgeneigt war, und sagte, er sei nur dann einverstanden, wenn ihr Handel sofort, auf der Stelle stattfände. Er verkaufe ihm seine Schuhe, und er würde seine Schuhe anziehen. Sascha überlegte kurz und erklärte sich einverstanden.

Weder Muhtar, noch Tehmine, noch Lena wußten, ob die beiden Ernst machen würden, aber Zaur und Sascha hatten ihre Schuhe bereits getauscht.

»Lena, gib ihm vierzig Manat«, sagte Sascha.

»Spiel nicht verrückt!«

»Gib es her, sage ich! Die Schuhe sind phantastisch, der verkauft sie nur, weil er betrunken ist; er wird nüchtern werden und es sich womöglich anders überlegen.«

Lena nahm tatsächlich vierzig Manat aus der Handtasche und gab sie Zaur. Muhtar und Tehmine stellten fest, wenn das so sei, dann sollten sie auf die neuen Schuhe von Sascha trinken.

Zaur entschuldigte sich, verließ den Tisch, rief unbemerkt den Kellner, fragte nach der Rechnung und beglich sie. Dann ging er zurück und setzte sich an seinen Platz.

Sascha sagte, es sei an der Zeit, sie hätten nun fertig gegessen und getrunken, daneben habe er noch ein schönes Paar Schuhe erworben, jetzt müsse man aber nach Hause gehen, die Lichter seien schon gelöscht worden.

Alle standen auf.

»Ihr könnt schon gehen«, sagte Muhtar, »ich komm dann nach.« Im Gehen drehte sich Zaur um und beobachtete, wie Muhtar den Kellner rief. Sie gingen nach draußen, auf die Straße. Ein paar Autos wurden vor dem Eingang des Gebäudes gestartet. Von einem der Autos rief man Lena und Sascha.

Sascha und Lena verabschiedeten sich von Tehmine und Zaur und meinten, daß die Leute, die sie riefen, Nachbarn von ihnen seien und sie zur Metrostation am Flughafen führen; ihre Wege würden sich ohnehin trennen, und Muhtar sollten sie noch grüßen. Es sei schade, daß sie am nächsten Tag nach Kiew müßten, sonst hätten sie sich noch einmal treffen können. Wenn sie wieder nach Moskau kommen sollten, sollten sie anrufen, man müsse sich unbedingt wiedersehen. Sie winkten noch aus dem Fenster des anfahrenden Autos.... genau in diesem Augenblick kam Muhtar aus dem Gebäude.

»Das hätten Sie nicht tun dürfen, Zaur«, sagte er, »ich hatte Sie doch eingeladen, warum haben Sie bezahlt?«

»Ich wollte meine neuen Schuhe begießen«, sagte Zaur.

»Was? Hast du etwa...«, begann Tehmine und auf einmal verstand sie alles, »Dummkopf...«

Ohne den Satz zu beenden, warf sie sich Zaur um den Hals und schaukelte mit ihren Füßen in der Luft. Zaur drückte sie an sich und wirbelte sie umher, und beide schienen Muhtars Anwesenheit zu vergessen und lachten vergnügt wie Kinder.

»Geht ihr nicht zur Metro?« fragte Muhtar.

Er verabschiedete sich eilig und ging mit raschen Schritten in Richtung der Metrostation. Im Weggehen fiel Zaur sein leicht gebeugter müder Rücken auf. Ihm kamen die verknitterten Kopfkissen und weißen Tücher in den Sinn, die niemals zu richtigen Segeln werden würden... das exotische Südmeer würden sie nur im Traum sehen... Träume, die sich einstellten, wenn man in Hotelzimmern fremder Städte keinen Schlaf finden konnte.

8

Was ist das für ein Geheimnis, niemandem verriet ich unsere Liebe,
Und doch tönt es durch die Stadt, daß ich dich liebe.

Den Telefonhörer nahm Tehmine selbst ab.
»Ich wollte dich willkommen heißen«, sagte Zaur.
»Danke«, sagte Tehmine; in ihrer Stimme lag weder Freude noch
Sehnsucht. Es war, als hätten sie sich erst vor zehn Minuten getrennt. In Wirklichkeit hatten sie sich vor einer Woche zum letztenmal gesehen. In dieser Woche war Zaur von Moskau nach Ba-
ku geflogen. Tehmine war noch drei Tage geblieben und dann
mit dem Zug zurückgekommen. Seit gestern war sie hier, und
heute rief Zaur sie von einer Telefonzelle aus an.
»Du hast doch gesagt, du willst gleich anrufen, sobald du an-
kommst.«
»Ach, ich weiß nicht«, sagte sie etwas unterkühlt. Es war ein
windiger, grauer Tag, und auch in Tehmines Stimme schien diese
Kälte und Dunkelheit des Tages eingedrungen zu sein.
»Liebst du mich nicht?«
»Ach so«, sagte sie, sprach aber so gleichgültig, daß sie es wohl
besser nicht gesagt hätte.
»Wann treffen wir uns?«
Nach kurzem Schweigen sagte sie:
»Ich ruf' dich schon an, im Büro...«
»Wann?«
»Ich weiß noch nicht... mal sehn...«
»Heute?«
»Nein, heute nicht, auch nicht morgen oder übermorgen... in
ein paar Tagen...«

»Aber warum? Ist vielleicht etwas passiert?«

»Nein Zaur, nichts ist passiert. Aber ich habe zu tun, ich muß etwas erledigen. Und ich bitte dich, mich in diesen Tagen nicht anzurufen. In ein paar Tagen, so etwa in einer Woche, ich werde dich schon erreichen, ja?«

»Gut«, sagte Zaur abwesend, »du mußt das selbst wissen...«

Plötzlich fragte Zaur wieder:

»Liebst du mich nicht?«

»Doch, doch, ich liebe dich«, sagte Tehmine eilig, und es kam Zaur vor, als wollte sie ihn nur schnell loszuwerden. Tehmine wiederholte: »Ich rufe dich an. Bis dann.«

»Bis dann«, konnte er gerade noch sagen, bevor er den Signalton hörte.

✳ ✳ ✳

Die Tage vergingen, Zaur zuckte bei jedem Klingeln des Telefons zusammen, nahm eilig ab, aber Tehmine wollte und wollte nicht anrufen.

Auch Zaurs Mutter bemerkte seine Nervosität und legte sich ihre Deutung zurecht. Ziver Hanım zog nicht offen über Tehmine her, sondern eröffnete auf indirekten Pfaden ein Gespräch, in dessen Verlauf sie ihren Einfluß auf ihn auszuüben versuchte. Sie wußte auch, sobald sie nach den verschiedenen Themen auf Tehmine zu sprechen kommen würde, würde Zaur brüllend das Zimmer verlassen. Deshalb griff sie auf ihre Fähigkeit zurück, mit wenigen Worten vieles zu sagen: Noch bevor er das Zimmer verließ, versuchte sie mit einem Satz, mit einer Nachricht Zweifel in sein Herz zu streuen...

»Ich hab' gehört, du hattest einen Nebenbuhler in Moskau«, sagte sie, »wie heißt dieser Fernsehregisseur, Muhtar Meherremov oder so? Und habt ihr euch nicht gestritten? Wie schon Meschdi Ibad sagte, 'das Mädchen hatte zwei Verlobte...' «

»Es reicht, hör auf!« sagte Zaur und ging. Beim nächstenmal

sprach seine Mutter vom Fernsehprogramm und erwähnte wie zufällig Muhtars Namen.

Ein anderes Mal erklärte sie:

»Jeder hat seine Funktion. Der Ehemann — für den Namen, der soll anzeigen, daß sie einen Mann hat, eine verheiratete Frau ist, Spartak — um sie zu bekleiden und zu beschenken, Muhtar — um ihr die Karriereleiter hinaufzuhelfen und dich... du Dummkopf — so irgendwie — um ihr den Tag zu vertreiben, dazu braucht sie dich. Die dümmste Aufgabe hast du. Heute verbringt sie den Tag mit dir, morgen mit einem anderen.«

Manchmal trug sie fast irrwitzige Gedanken vor: »Ich weiß, warum sie so an dir klebt«, verkündete sie, »sie glaubt, wir werden sterben und sie wird das Haus und all das Geld erben... von wegen... nur langsam, sonst erstickst du noch an der Sache...«

Das war ein geradezu komischer Gedanke, und statt sich aufzuregen, zeigte Zaur Neugierde:

»Ich verstehe nicht, wieso euer gesamter Besitz ihr zufallen sollte?«

»Was gibt es da nicht zu verstehen? Sie führt im Schilde, daß wir sterben, sie dich heiratet und alles in ihren Besitz gelangt... Aber nur langsam, sonst erstickst du noch daran...«

Zaur versuchte, eine bestimmte Logik hinter diesem Unsinn auszumachen:

»Was ist denn mit ihrem Mann?«

»So ein Trottel von Mann... das ist doch kein Problem, sich von ihm zu trennen, für so eine Frau ist nichts leichter als das.«

»Deine Logik ist also folgende: Tehmine ist nun verheiratet und hat ein Heim, ihr — Allah bewahre — sterbt und sie zieht zu uns? Gibt es auch nur einen außer dir, der das glaubt?«

»Lach nur über deine alten Eltern! Natürlich, Tehmine Hanım wird dir auch nichts anderes beibringen. Natürlich führt sie das im Schilde. Wer würde nicht ihre Bruchbude gegen unser wertvolles Appartement tauschen? Auf irgendeinem Weg wechselt sie dann ihren Mann, das ist für sie nicht schwer... Unser gesamtes Hab und Gut haben dein Vater und ich unter größten Anstrengungen in vielen Jahren zusammengetragen, sie würde die Gelegenheit beim Schopf packen und den Besitz an sich reißen... Ist Ziver schon tot, daß du ihrer Nachkommenschaft das antust? Wirklich, wenn ich gestorben und begraben bin, ich würde aus meinem Grab, aus der tiefen Erde auferstehen und sie mit meinen eigenen Händen erwürgen!!«

Die phantastischen Vermutungen seiner Mutter erschienen Zaur lachhaft, lachhaft und betrüblich. Aber eines freute ihn: Wenn die Vermutungen seiner Mutter so wirklichkeitsfern waren, leere bedeutungslose Verdächtigungen, dann müßten alle Neuigkeiten von ihr, alle anderen von ihr gesammelten Informationen, mit denen sie ihn jeden Tag stichelte, bedeutungslos sein. Zaur wußte, daß dieses Gerede reine Erfindung war, aber dann fragte er sich, ob er über alle Einzelheiten von Tehmines Moskaureise, jede Stunde, jeden Tag wirklich Bescheid wüßte. Natürlich nicht... »Sie ist schon im gleichen Abteil mit Muhtar nach Baku gefahren«, sagte seine Mutter, und er wußte, daß dies der Wahrheit entsprach. Aber als sie hinzufügte, daß es ein Zwei-Personen-Abteil war, wußte Zaur, daß sie log. Tehmine, Muhtar und zwei Mädchen vom Fernsehen hatten in seiner Anwesenheit Fahrkarten gekauft, die für ein gemeinsames Abteil galten.

Aber vielleicht... Warum, warum nur verschwanden alle seine Zweifel, wenn er mit Tehmine zusammen war, aber wenn sie sich drei, fünf Tage nicht sahen, wühlte ihn das Gerede innerlich auf... Im Domodedowo-Wald hatte Tehmine gesagt: »Schau, jetzt, zu dieser Stunde, zu dieser Stunde sind wir glücklich, und das ist die größte Wirklichkeit«, aber nach »dieser Stunde, dieser Minute« ging die Zeit weiter. Was war in den Augenblicken, in denen er nicht mit Tehmine zusammen war, in den Minuten, die Tehmine ohne ihn, wer weiß, mit wem, verbrachte? Vielleicht waren diese Minuten für jemand anderen die größte Wirklichkeit?

»Auch wenn ich es vielleicht nicht miterleben werde«, sagte Ziver Hanım, »du wirst sehen, sie wird sich von ihrem Mann trennen. Sie hat ihre Pläne, auch Alya sagt, sie ist zum Fernsehen gegangen, um Muhtar um den Finger zu wickeln und ihn dann zu heiraten. Sie wird es tun, das ist ihre Sache. Sie soll gehen, zu wem sie will, nur von dir soll sie die Hände lassen.«

Zaur dachte, vielleicht hat sie recht. Vielleicht wird sie sich zwischen ihm und Muhtar entscheiden. Womöglich ist dies ihre wichtige Angelegenheit. Wahrscheinlich ruft sie deshalb nicht an.

Es vergingen zehn Tage, während der er Tehmine nur ein einziges Mal sah — auf dem Fernsehschirm.

✳ ✳ ✳

Zuletzt faßte Tehmine einen Entschluß, nahm den Hörer ab und wählte eine Nummer.

Eine Frauenstimme war zu hören:

»Ja?« Tehmine war verstummt, die Frauenstimme wiederholte: »Ich höre…«

Tehmine streckte den Arm aus, um den Hörer aufzuhängen, aber sie hielt inne, atmete erleichtert auf, wußte, daß sie mit diesen Worten alles für immer erledigen konnte und sagte:

»Rufen Sie Manaf!«

Nun wurde es am anderen Ende der Leitung still, und dann sprach Tehmine den Satz aus, den sie sich seit dem Morgen immer wieder vorgesagt hatte:

»Ich habe unter dieser Nummer angerufen, weil ich weiß, daß Manaf bei Ihnen ist. Ich bitte Sie, ihn an das Telefon zu rufen.«

Offensichtlich berieten sie sich dort lange Zeit. Danach waren Schritte zu hören, schließlich vernahm sie Manafs Stimme… die Stimme eines Menschen, der sich selbst aufgegeben hatte.

»Ja?«

»Ich bin es, Manaf, Tehmine«, einen Augenblick fürchtete sie sogar, Manaf könnte einen Infarkt erleiden. Aber es gab keinen Weg zurück. »Manaf, hast du jetzt verstanden, daß ich über alles informiert bin? Ich weiß, daß du nicht in Tbillisi, sondern in Baku bist, ich weiß genau, wo du bist.« Zuerst wollte sie auch noch den Namen Zoyas, ihrer Familie und ihre Adresse aufzählen, aber sie dachte, das wäre übertrieben. »Ich weiß es schon lange«, fügte sie nur hinzu.

Manaf schluckte.

»Wir haben uns noch nie gestritten«, sagte Tehmine, »auch jetzt hab' ich das nicht vor. Aber ich bitte dich: komm für eine halbe Stunde nach Hause, laß uns eine wichtige Angelegenheit erledigen! Wir müssen uns trennen.«

Manaf sagte kein Wort. »Kannst du für eine halbe Stunde kommen?« fragte sie erneut, und Manaf antwortete mit erstickter Stimme:

»Gut.«

* * *

Wie Tehmine vermutet hatte, kam er nach zwanzig Minuten. Manafs Gesicht war leichenblaß.

Wenn Manaf in Tehmines Augen nicht derart erbärmlich und widerlich gewesen wäre, hätte er ihr sogar leid getan.

»Wir müssen uns trennen, Manaf«, sagte sie, »wir können so nicht weiterleben... ich kenne einen Richter, der uns ohne große Schwierigkeiten scheiden wird...«

Manaf schwieg noch immer, die Angst vor dem unerwarteten Ärger, der ihm drohte, ließ ihm das Ganze wie einen Alptraum erscheinen.

»Deine Beziehung mit Zoya oder mit anderen Frauen, ich weiß auch deren Namen, das kannst du glauben, kurz gesagt, diese Betrügereien, haben darauf keinen Einfluß. Seit langem, seit vielen Jahren betrügst du mich, aber bis jetzt hat es mir, wie du siehst, nichts ausgemacht. Denn ich, ich liebe dich nicht, Manaf. Ich sage nicht, ich hätte dich einmal geliebt, nein, ich habe dich niemals geliebt. Ich weiß, vielleicht ist es schwer für dich, das zu hören, aber es ist die Wahrheit. Unsere Heirat war ein großer Fehler, vielleicht der größte Fehler meines Lebens.«

Manaf schien ihre Worte nicht zu registrieren. Seit ihrem Anruf schwirrte ihm nur die eine Frage im Kopf umher, woher sie alles erfahren hatte. Woher wußte sie so genau Bescheid, bis zur Telefonnummer? Was wußte sie sonst noch, und die Hauptsache — war es möglich, ihre Ehe zu retten? Vielleicht sollte er sie anflehen oder ihr eine Szene machen? Nein, sie sollten sich endgültig trennen; wie würde sich dann sein künftiges Leben gestalten? Was würde aus seiner Beziehung zu Zoya? Jetzt, wo er ungebunden war, konnte er aufhören,sich zu verstecken, oder im Gegenteil: müßte er sich ab jetzt verstecken und würde ihm seine Sorglosigkeit nicht hundert neue Arten von Problemen bereiten?

»Meine einzige Bitte an dich ist«, sagte Tehmine, »solange wir keine getrennte Wohnungen haben, bleibe solange bei Zoya oder wo du sonst willst. Kannst du mir diese Bitte erfüllen?«

Erst jetzt verstand er, daß ihre Trennung endgültig feststand. Sie würde für ihn ein vollkommen fremder Mensch werden, sie würden nie wieder nebeneinander auf dem Sofa sitzen und fernsehen, sie würden nicht mehr in der Küche zusammen Tee trinken, sie würden sich nicht mehr gegenseitig die Tür öffnen und sich ans Telefon rufen... Eine sich langsam ausbreitende Angst überkam ihn. Allmählich wurde ihm bewußt, daß er nie wieder sehen würde, wie Tehmine in ihrem blauen Bademantel aus dem Bad käme und sich ihre nassen Haare kämmte.

Mit einem wachsendem Gefühl der Reue spürte er, daß er immer noch mehr Gefallen an Tehmine fand als an allen anderen Frauen. Er war hingerissen von ihr, und solange sie auch verheiratet waren, gehörte Tehmine an keinem Tag, zu keiner Stunde wirklich ihm. Vielleicht war es die Kälte, ihre Gleichgültigkeit, die ihn in die Arme anderer Frauen trieb? Die Liebe und Güte anderer Frauen gaben ihm Selbstvertrauen. Dieses Gefühl verlor er wieder, wenn er mit Tehmine zusammen war. Genauer gesagt, er spürte es nie, wenn er mit Tehmine zusammen war. Eine wilde Begierde, Tehmine an sich zu ziehen, erwachte in ihm, ihr die Kleider vom Leib zu reißen, ihren strampelnden nackten Körper an sich zu drücken. Aber er wußte, daß in diesem Augenblick nichts unmöglicher war. Keine Frau der Welt war nun entfernter für ihn und unerreichbarer als sie. Er warf einen Blick in das Zimmer, in dem sie jahrelang gelebt hatten: An der Wand hingen große Photos von Tehmine, daneben stand eine von ihrem Vater geerbte Wanduhr, der bemalte Luftballon — Tehmine hatte ihn aus Bulgarien mitgebracht — und ein kleiner, ganz kleiner Feigenbaum, eine eigenartige Schöpfung der Natur, den Bekannte von einer Bergtour mitgebracht hatten. Damals, bereits in den ersten Jahren ihrer Ehe, waren sie sich fremd geworden; später lebte jeder sein eigenes Leben...

»Welches Ereignis hatte ihren Geduldsfaden endgültig zum Reißen gebracht?« dachte Manaf, und zählte die Knöpfe an Tehmines Kleid.

Die Wanduhr schlug elfmal.

✻ ✻ ✻

»Was habe ich gesagt«, Ziver Hanım war in heller Aufregung, »auf dieser Welt kenne ich nur meinen Todestag nicht. Ich habe gesagt, sie wird sich von ihrem Mann trennen, habe ich es gesagt oder nicht?«

»Wer?«

»Wer, wer? Deine Geliebte! Sag bloß, du weißt es noch nicht. Alya ist gekommen, sie hat den gleichen Kummer wie ich, die Arme. Sie sagt, sie weiß nicht, an wen sie sich wenden soll; an das ZK, oder vielleicht an die Prawda?«

»Sag mir mal ganz klar, was passiert ist!«

»Was soll schon passiert sein, diese schamlose Person wird alle anständigen Familien beschmutzen. Alya sagt, sie habe wieder damit angefangen, Spartak anzurufen. Sie läßt dem Armen keine Ruhe. Ein paar Monate, sagt sie, hatten ihre Ohren wunderbare Ruhe. Sie wüßte nicht, an wen sie sich nun gehängt hatte. Jedenfalls hätte sie die Finger von Spartak gelassen... Das ist doch eine Anspielung... Sie weiß genau über deine kleinen Abenteuer Bescheid und daß ihr zusammen nach Moskau gefahren seid. Jetzt, sagt sie, seit sie aus Moskau zurückgekehrt sei, klebe sie wieder an ihm. Sie ließe ihm keine Luft zum Atmen. Auf der anderen Seite führe sie einen Prozeß, um sich von ihrem Mann scheiden zu lassen. Bestimmt wolle sie sich jetzt an ihren armen Sohn heranmachen. Sie giere nach Spartaks Geld, wolle in eine geordnete, saubere Familie eindringen... Der Leichenwäscher solle ihr Gesicht waschen, sagt Alya. Aber auf der anderen Seite freue ich mich: da Spartak, dort Tehmine, sollen sie doch machen, was sie wollen. Wenn sie nur von dir die Finger läßt. Aber andererseits hat Alya das auch nicht verdient... Wahrlich, eine Mutter zu sein, ist ein Unglück auf dieser Welt.«

Zaur hörte sie nicht mehr, er ging zum Telefon und rief geradewegs an. Es war das erste Mal, daß er Tehmine von der Wohnung aus anrief. Es meldete sich niemand. Ziver Hanım lächelte triumphierend.

»Wie soll sie denn antworten?« sagte sie, »heute morgen habe ich gesehen, wie er seinen Wolga aus der Garage geholt hat. Jetzt fährt sie bestimmt damit spazieren. Sie zieht halt Spartaks Wolga deinem Moskwitsch vor.« — Plötzlich verstummte Ziver Hanım, sah Zaur aufmerksam ins Gesicht und sagte in einem ganz anderen, weichen, gutmütigen Ton:

»Mein Sohn, sei nicht traurig, mein Schatz, sie paßt nicht zu dir. Mein Liebling, wer ist sie denn schon, daß du dich wegen ihr betrübst, dich mit solchen Dingen belastest... Vergiß sie, mein Schatz...! Komm, ich habe dir Dolma gemacht, seit heute morgen bist du hungrig, du bist von der Arbeit gekommen, jetzt iß einen

Happen...!«

Zaur zog sich an und ging auf die Straße, um die Stimme seiner Mutter nicht mehr zu hören. Er wollte weder anspielende, noch freundliche, weder bittere, noch süße Worte hören.

In seinem Kopf kreisten die Gedanken: Hat Tehmine wirklich wieder Spartak angerufen, was muß er ihr jetzt wohl wieder besorgen? Aber warum ruft sie mich nicht an, was ist mit ihrer Scheidung? Hat Spartak etwas damit zu tun? Oder Muhtar? Und wo steckt sie nur, es ist schon neun Uhr abends... Er rief immer wieder an, aber niemand nahm ab. Es war mittlerweile schon halb zwölf. Sein Aufregung nahm beständig zu, und er wußte, wenn er an diesem Abend nicht mit ihr reden und Klarheit in die Sache bringen konnte, würde er keine Ruhe mehr finden. Er lief durch die Straßen, bis er an das Haus kam, in dem Tehmine wohnte.

Die Fenster waren hell erleuchtet. Er ging sofort zur nächsten Telefonzelle, aber wieder nahm niemand ab. Als er die Zelle verließ, entdeckte er plötzlich den weinroten Wolga, der geradewegs vor der Haustür geparkt war.

Nun schien ihm alles klar zu sein. »Man müßte ein für allemal Schluß machen!« dachte Zaur, »und das auf der Stelle, in diesem Augenblick. Jetzt gehe ich gleich zu ihnen in die Wohnung, ich werde anklopfen, und sie werden nicht aufmachen, aber ich werde die Tür notfalls eintreten. Laß ruhig die Nachbarn kommen wegen des Lärms, wir sind ohnehin schon in der ganzen Stadt verrufen, laß uns vollkommen verrufen sein, aber die Wahrheit soll endlich einmal zu Tage treten.« Zaur sprach in seiner Erregung mit sich selbst. Er öffnete die Haustür, eilte in den dritten Stock hinauf und drückte die Klingel. Hinter der Tür rührte sich nichts. Er legte den Finger auf den Knopf und klingelte ununterbrochen. Ein wenig später waren eilige Schritte zu hören und die erstaunte Stimme Tehmines fragte:

»Wer ist da?«

»Ich bin es, Zaur«, sagte er.

Die Tür öffnete sich, und die völlig überraschte Tehmine fragte:

»Du bist es?«

9

> *Den Wert der Einung erkannte ich erst, als ich unter dem*
> *[Trennungsschmerz litt.*
> *Die Finsternis dieses Schmerzes offenbarte mir Verborgenes.*

Zaur sagte mit erstickter Stimme:

»Ja, ich bin es... Hast du mich nicht erwartet?«

Tehmine zuckte mit den Schultern.

»Komm doch rein!« sagte sie.

Aus dem Zimmer drang leise Musik, aus der Küche kam der Geruch von gerösteten Kastanien.

»Von wo kommst du?«

»Warum gehst du nicht ans Telefon?«

»Es ist abgestellt. Seit gestern funktioniert es nicht mehr. Anscheinend habe ich vergessen, die Gebühren zu bezahlen, und so haben sie es abgestellt. Aber warum stehen wir noch hier, komm doch herein.«

Zaur betrat zum erstenmal in seinem Leben Tehmines Wohnung. In seiner Vorstellung hatte er sie sich oft ausgemalt. Nun sah er, was sie ihm oft und ausführlich beschrieben hatte — rumänische Standardmöbel, an den Wänden die großen Photos von Tehmine, den bunten Luftballon, den Feigenbaum, diese seltsame Schöpfung der Natur, die große Wanduhr — aber das Wichtigste war diese unbeschreibliche Atmosphäre, Tehmines Ausstrahlung. Im dämmrigen Licht einer Lampe standen auf einem kleinen runden Tisch zwei Gläser Tee, Konfekt, Marmelade und drei Schnapsgläschen. Von den drei Gläschen waren zwei leer und das dritte noch voll.

»Setz dich!« sagte Tehmine.

»Hast du Besuch?«

»Unsere Nachbarin Medine.«

»Ihr trinkt zusammen Cognac?«

»Ja, du kannst gerne auch einen haben.« Tehmine öffnete den Schrank und holte eine halbleere Cognacflasche hervor.

»Habt ihr die halbe Flasche gekippt?« fragte Zaur mit harter Stimme.

»Zaurik, sei bitte ein wenig höflicher. Was kümmert es dich, wer die Hälfte der Flasche getrunken hat?«

»Sag das doch gleich... sehr gut... Ich sehe, du hast noch einen anderen Gast, außer deiner Nachbarin.«

»Welchen anderen Gast?«

Zaur konnte sich nur schwer beherrschen:

»Schau, der Besitzer dieses dritten Glases... Aber wie du richtig gesagt hast: was kümmert es mich, wer das ist; deswegen frage ich auch nicht.«

Tehmine schien das dritte Glas erst jetzt zu bemerken. Einen Augenblick starrte sie es an, dann lachte sie plötzlich laut los:

»Du hast den Nagel auf den Kopf getroffen«, sagte sie, »wirklich, der Besitzer des Glases ist mein zweiter Gast.«

»Ist es erlaubt zu fragen, wer es ist?« fragte er.

»Wer es ist? Was heißt, wer es ist? Du!«

»Ich?« »Was ist nur passiert, daß sie mich so offen an der Nase herum führt?« dachte er.

In diesem Augenblick kam Medine mit einem Teller gerösteter Kastanien ins Zimmer.

»Wirklich, ich hatte es völlig vergessen«, sagte Tehmine, »ihr kennt euch ja. Medine hatte dir das Feuerzeug gebracht.«

»Siehst du, Medine«, sagte sie, »er ist zum richtigen Zeitpunkt gekommen. Er ist nämlich verrückt nach gerösteten Kastanien.«

Zaur dachte daran, wie er Tehmine kennengelernt hatte. Er hatte geröstete Kastanien mit in den Verlag genommen und Tehmine zum Mitessen eingeladen.

»Nun gut, setz dich, Medine.«

Tehmine füllte die beiden leeren Cognacgläser und stellte das dritte vor Zaur.

»Weißt du, warum wir trinken?« fragte sie.

»Nein«, erwiderte er.

»Wir haben eine Angelegenheit erfolgreich abgeschlossen.«

Zaur bemerkte, daß Tehmine an diesem Abend unruhig war, sich ein wenig unüberlegt und nervös benahm, aber er fand den Grund nicht heraus. Hatte es etwas mit seinem plötzlichen Erscheinen zu tun oder hatte sie nur etwas zu viel getrunken?

Tehmine lachte nervös:

»Es ist üblich, daß angenehme Ereignisse gefeiert werden«, sagte sie, »heute feiern wir meine Scheidung.«

»Du hast dich auch in unsere Reihen geschlagen«, sagte Medine, die sich bereits vor Jahren von ihrem Mann getrennt hatte. In ihren kleinen Jungen, den sie alleine aufzog, war Tehmine völlig vernarrt.

Es wurde still. Dann sagte Tehmine:

»Heute war die Verhandlung, Zaur. Wir sind offiziell geschieden.«

Er wußte nicht recht, was er sagen sollte: Sowohl nach dem Warum zu fragen, als auch Bedauern oder Erstaunen auszudrücken oder sich überschwenglich zu freuen, hielt er für unangebracht.

Um die Situation zu entspannen, streckte ihm Medine den Teller mit den gerösteten Kastanien hin. Tehmine hatte den Kopf nach unten gebeugt und den Blick auf ihr Glas geheftet. Zwei Tränen rannen ihr über die Wangen. Zaur sah sie zum erstenmal weinen.

»Jetzt reicht es aber«, sagte Medine, stand auf und legte die Arme um Tehmines Schultern. Tehmine schluckte und hatte sich sofort wieder im Griff, wischte sich die Tränen von den Wangen und lächelte:

»Was soll's«, sie nahm ihr Glas, »kommt, laßt uns trinken, auf unser aller Wohl!«

Sie tranken und Zaur fragte:

»Warum hast du nicht angerufen?«

»Was weiß ich... vielleicht hätte ich dich morgen angerufen.« Wieder schien ihr Kinn zu zittern, als ob sie weinen wollte, ihre Stimme wurde unsicher, aber sie lächelte sofort wieder, wie aus Verlegenheit über ihre eigene Schwäche. »Meine Nerven sind vollkommen ruiniert«, sagte sie, »in all diesen Tagen war ich wie im Fieber... wie schön, daß du gekommen bist, Zaurik.«

Medine nahm einen Schluck Tee und sagte:

»Ich geh' jetzt, es ist spät.«

»Warum so eilig?« sagte Tehmine, »du hast dir soviel Arbeit gemacht und Kastanien geröstet. Sie sind phantastisch geworden, nicht Zaur?«

»Jawohl.«

»Probier sie wenigstens einmal selbst, Medine! Bedien dich!« Dann wandte sie sich an Zaur und fügte hinzu: »Die Kastanien hat Medine extra für mich mitgebracht. Wahrscheinlich um mich zu trösten.«

»Ich war auch in ziemlicher Aufregung«, sagte Zaur, »heute habe ich von deiner Scheidung erfahren... Ich ruf' an, und es hebt keiner ab.«Zaur dachte nicht mehr an den dritten Besucher. Außer ihnen war offensichtlich niemand in der Wohnung. Sie würde ihn doch nicht im Schrank verstecken? Vielleicht war dieser Unbekannte bereits gegangen, als Zaur gekommen war.

Tehmine wandte sich zu Medine:

»Ich dachte mir schon, daß Spartak und seine Mutter nichts für sich behalten können.«

Medine nickte bestätigend.

»Die Wahrheit ist«, sagte Tehmine zu Zaur, »unser Bezirksrichter ist ein guter Freund von Spartak. Ich habe Spartak angerufen, damit er ihn bittet, die Angelegenheit nicht in die Länge zu ziehen. Du weißt doch, sie können einen zum Wahnsinn treiben: 'Vielleicht überlegen Sie es sich noch einmal, zerstören Sie ihre Familie nicht, gehen Sie und kommen Sie später noch einmal' und so weiter. Ehe du dich versiehst, sind Monate vergangen. Unser Fall lag aber so, daß es nichts mehr zu überlegen gab. Welchen Sinn hätte es gehabt, daran 'rumzuzerren? Spartak hat wirklich geholfen. Aber er konnte natürlich nicht den Mund halten und hat überall herumgetratscht.«

Die Schallplatte war zu Ende gespielt. Tehmine stand auf und drehte sie um.

»Es ist schon spät, ich gehe jetzt«, sagte Medine, und diesmal hielt Tehmine sie nicht auf.

Sie brachte Medine zur Tür. Im Flur tuschelten sie noch zusammen. Zaur wußte im Moment selbst noch nicht genau, was er fühlte und woran er dachte, er blickte sich im Zimmer um: die Tapete, weiße zarte Blumen auf blauem Grund, gefiel ihm.

Tehmine kam zurück.

»Was schaust du so interessiert?«

»Die Blumentapete ist sehr schön.«

Plötzlich sagte Tehmine:

»Zaurik, diese Blumen haben sich geöffnet, weil du gekommen bist. Du bist zum erstenmal in meiner Wohnung, und jetzt blühen sogar auf der Tapete Blumen.«

Wieder wußte Zaur nicht recht, wie er ihre Worte auffassen sollte.

»Wie schön, daß du gekommen bist, Zaurik. Allah hat dich an diesem Abend geschickt. Ich hab' mich so schlecht gefühlt. Ich

dachte, wenn Medine geht, werde ich wahrscheinlich sterben.«
»Aber warum hast du nicht angerufen? Warum durfte ich von
all diesen Geheimnissen nichts wissen? Ich hätte dir vielleicht
auch Hilfe leisten können, auch wenn ich keinen Richter zum
Freund habe.«
»Vielen Dank, Zaurik. Aber es gibt nun mal Angelegenheiten,
mit denen man alleine fertig werden muß. Da darf man niemanden mit hineinziehen. Ich hab' dich nicht angerufen, weil mich
die Scheidung voll und ganz in Anspruch genommen hat. Du
ahnst ja nicht, in welcher Qual, mit welchen Unannehmlichkei-
ten ich all die Jahre gelebt habe. Manchmal hab' ich mich selbst
gehaßt. Wieviel Lüge, wieviel Heuchelei! Allah sei Dank ist alles
zu Ende, ein für allemal zu Ende. Jetzt fühle ich mich endlich
frei. Aber es wird nicht einfach werden, sich von heute auf morgen an diese Freiheit zu gewöhnen... Und dann der Streß während der vergangenen Tage. Am Morgen vor der Gerichtsver-
handlung stand ich auf und fühlte mich, als wäre ich innerlich
völlig zerstört. Zuerst wollte ich etwas trinken, bevor ich zum
Gericht ging, dann dachte ich, vielleicht machen sie daraus wieder eine Geschichte oder nehmen es als Vorwand, mich nicht zu
scheiden und verschieben es auf später. Kurz gesagt, ich bin nüchtern gegangen, und sie haben uns geschieden. Als ich nach Hause
kam, ließ ich mich aufs Bett fallen und lag so vier Stunden lang.
Dann bin ich aufgestanden, hab' angefangen zu trinken, zuerst allein, später ist auch Medine von der Arbeit gekommen. Medine
trinkt normalerweise nicht, aber vielleicht hat sie auch ein paar
Gläschen gekippt, denn später war die halbe Flasche leer. Gekippt, wie du gesagt hast.«
Zaur hielt ihr sein Glas hin:
»Und wer war dieser Besuch? Spartak?«
»Hat dich ein Pferd getreten, Zaur? Spartak hat noch nie in seinem Leben einen Fuß über die Schwelle meiner Wohnung gesetzt. Ich habe dir doch gesagt, daß dies dein Glas ist.«

»Wie, mein Glas? Als ich kam, stand es schon gefüllt auf dem Tisch. Woher wußtest du denn, daß ich kommen würde?«

»Zaurik, warum glaubst du mir nicht? Auch wenn ich ganz alleine trinke, habe ich immer ein Glas mehr auf dem Tisch und stelle mir vor, daß dies dein Glas ist. Kennst du nicht die alte Anekdote von einem Alkoholiker, der die Gewohnheit hatte, aus zwei Gläsern zu trinken — aus seinem und aus dem seines imaginierten Freundes? Als seine Frau ihn tadelte, trank er nur noch aus einem Glas und erklärte: Ich habe mit dem Trinken aufgehört, aber mein Freund trinkt weiter! So habe ich es auch gemacht, denn ich bin ein bißchen verrückt, Zaur, hast du das bis jetzt noch nicht gemerkt? Als wir zum erstenmal zusammen am Strand waren, seit diesem Tag fülle ich, wann immer ich trinke, ein zweites Glas und sage mir: das ist Zaurs Anteil.«

Zaur lächelte beglückt, lächelte zum erstenmal an diesem Tag mit einer tiefen inneren Erleichterung. Und dieses Lächeln ließ beide für einen Augenblick — vielleicht für einen sehr kurzen Augenblick — ihre Sorgen, Aufregungen, ihren großen und kleinen Kummer vergessen, füllte ihre Herzen, wenn nicht mit Glück, dann mit einer warmen Freude.

»Zaurik, warum versuchst du, mich immer als eine Lügnerin hinzustellen, als wäre ich schuldig und hätte vor dir ein Unrecht zu verbergen. Und du ersinnst tausend Listigkeiten, verhörst mich mit tausend Fragen, um mich zu überführen?« Sie lehnte ihren Kopf an seine Brust, drehte ihm ihr Gesicht zu und sagte noch: »Versteh' doch, Zaur, mein Schatz, versteh' endlich, ich liebe dich, ich liebe dich. Ich weiß, daß du mir nicht gehörst. Ich habe überhaupt kein Recht auf dich, ich habe auch überhaupt kein Recht, dein junges Leben zu zerstören. All das weiß ich. Aber ich kann auch nicht ohne dich leben. In den letzten Tagen war ich deinetwegen wie verrückt. Tausendmal bin ich an eurem Büro vorbeigegangen und habe insgeheim gesagt: 'Grüß dich, Zaurik!' Ich weiß nicht, Zaurik, was geschehen wird, wie es geschehen wird, ich weiß überhaupt nichts. Was ich will, weiß ich auch nicht. Ich bin vollkommen verwirrt, Zaurik.«

Zaur rutschte unwillkürlich heraus:

»Ich dachte, Spartak wäre bei euch. Sein Auto steht vor der Tür.«

»Ach, schau dir dieses Schlitzohr an! Auf der einen Seite hat er mir wirklich geholfen, aber dann legt er derart schmutzige Charakterzüge an den Tag. Ich weiß, daß sich meine Scheidung unter den Leuten herumsprechen wird, darum stellt er sein Auto vor meinem Haus ab. Ich habe es ihm doch gesagt. Als ich letztes Mal mit ihm telefoniert habe, kamen wir darauf zu sprechen, und ich fragte ihn, warum er so was mache. Er sagte, es hätte nichts mit mir zu tun. Womöglich besuche er in unserem Haus andere Bekannte. Ich fragte, wer denn diese Bekannten wären. Man müsse doch nicht alles verraten, meinte er. Ich weiß doch, daß er lügt, unter Garantie, er hat keinen Bekannten in diesem Haus.« Dann fügte sie hinzu: »Aber was soll ich sagen, vielleicht leben hier wirklich Freunde oder Bekannte von ihm, er hat doch so viele Bekannte... Warum siehst du mich so aufmerksam an, Zaurik? Schau nicht so, bei Allah! Als du vorhin kamst, blitzten deine Augen, als hätten sie Feuer gefangen. Da habe ich mir gesagt, es könnte auf mich überspringen und mich verbrennen.«

Zaur wich vor Tehmine zurück, stand auf und schritt zur Tür. Tehmine fragte aufgeregt:

»Zaurik, wohin willst du?«

»Ich komm' gleich zurück«, rief er.

»Ich muß telefonieren. Ich ruf' von einer Telefonzelle an und komme dann zurück.«

Auf der Treppe nahm er mit jedem Schritt fünf Stufen auf einmal. Spartaks weinroter Wolga war immer noch da. Er stand zur Hälfte auf dem Bürgersteig, als wolle er Bürgersteig und Straße zugleich in Besitz nehmen.

Zaur zog sein Taschenmesser hervor und stach in einen Hinterreifen des Wolga, dann machte er ohne Eile kehrt und ging die Treppen hinauf.

Tehmine lehnte am Fenster und schüttelte sich vor Lachen:

»Ich hab's gesehen, Zaurik«, sagte sie, »auf was für Ideen du kommst.«

»Und morgen muß ich ihm noch eine weitere Lektion erteilen«, sagte Zaur.

»Nein, fang nichts an mit ihm, ich bitte dich...! Du bist mein kriegerischer Held... Aus welchem Jahrhundert stammst du, mein Schatz? Hm, gib Antwort?!«

»Aus dem sechzehnten Jahrhundert«, sagte Zaur.

»Richtig, ich selber bin entweder aus dem fünfzehnten oder aus dem vierzehnten Jahrhundert. Aber, wie du siehst, haben wir uns glücklich im zwanzigsten Jahrhundert getroffen.«

Als sie von unten das Motorengeräusch hörten, war es bereits nach Mitternacht. Spartak ließ den Motor an, fuhr los, blieb aber bald wieder stehen und stieg aus.

Tehmine und Zaur lachten lauthals.

✳ ✳ ✳

Er traf ihn am Morgen im Hof. Zaur wollte in seinen Moskwitsch einsteigen, als Spartak, der eine Lederjacke und eine blaue Sporthose trug, zu seinem Wolga ging. Ihm kam es vor, als hätten sich Spartaks Selbstzweifel auf den Wolga übertragen.

»Sieh an, Spartak«, sprach er ihn an, »wie bist du denn gestern abend heimgekommen?«

»Wieso?«

»Du hattest doch ein Loch im Reifen.«

»Woher weißt du das?«

»Woher ich das weiß? Ich habe es schließlich reingestochen.«

»Du?«

»Jawohl, ich.«

Spartak fragte mit erstaunlich sanfter Stimme:

»Warum?«

»Damit du weißt, wo du dein Auto das nächste Mal zu parken hast.«

Spartak verstand sofort und erwiderte selbstbewußt:

»Das Auto gehört mir, und ich parke es, wo es mir paßt.«

Worauf Zaur konterte:

»Das mußt du selbst wissen. Ich sage es dir nur. Bis jetzt habe ich nur in einen Reifen gestochen. Aber wenn ich das nächste Mal dieses Auto wieder dort stehen sehe, zersteche ich alle vier Reifen und schlage noch dazu die Windschutzscheibe und die Heckscheibe ein. Ich weiß, du hast viel Geld und kannst alles reparieren lassen, aber dann richte ich dir dein Gesicht so zu, daß es niemand mehr reparieren kann.«

»Weißt du was, führ dich nicht so auf! Es gibt hier niemanden, der sich vor dir fürchtet. Hu, habe ich eine Angst. Es gibt hier niemanden, der sich vor dir fürchtet.«

Zaur war jedoch nicht entgangen, daß er ein klein wenig Angst hatte — wahrscheinlich erinnerte er sich noch an Zaurs frühere Starrköpfigkeit.

Aber als Zaur in sein Auto stieg und aus dem Hof fuhr, kam ihm ein anderer Gedanke in den Sinn. Er dachte, daß der Grund, weshalb sich Spartak zurückhielt und sich nicht aufregte, mit den Plänen zusammenhing, seine Schwester mit ihm zu verheiraten. Welchen Sinn hätte es, sich mit seinem zukünftigen Schwager zu verkrachen?

* * *

Ziver Hanım erklärte:

»Ich werde nicht mehr mit dir reden. Dein Vater soll selbst mit dir reden. Schämst du dich überhaupt nicht, wirst du überhaupt nicht rot? Nicht die Spur eines Schamgefühls ist in deinem Gesicht zu sehen — am Morgen kommst du heim, schämst dich überhaupt nicht in Grund und Boden. Sie hat sich von ihrem

120

Mann scheiden lassen, um dich bis zum Morgen bei sich zu behalten. Auch dein Vater hat inzwischen alles erfahren.«

Am Abend rief Vater ihn in sein Zimmer. Er sprach mit längeren Pausen, besonnen und monoton. Beide zeigten in diesem Gespräch ihre Betroffenheit. Zaur wurde bewußt, daß er seine Eltern verletzt hatte. Natürlich unterschied sich die Reaktion seines Vaters vom Schreien und Schimpfen seiner Mutter — aber inhaltlich sagte er das gleiche. Sein Redefluß enthielt weder Punkt noch Komma; ein lückenloser, monotoner Monolog: »...Wenn diese Frau glaubt wir hätten einen großen Besitz und viel Geld und sie könnte das bekommen, dann irrt sie sich gewaltig...«

Die Essenz dessen, was er sagte, war, daß Zaur für sich alleine nichts sei, daß er niemanden an sich binden könne, und wenn ihn jemand für sich gewänne, dann sei höchstwahrscheinlich etwas anderes mit im Spiel — der Wunsch nach Materiellem und sonst nichts. Nachdem er diesen Gedanken auf verschiedene Weise wiederholt hatte, ging er zu einer anderen Angelegenheit über:

»Du bist ein erwachsener Mann, weißt, wie du dein Leben selbstständig führen kannst, wenn du willst, kannst du diese Frau sogar heiraten, denn ich habe gehört, daß sie sich von ihrem Mann getrennt hat, aber in diesem Fall wärst du nicht mehr unser Sohn. Auch wenn du unser einziges Kind bist, wäre es für deine Mutter und mich so, als hätten wir kein Kind oder wir hätten eins gehabt und es wäre gestorben. Auch wenn es noch so schwer ist, wäre dies tausendmal besser als der Verlust der Ehre. Aber da ist noch eine andere Sache... nehmen wir an, du hast dich von uns losgesagt, also so, wie wir dich als Sohn verstoßen haben, hast du uns als Eltern verstoßen, hättest uns nicht respektiert, käme es dir so vor, als hättest du keine Eltern oder sie wären gestorben. Sehr schön. Nehmen wir an, du würdest diese Frau heiraten. Wie wollt ihr finanziell auskommen, von welchem Geld wollt ihr beide leben? Deine Mutter hat mir erzählt, diese Frau würde gerne

121

gut leben und sich amüsieren. Mit welchem Gehalt willst du sie dann aushalten?« Sein Gesicht verzog sich: »Mir wird schon schlecht, wenn ich nur darüber rede. Sie wird ihren ausschweifenden Lebensstil mit dem Geld anderer Männer finanzieren — verstehst du? Wie verträgt sich das mit deinem Ehrgefühl, und wie könntest du dann noch deinen Mitmenschen ins Gesicht blicken? Du kannst sagen, nein, ich habe nicht vor, zu heiraten, das ist nur eine flüchtige vorübergehende Beziehung. Sehr schön, auch in diesem Fall ist dein Verhalten unmännlich. Vielleicht schadest du auch ihr, dies solltest du mal bedenken. Wie wird sie dastehen, wenn euer Verhältnis auseinandergeht? Sie ist doch auch ein Mensch, führ dir das einmal vor Augen!«

Diese Wendung in den Gedanken seines Vaters überraschte ihn. Es hatte den Anschein, daß er, sobald er mit einer gewissen Freundlichkeit und Nachgiebigkeit sprach, sogar Pausen zwischen den Sätzen machte und Satzzeichen beachtete.

»Hör mir zu, Sohn! Viele verschiedene Geschichten erzählt man sich über diese Frau. Ich weiß nicht, welche wahr ist, das ist nicht meine Sache. Aber ich weiß, daß sie nicht zu uns paßt. Sie kommt aus einer anderen Welt. Dir hätte so eine Frau nie begegnen dürfen... Deine Mutter und ich haben dich nicht zu so etwas großgezogen... Wir — sowohl deine Mutter, als auch ich — denken nur an deine Zukunft. Wir wollen dich glücklich sehen und wir haben kein größeres Ziel im Leben... Aber es gibt nur einen Weg, um glücklich zu werden. Der Mensch muß sich in seinem Leben bestimmte, präzise Ziele setzen und daran arbeiten, sie zu erreichen. Was sind diese Ziele? Ein Beruf, eine nützliche Arbeit und eine saubere, stabile Familie. Die Familie darf dich nicht von deiner Arbeit und Tätigkeit abhalten; im Gegenteil, sie muß Voraussetzungen schaffen, damit deine Arbeit, dein Beruf lohnend wird. Ich verstehe — die Jugend und so, aber meiner Meinung nach hast du mittlerweile die Vorzüge der Jugend zu Genüge ausgekostet. Ich habe weder in deinem Alter, noch in meinem gesamten Leben das gehabt, was du gehabt hast. Aber alles hat seine Zeit... Du solltest dich ein für allemal von den Ausgelassenheiten und Amüsements verabschieden und dir über das Kommende Gedanken machen. Als erstes über deine Dissertation. Was sind schon ein Jahr, eineinhalb Jahre? Aber mit dieser Verzögerung fängt alles an. Wenn du die Kandidatur verzögerst, verschiebt sich auch deine Promotion, wird auch deine wissenschaftliche Karriere zurückgeworfen. Mit der Familie ist das genauso, alles hat seine Zeit. In einem Monat ist auch deine Wohnung fertig. Der Wunsch deiner Mutter und mir ist, daß du zusammen mit deiner neuen Familie dort einziehst, daß du dir mit einem sauberen, anständigen Mädchen ein gemeinsames Leben aufbaust.»

Vielleicht hätte er die Worte seines Vaters irgendwann einmal vergessen, der Schmerz der Erinnerung wäre aus seinem Gedächtnis verschwunden, die wunden Stellen verkrustet und allmählich verheilt. Aber sein Vater fügte noch einen Satz hinzu, und dieser Satz sollte alles verändern — diesen Satz hätte sein Vater nicht sagen dürfen.

»Mir haben sie einen Wolga versprochen«, sagte er, »ich werde ihn dir zur Hochzeit schenken. Ich glaube, wir müssen nicht mehr lange auf deine Hochzeit warten.«

»Hast du noch etwas zu sagen?« fragte Zaur.

»Was soll ich noch sagen?«

»Ich meine, ob du mir noch etwas sagen willst.»

Zweifelnd sagte Mecid:

»Nein.»

»Sehr schön«, er wiederholte den beliebten Ausdruck seines Vaters, »ich habe genau zugehört, was du gesagt hast. Ich bin euer Sohn und hänge sehr an euch beiden — an meiner Mutter, wie an dir. Aber, was soll ich tun, offensichtlich will es das Schicksal so. Jeder kann sagen, was er will, das hat für mich keine Bedeutung. Daß du mir den Wolga angeboten hast, dafür danke ich dir sehr. Aber ich gebe dir auch meinen Moskwitsch zurück. Hier sind die Schlüssel. Ich nehme nichts mit, außer dem, was ich im Moment am Leib habe; adieu.«

Mecid wurde kreidebleich, mit gebrochener Stimme sagte er: »Verschwinde aus meinen Augen, verschwinde und geh doch zu diesem Flittchen!«

Zaur verließ das Haus, ohne sich von seiner Mutter zu verabschieden.

10

Oh du, Mondgleiche, meine Freunde machtest du zu meinen
[Feinden.
Was du mir zufügst, tut mir kein Feind an.

W ie eine Pflanze, die unter der Erde, tief im Boden verborgen, dem Licht zustrebt, so strebte Zaur aus dem Dunkel des Schlafes dem Morgen entgegen.

Sonnenlicht fiel durch die Spitzenvorhänge auf den Fußboden. Von der Küche drangen angenehme Düfte bis ins Schlafzimmer. Der Morgen breitete sich mit lachenden, freudigen Geräuschen in der Wohnung aus. Tehmine und ihre Nachbarin Medine bereiteten in der Küche Rühreier zu, kochten Tee, tuschelten über Zaur. In jedem Laut lag Freude, in jedem Lachen Tehmines lag Glückseligkeit.

»Heute ist er besonders faul«, sagte sie, »will auf keinen Fall aufstehen.« Sie ging in das Zimmer. »Faulpelz, Faulpelz, du kommst zu spät zur Arbeit; steh auf Zaurik, es ist schon fast Mittag!«

Noch immer waren Zaurs Augen geschlossen. Er war noch nicht ganz wach, schlief aber auch nicht — er war in einem eigenartigen Zustand. Den Ort, an dem er sich befand, das Datum, seinen eigenen Zustand konnte er nicht genau bestimmen, aber gleichzeitig empfand er eine angenehme Morgenlaune.

»Mit Mühe und Not steht er auf, wäscht sich kurz das Gesicht und stürzt auf die Straße, um nicht zu spät zur Arbeit zu kommen. Er ist ganz wie ein Kind. Du mußt dich um ihn kümmern wie um ein Kind; wenn du ihn sich selbst überlassen würdest, würde er nicht einmal frühstücken...« Tehmines Stimme kam näher: »Eure Majestät, Ihr möget Euch nun erheben — das Mahl ist angerichtet.«

Zaur öffnete die Augen, lächelte und streckte sich.

»Nein, sie haben ihn schlecht erzogen, er ist verwöhnt«, klagte sie.

Am Anfang ihrer Liebe, nach feurigen Treffen und Liebesspielen, entstand in Zaur ein seltsames Verlangen. Wenn er Tehmine verließ, saß er am liebsten mit seinen Männerfreunden zusammen. Daß manche sich in derber Weise über ihre Liebesaffairen unterhielten, fand Zaur ziemlich widerwärtig. Niemals würde er solche Unterhaltungen führen, insbesondere würde er nichts, was nur Tehmine und ihn anging, jemand anderem unterbreiten oder sich damit brüsten. Trotzdem genoß Zaur die Unbeschwertheit dieser Versammlungen, bei denen es lustige Gespräche und Späße gab. Seine Gedanken waren jedoch weit weg bei Tehmine, und er stellte sich vor, daß auch Tehmine in diesen Momenten an ihn dachte. Er vermutete, daß auch sie ähnliche Bedürfnisse hatte wie er und dann den Kontakt zu Medine suchte. Verliebte sind egozentrisch, weshalb sie glauben, ihr Glück ließe sich auf andere übertragen. Aber dies ist ein Irrtum; in den meisten Fällen bleiben die Menschen den Freuden anderer gegenüber gleichgültig, manchmal entwickelt sich sogar Neid. Die Liebe ist für zwei Personen gemacht, ein Dritter ist zuviel. Aber manchmal wird gerade diese dritte Person für die beiden Liebenden zu einem unabdingbaren Zeugen ihres Glücks, zu einer Art Spiegel. Häufig gingen sie zu dritt spazieren. Zufällige Begegnungen auf der Straße wurden zu herausragenden Ereignissen: »Erinnerst du dich noch, neben dem Aserbaidschan-Kino sind wir dem hinkenden Anwalt begegnet: Er führte Selbstgespräche, wahrscheinlich übte er für ein Plädoyer« »Erinnerst du dich an die alte Frau, die sich an dem Geländer festhielt, bei Allah, wie sehr der Hund ihr ähnelte.«

Einmal gingen sie nach einem Kinobesuch nach Hause, als sie einen Jungen trafen, der an einer Hausecke ein Schaltkästchen öffnete und die Leuchtreklame löschte. Die großen Reklamebuchstaben der Bank, der Versicherung, der Kinos gingen nach und nach aus. Eigenartige Berufe gab es — Leuchtreklamenabschalter... So wie ein sorgsames Familienoberhaupt die Lichter der Wohnung kontrolliert, wenn die Familienmitglieder schon schlafen, so löschte dieser Junge die Lichter der Stadt. Sie sprachen lange über diesen romantischen Beruf, und Tehmine sagte, daß sie jemanden kenne, der morgens die Brunnen auf dem Boulevard in Betrieb setze und sie nachts wieder abschalte. Wenn er eines Tages krank würde und nicht arbeiten könne, würden die Brunnen nicht sprudeln.

»Wißt ihr aber, welcher der interessanteste Beruf ist?« fragte Tehmine. »Im Wetteramt zu arbeiten. Ich wollte eine Zeitlang unbedingt Meteorologin werden. Könnt ihr euch das vorstellen? Du wirst über das Kommen und Gehen von Wind und Regen Bescheid wissen, woher die Wolken kommen, von wo ein Sturm droht, wann es blitzt.«

Manchmal trafen sie während ihrer Spaziergänge Bekannte, von denen sie sorgfältig gemustert wurden. Später erzählten sie Zaurs Mutter brühwarm, was sie gesehen hatten und streuten Salz auf die Wunden. Ziver Hanım geriet außer sich, griff zum Telefon und belästigte Tehmine. Zaur erfuhr davon erst nach dem dritten oder vierten Anruf.

Einmal sah er, daß Tehmine den Telefonhörer abnahm und

sich meldete, aber plötzlich totenblaß wurde und, nachdem sie schweigend den Hörer eine Zeitlang ans Ohr gehalten hatte, auflegte.

»Wer war das?« fragte Zaur.

»Jemand hat sich verwählt«, antwortete sie, aber Zaur wußte, daß sie log. Wie sehr er jedoch bohrte, Tehmine schwieg. Es wäre ihm niemals in den Sinn gekommen, daß seine Mutter hinter den mysteriösen Anrufen steckte. Er war vielmehr eifersüchtig und vermutete, Tehmine wollte etwas vor ihm verbergen.

Eines Tages sagte sie: »Du bist ein seltsamer Mensch, das war doch nur mein Schneider. Ich hatte dir erzählt, daß ich ihm meinen Mantel gegeben habe, damit er ihn kürzt. Am Abend soll ich ihn anprobieren.«

Nach einer Weile meinte sie: »Nein, es war mein Zahnarzt, siehst du nicht, daß ich meine Zähne behandeln lasse? Er sagte, ich solle nicht heute, sondern erst nächste Woche kommen.«

Aber es war das zweite oder dritte Mal, daß sie den Hörer abnahm, verstummte und schweigend wieder auflegte und dann eine Zeitlang sehr nachdenklich wirkte.

»Hat sich wieder jemand verwählt?« fragte Zaur.

»Ja«, erwiderte sie und verschwand eilig im Badezimmer. Zaur kam es vor, als hörte er ein Schluchzen, aber eine halbe Stunde später kam Tehmine lächelnd zurück.

Am nächsten Tag klingelte wieder das Telefon, Tehmine nahm den Hörer ab, und als sie nichts sagte, wußte Zaur, daß es der gleiche Anrufer war, näherte sich vorsichtig, riß den Hörer ruckartig an sich und hielt ihn an sein Ohr. Aus dem Hörer drang eine zornige Frauenstimme:

»Du Hure, du Dreirubeldirne, glaubst du etwa, du kannst uns unseren Sohn wegnehmen? Verrecken sollst du, du Schamlose sollst den Leichenwäschern in die Hände fallen!« Zaur legte sofort auf — diese Stimme würde er mit keiner anderen auf der Welt verwechseln.

»Bist du nun beruhigt?« fragte Tehmine.

Zaur wußte nicht, was er sagen sollte, brachte mit Mühe heraus:

»War sie das gestern auch?»

Sie nickte und fügte leise hinzu:

»Sie ruft jeden Tag an. Seit du hier eingezogen bist, jeden Tag.«

Seit einem Monat lebte er bei Tehmine. Was er an dem kalten Novembertag mit seinem Vater gesprochen hatte, war ihm noch gut in Erinnerung.

»Zaurik«, sagte Tehmine, »vielleicht, wenn ich ein guter Mensch, eine vornehme Dame gewesen wäre, hätte ich es dir schon eher sagen müssen. Nein, mein Schatz, opfere dein junges Leben nicht für mich, geh zurück nach Hause, mach deine Eltern nicht unglücklich! Aber ich will nicht lügen. Ich will, daß du bei mir bleibst. Vielleicht bin ich ein sehr schlechter Mensch und eine sehr grausame Frau.«

✳   ✳   ✳

Erst seit Zaur mit Tehmine zusammenlebte, verstand er, wie schwer die Nächte für Tehmine waren. Sie litt unter Schlaflosigkeit, und das Warten auf den Morgen war für sie eine große Pein. In den Nächten sprachen sie viel miteinander. Als sie mit ihrem Mann zusammenlebte, habe sie diese schreckliche Einsamkeit noch stärker empfunden, »aber jetzt bist du hier, ein lebendiges, warmes Wesen, und ich fühle mich nicht einsam«, sagte sie.

»Eure Majestät, macht wenigstens eure Augen auf, man hat euch das Frühstück ans Bett gebracht. Rührei, Kaffee und feinen Zucker.« Zaur hatte am Abend beim Teetrinken gesagt, er würde Kandiszucker mögen, und sie war früh am Morgen aufgestanden und hatte welchen besorgt. Zaur nahm mit kindlicher Freude ein Stück Zucker in den Mund und lächelte. Als sie sein Gesicht sah, fing sie laut an zu lachen:

»O Allah, ihr Männer seid wie Kinder. Wenn man euch einen kleinen Wunsch erfüllt, könnt ihr euch vor Freude kaum halten und seid überzeugt, wir müßten verrückt nach euch sein. Deshalb geratet ihr auch so schnell ins Netz.«

Zaur nahm einen Schluck Kaffee und sagte:

»In Wirklichkeit ist es umgekehrt, bist du nicht verrückt nach mir?«

Tehmine antwortete nicht, streckte ihm die Zunge heraus und verließ das Zimmer.

Sie summte in der Küche eine Melodie, die so schlicht und leicht war, wie das Kleid, das sie trug. Wie war sie nur auf diese Melodie gekommen? Ihr haftete etwas Freundliches an, schräge Sonnenstrahlen, die auf eine Wand fallen, Seifenblasen, bunte Drachen, die unter einem glasklaren Himmel segeln, die Helligkeit und Sorglosigkeit der Kindheit.

✳ ✳ ✳

Wenn er morgens in der aufgeräumten Küche von Tehmine frühstückte, erinnerte er sich manchmal an sein eigenes Zuhause. Hier war alles sauber und gepflegt. Der Boden war mit schwarzen und grünen Fliesen ausgelegt, auf dem Tisch lagen hübsche vietnamesische Servietten — es schien ihm, als ob auch das Licht, das durchs Fenster fiel, in genaue Quadrate eingeteilt war. Bei seiner Mutter dagegen stapelte sich das schmutzige Geschirr. Wenn er frühstücken wollte, räumte er die fettigen Teller zur Seite und aß mit größtem Widerwillen.

Für Küche und Haus, die Sauberkeit der Kleidung, verwandte Tehmine so viel Zeit, daß sogar Zaur erstaunt war. Sie sagte: »Das Wichtigste im Haus ist die Sauberkeit. Die Stimmung des Menschen, wie er sich fühlt, hängt davon ab. Auf die Sauberkeit im Haus sollte jeder achten. Gerade in frühester Kindheit muß man das jedem beibringen.«

Über den Anstand von Kindern konnte sie stundenlang reden. Wenn sie einen Sohn hätte, wie sie ihn Anstand lehren würde (er würde Sport treiben, in ganz frühen Jahren würde sie ihm das

Schwimmen beibringen), wenn sie ein Mädchen hätte, wie sie es großziehen würde (wie eine Braut würde sie es kleiden, mit drei Jahren in eine Ballettschule geben, ihr Körper sollte wohlgestaltet sein). Ständig fing sie davon an und verkündete, ihre Kinder würden bestimmt die ordentlichsten und schönsten der Welt sein.

Aber manchmal ereiferte sie sich für das genaue Gegenteil. Sie wollte, meinte sie, daß sie viele Kinder bekäme. Allesamt sollten sie unordentliche Schmutzfinken sein, die gesamte Wohnung sollten sie auf den Kopf stellen. Beide, sowohl Zaur, als auch Tehmine, sollten den ganzen Tag ihre Sachen aufräumen und dabei todmüde werden, aber trotzdem einander lieben. Sie wollte sich den ganzen Tag mit den Kindern beschäftigen, sie schließlich zu Bett bringen, und danach sollten sie wieder zusammen sein — das wäre die wahre Liebe, die Liebe, die auch alle großen und kleinen Sorgen des Lebens überstände, ohne ihr Feuer zu verlieren. Dies wäre die wahre Liebe, was hätte dagegen das übliche »Ich liebe dich« für einen Wert?

»Wußtest du, Zaur, daß die Kinder schon im Leib ihrer Mutter träumen? Wenn ich nur wüßte, was sie träumen, denn sie wissen ja noch nichts über die Welt. Was mögen dies nur für Träume und Vorstellungen sein, die sie im Schlaf sehen könnten? Aber es ist wissenschaftlich erwiesen, daß sie im Mutterleib schlafen und aufwachen, träumen, und weißt du, wie sie in den Schlaf sinken — unter dem Pochen des mütterlichen Herzens, dort hört sich dieses Geräusch sicher wie eine Trommel an. So ein Experiment haben sie schon gemacht: Das Pochen des Mutterherzens haben sie auf Band aufgenommen und einem neu auf die Welt gekommenen Kind ans Ohr gehalten — das Kind schlief sofort ein. Ach schade Zaurik, schade, daß ich niemals Mutter sein werde.«

»Wieso willst du kein Kind adoptieren?« fragte Zaur. Nicht »wir adoptieren«, sondern »du adoptierst«, ertappte sie ihn.

Nachdem sie eine kurze Zeit geschwiegen hatte, sagte sie:

»Weißt du, ich habe bereits darüber nachgedacht. Aber ich bin zu dem Schluß gekommen, daß ich das niemals tun werde. Denn, Zaurik, ich bin verrückt, du kennst ja meine Launen. In drei Tagen, in einer Woche, in einem Monat würde ich so an dem Kind hängen, ich würde es mehr lieben als ein eigenes Kind. Und in jedem Augenblick, in jeder Minute würde ich daran denken, daß es nicht meines ist. Ich würde mich vor Angst verzehren, daß plötzlich seine richtigen Eltern auftauchten und es irgendwie erkennen — wie in einem Märchen — an einem Muttermal auf der Schulter. Es müßten nicht einmal die Eltern sein, wahrscheinlich würde irgend jemand dem Kind die Wahrheit eröffnen. Nehmen wir an, es wäre ein Junge, eines Tages würde er heiraten, dann würde ihm seine Frau bestimmt dieses Geheimnis verraten, 'deine Mutter ist nicht deine leibliche Mutter', würde sie sagen... Ich habe soviele Feinde, zum Beispiel deine Mutter.«

Zaur wurde rot.

»Deine Mutter, oder auch sonstwer, würde ihm die Wahrheit sagen, um sich an mir zu rächen. Kannst du dir das vorstellen? Ich müßte mein Leben lang auf der Hut sein, immer in der Angst, daß mein Kind heute oder morgen die Wahrheit erführe. Das heißt, es würde nie ganz mein eigenes sein. Wieder schwieg sie einen Augenblick, und fügte dann noch hinzu:

»Nein, ein fremdes Kind. Es wäre nicht meines... wie du, Zaurik, denn auch du gehörst mir nicht, früher oder später werde ich dich verlieren... ich weiß es...«

Dieses Gespräch fand an einem der ersten Tage nach Zaurs Einzug statt. Daß sie ein Gefühl, das er selbst irgendwo tief in seinem Herzen verbarg, so präzise zum Ausdruck brachte, mutete ihn seltsam an. Wenn sie zusammen tranken, stellte Tehmine immer noch ein drittes Glas mit den Worten auf den Tisch: »Das gehört unserer Trennung...«

* * *

Einmal unterhielten sie sich über wahre und falsche Vornehmheit. »Wahre Vornehmheit hat nichts zu tun mit der Abstammung«, sagte Tehmine, »wahre Vornehmheit liegt in der Bescheidenheit, Geduld und inneren Würde. Wirklich, ich kann einen vornehmen und gebildeten Menschen an seinem Gang erkennen. Der Gang eines Menschen sagt viel über sein Wesen, seine Persönlichkeit und seine Menschlichkeit. Nimm zum Beispiel Muhtar...«

Seitdem er bei Tehmine wohnte, entnervten ihn die Gespräche über Muhtar. Muhtar rief häufig an und Zaur fragte erstaunt:

»Den ganzen Tag arbeitet ihr zusammen, wieso mußt du gleich, wenn du heimkommst, wieder eine Stunde mit ihm telefonieren?«

Lachend erwiderte Tehmine:

»Zaurik, warum verstehst du nicht? Den ganzen Tag über sind wir mit unserer Arbeit beschäftigt, da bleibt für Gespräche und Klatsch keine Zeit mehr. Aber am Telefon können wir reden. Denn auch Muhtar hat nichts gegen Klatsch. Sag was du willst... unter uns gesagt, den Frauen wird es zwar angehängt, aber die Männer lieben den Klatsch mehr als die Frauen. Die meisten meiner Freunde...«

Zaur schnitt ihr das Wort ab:

»Meine Freunde, meine Freunde«, ahmte er sie nach, »du hast sehr viele Freunde, aber du solltest wissen, wenn man einen derartig ausufernden Freundeskreis hat, bleibt letztendlich nicht ein einziger wahrer Freund.«

Tehmine sagte kalt:

»Sprichst du etwa von dir selbst? Drohst du mir? Oder willst du mich warnen?«

»Versteh es, wie du willst!« Dies war ihr erster Streit.

Tehmine schwieg. Ohne eine Wort zu sagen, verließ sie die Wohnung. Eine halbe Stunde später schaltete Zaur den Fernseher ein und sah Tehmine auf dem Bildschirm. Zwanzig Minuten vor

Sendeschluß ging er hinunter auf die Straße, nahm sich ein Taxi und fuhr zu den Fernsehstudios. Zaur sah, wie Tehmine eilig zur Haltestelle des Busses lief und rief sie an. Als sie ihn entdeckte, lächelte sie. Sie umarmten sich und stiegen in den leeren Nachtbus.

* * *

»Du darfst nicht eifersüchtig sein, Zaurik«, im Dunkeln schien ihre leise Stimme ganz besondere Kraft zu haben. Diesen Worten mußte man einfach glauben. »Weißt du, was Eifersucht ist? Damit erkennst du deine eigenen Schwächen an. Aber nicht eifersüchtig zu sein, heißt, stärker als alle anderen zu sein. Ich möchte, daß du stark bist, Zaurik, stärker als alle anderen... daß du selbstbewußt bist... daß du mir vertraust, Zaurik... Vertraue mir... Ich werde dich nicht hintergehen, solange wir zusammenleben...«

* * *

Abends hörten sie oft Musik. Tehmine besaß eine Reihe von Bändern, auf denen Stücke, die ihr gefielen, buntgewürfelt zusammengeschnitten waren. Eine Zeitlang mochte sie nur klassische Musik und die »Leyli und Mecnun«-Oper hören. Manchmal gefiel es ihr auch, ein bißchen zu tanzen. Sie spielte dann schwere Jazz-Rhythmen und Blues. Mit geschlossenen Augen, die Arme um seinen Hals gelegt, ließ sie sich treiben.

Dann hörte sie eine Zeitlang Volksmusik. In ihrer Erinnerung stand jedes Lied mit einem bestimmten Erlebnis in Verbindung. Sie hatte eine besondere Beziehung zur Musik, und sie sagte, wenn Zaur sie einmal verließe, wäre die Musik ihr letzter und einziger Freund. »Dann wird mich die Musik retten«, sagte sie, »sonst werde ich sterben oder dem Alkohol verfallen.« Am liebsten hörte sie die Lieder: »Mit Wasser habe ich die Straße besprengt«, »Du wirst nie mein Geliebter«, »O Jäger«, »Aus dem Fenster fällt ein Stein«, »Ich ging in den Garten meines Geliebten«, »Meine Zigarette, brennend...«, »Das schwarze Auge« und am meisten das Lied »Laçin«. Ihre verborgensten Gefühle, die sie mit Worten nicht ausdrücken konnte, schien sie in den Melodien und Texten über Liebe, Trennung, Begierde und Hoffnung — so alt wie die Welt und ewig — wiederzufinden.

»Zaurik, sieh nur, wie rein und schön das ist: 'Ich habe die Straße mit Wasser besprengt, daß kein Staub aufgewirbelt, wenn mein Geliebter kommt...' Wie sie sich damals liebten, und wie sie sich heute lieben. Zum Beispiel — du: würdest du mir jemals die Straße besprengen?«

»In Baku wäre dies vergebliche Liebesmühe«, sagte er, »an das eine Ende der Straße schüttest du Wasser, und der Nordwind taucht das andere Ende wieder in Staub.«

»Für so etwas hast du eben keinen Sinn.«

Ein anderes Lied war zu hören, und Tehmine stellte diesmal eine andere Frage: » 'Sollen sie mich doch töten wegen des Mädchens mit den hellbraunen Augen' — Zaurik, wärst du bereit, dich wegen eines Mädchens mit hellbraunen Augen umbringen zu lassen? Nicht umbringen, Allah bewahre, aber schau zum Beispiel: Wärst du bereit, für ein Mädchen mit hellbraunen Augen ein paar Schwierigkeiten und ein wenig Mühsal zu ertragen?«

»Du solltest wissen, daß ich viele Schwierigkeiten und viel Mühsal für ein schwarzäugiges Mädchen ertrage...«

»Ach Zaurik, du verstehst überhaupt nichts. Es geht doch um die Größe der Seele: 'Sollen sie mich doch töten wegen des Mädchens mit den hellbraunen Augen'. Und kennst du diese Sätze, hör zu und paß auf: 'Ein Haus, in dem nicht eine Schönheit wie du sitzt, sollte man ausrauben und verlassen'? Zaurik, diese Sätze bringen das Denken eines Volkes besser zum Ausdruck als hundert wissenschaftliche Bücher.«

Vom Tonband war das Lied zu hören »Du wirst nie mein Geliebter«, und Tehmine blickte Zaur geradewegs in die Augen und wiederholte diese Worte: »Du wirst nie mein Geliebter«. Zaur war wirklich erstaunt, daß die Volkslieder, die ihm gefielen, immer auch etwas mit Tehmine und ihm zu tun hatten.

»Aus dem Fenster fällt ein Stein, ach schau her, ach schau her, aus dem verschlafenen Auge rinnt eine Träne, ach schau her, ach schau her, wenn sie dich mir gäben, ach schau her, ach schau her, das würde selbst Allah gefallen, ach schau her, ach schau her...«

Und Tehmine sagte leise:

»Wirklich Zaurik, wenn sie dich mir gegeben hätten, das hätte auch Allah gefallen, aber schade, daß sie dich mir nicht geben werden, um nichts auf der Welt, ich weiß es...«

»Meine Zigarette glühend, brennend,
Die schöne Seele Feuer fangend.
Bei Allah, ich verlasse dich, oh meine Rose,
Und du bleibst zurück, brennend...«

In der scherzhaften Drohung des Liedes lag eine bittere Wahrheit. Wie kommt es wohl, daß die Menschen, die irgendwann vor langer Zeit lebten, die gleichen Gefühle hatten wie Zaur und Tehmine an diesem Tag?

Jedesmal, wenn das Lied »Laçin« zu hören war, weinte Tehmine. In einer Strophe hieß es: »Seine Brautwerber sind verschwunden, der Geliebte selbst geht nun auf Brautschau.«

* * *

Als er zum erstenmal, seit er bei Tehmine lebte, sein Gehalt bekommen hatte, ging er auf den Markt. Genau die Hälfte gab er für Obst, Nüsse, Trauben, Gewürznelken und sogar Fleisch aus. Ein nie gekanntes Gefühl, den Haushalt besorgen zu wollen, kam in ihm auf. Freudig und eilig stieg er die Treppen hinauf. Tehmine drehte die zwei Kilo Fleisch hin und her und verzog das Gesicht:

»Wie kann man nur solches Fleisch kaufen — nur Knochen, von oben bis unten und sehnig noch dazu. Wie bist du auf die Idee gekommen, einkaufen zu gehen? Wenn du es mir wenigstens gesagt hättest, dann hätte ich dich zu Fazıl geschickt, einem Bekannten von mir. Er bewahrt mir immer die besten Stücke auf. Daheim haben sie dich schlecht erzogen, anscheinend warst du in deinem ganzen Leben noch nicht einkaufen, oder?«

Zaur erwiderte wütend:

»Ja, und ich habe auch keinen Metzger als Bekannten auf dem Markt.«

»Es sieht so aus, als hättest du keinen, sonst hätten sie dich nicht wie ein Kind hereingelegt und dir so einen Müll angedreht.«

Zaur schwieg, machte ein beleidigtes Gesicht und wechselte bis in den Abend hinein kein Wort mehr mit Tehmine.

Abends sahen sie sich einen Film im Fernsehen an, redeten noch immer kein Wort miteinander. Im Film kam eine Hochzeitsszene vor... Tehmine fragte Zaur plötzlich:

»Zaurik, weißt du, wie sehr ich mir wünschen würde, daß auch für mich eine Hochzeit stattfände? Und zwar eine ganz altmodische: zuerst sollten die Brautwerber kommen, das 'Ja' entgegennehmen, dann die Verlobung und die Hochzeit... ein langes weißes Kleid, Musiker, Brautlied, Spiegel, Kerzen...«

Sie blickte Zaur direkt in die Augen. Er war völlig überrascht, wie gewandt Tehmine die Gedanken, die in diesem Moment seine Sinne durchzogen, aussprach.

»Zaurik, all das wird dir passieren, ich weiß es. Du wirst einen Brautwerber haben und Verlobung und Hochzeit abhalten. Ich kann mir überhaupt nicht vorstellen, daß Spartak dein Schwager werden soll.«

Zaur schüttelte den Kopf.

Tehmine sagte ernst:

»Weißt du, was los ist? Schüttle nicht den Kopf! Man sagt, sie sei ein Mädchen wie eine Rose. Danken müßtest du. Überhaupt verstehe ich nicht, was das für eine Sitte ist, bei euch Männern. Ihr haltet euch für großartig, wenn ihr euch so ziert: 'Ich werde heiraten, ich werde nicht heiraten, sie gefällt mir, sie gefällt mir nicht...' Als ob ihr die Frauen dadurch glücklich macht, daß ihr sie heiratet.«

Zaur zog eine Zigarette hervor, zündete ein Streichholz an. Ein brennender Splitter löste sich und fiel auf den großen, bunten Luftballon, der mit einem Knall platzte. Tehmine rief: »Bei Allah, was hast du getan!« und sprang auf.

* * *

Später konnte Zaur nicht mehr genau sagen, wann alles angefangen hatte. Vielleicht nach einem ihrer üblichen Telefongespräche — Tehmine redete lange mit irgendeinem ihrer Bekannten. Zaur dagegen rauchte in der Küche, unterdrückte seine Wut, während er Tehmines freundliche Scherze und ihr Lachen hörte. Vielleicht damals? Oder zu einem anderen Zeitpunkt — Tehmine fühlte sich schlecht, und Zaur mußte einkaufen gehen. Als er zurückkam, verspottete sie ihn: »Du bringst nichts zustande«, sagte sie, »was soll das sein, was du hier herangeschafft hast? Ich habe dir doch gesagt, daß du zu Fazıl gehen und ihn in meinem Namen bitten solltest, dir ein gutes Stück Fleisch zu geben.«

Zaur wäre um nichts auf der Welt zu Fazıl gegangen. Er hatte sich diesen Fleischverkäufer genauer angesehen, wie er mehr oder weniger hübschen Frauen und Mädchen Fleisch gab.

Manchmal kam es ihm vor, als berührte Tehmine absichtlich seine verwundbaren Stellen. Wenn er ein Auto zu lange betrachtete, begann sie, ihn sofort auf den Arm zu nehmen: »Na, was ist, ist dir dein Moskwitsch wieder eingefallen? Die Eltern haben ihr unartiges Söhnchen bestraft, haben ihm sein Spielzeug weggenommen, dem armen Kind.« Die Tonlage dieser Sätze, Worte wie »Söhnchen« und »Junge« machten Zaur rasend. Er spürte, daß ihn die Wut immer mehr auffraß, und in solchen Momenten haßte er Tehmine sogar. Vielleicht hatte dieses Gefühl auch an einem anderen Tag begonnen. Womöglich, als Tehmine in Anwesenheit Medines über Zaurs Mutter sprach. Sie sagte, seine Mutter würde sie nicht mehr in Ruhe lassen, zu Hause nicht, und auch nicht beim Fernsehen. Medine sagte, wie gerne sie einmal ans Telefon ginge, wenn Ziver Hanım anriefe, sie würde ihr eine Lektion erteilen. Zaur hielt sich nur mit Mühe zurück. Es stimmte, das Verhalten seiner Mutter war nicht richtig, aber Medine hatte sich nicht in seine Familienangelegenheit einzumischen. Glücklicherweise beließ sie es bei dieser einen Bemerkung, er wäre sonst außer Rand und Band geraten.

Aus all dem entstand ganz allmählich eine Mißstimmung, wie aus vielen Tropfen ein See entsteht. Eines Tages fühlte sich Zaur unwohl, und seine Mutter fehlte ihm. Als er in der Küche zu Abend aß, kam ihm die schmutzige, unordentliche Küche seiner Mutter in den Sinn. Seine geistige Abwesenheit fiel Tehmine sofort auf, aber anstatt ihm zu helfen, begann sie zu spotten:

»Na was ist, das Kind ist ja ganz abwesend« sagte sie. »Oder ist ihm der Moskwitsch eingefallen?«

Zaur kam es vor, als würde Tehmine ihn nur um den Moskwitsch beneiden. Offenbar wußte sie auch über seine vergangenen Liebesgeschichten, sogar über die Sportlerin Tanya, Bescheid. Aber ansonsten tat sie gleichgültig, wenn von den Verhältnissen, in denen er gelebt hatte, die Rede war.

»Weißt du, Zaur«, sagte sie, »ich bin eine von den Frauen, die auf niemanden eifersüchtig sind, im Gegenteil, alle müßten auf mich eifersüchtig sein. Nehmen wir einmal an, du bist mit einer anderen zusammen, wirst du mich denn je vergessen können?«

Zaur dachte: »Wahrscheinlich ist es wirklich so: Man sagt, von den Fesseln einer Frau kann ein Mann nur durch eine andere Frau befreit werden.« Gab es solch eine Frau für ihn auf der Welt?

Manchmal, wenn von ihrer Trennung die Rede war, sprach Tehmine mit einer kalten und harten Genauigkeit. An einem Abend, nachdem Tehmine ein schier endloses Telefongespräch geführt hatte, quälte Zaur sie wieder mit Fragen: »Mit wem hast du gesprochen? Warum habt ihr euch so lange unterhalten? Über was habt ihr gelacht?«

Tehmine geriet vollkommen außer sich:

»Hör zu, Zaur«, sagte sie, »ich bin es leid. Es reicht. Ich bin deiner Zweifel überdrüssig. Was willst du denn von mir? Ich lebe mit dir, du wohnst in meiner Wohnung, ich bin ständig bei dir. Was brauchst du mehr? Ich verstehe das nicht. Willst du mich etwa einsperren, oder willst du das Telefon für immer abschalten lassen? Wer bist du denn, daß du so viel von mir verlangst? Rühme dich bloß nicht, daß du von zu Hause weggegangen bist. Was für eine Selbstlosigkeit — sein Auto hat er aufgegeben: Keine Angst, du wirst nach Hause zurückkehren, auch dein Auto wirst du zurückbekommen. Verheiraten werden sie dich mit einem reinen Mädchen!« Zaur hatte Tehmine noch nie so zornig erlebt. Aus ihren Augen schienen Funken zu sprühen. Aber plötzlich verstummte sie, schien sich zu beruhigen, und mit schwacher Stimme sagte sie: »Wenn du gehst, was bleibt mir dann noch?« Ihr Blick fiel auf die Reste des geplatzten Luftballons: »Nur dieser Luftballon.«

Zaur war völlig perplex, wußte nicht, was zu tun war.

Sollte er sie beschimpfen oder sich entschuldigen oder womöglich, ohne ein Wort zu sagen, das Haus verlassen?

Tehmine zündete sich eine Zigarette an, zog einmal tief, blies den Rauch aus und wandte sich zu Zaur:

»Schau, unsere Liebe ist wie dieser Rauch«, sie schwenkte ihre Hand, »siehst du, es ist nichts mehr da...«

11

Im Herzen nisten tausend Sorgen, die sich nicht verbergen lassen.
Sorgen, über die sich nicht klagen läßt, weil die Fremden dies
                                                        [verabscheuen.
Wie schwer der Kummer auch ist, ein Heilmittel gibt es auf der
                                                        [Welt.
Wie schwer muß der Schmerz deiner Liebe sein, daß er unheilbar
                                                        [ist.

W ie alt sind Sie?«
    »Was hat das damit zu tun?«

»Sehr viel, Sie sind kein Kind, Sie sind Herr über Ihr Handeln,
Sie müssen sich der Gesellschaft gegenüber verantwortlich
fühlen.«

»Was hat denn die Gesellschaft damit zu tun?«

»Was heißt, was hat sie damit zu tun? Wir erhalten verschiedene
Informationen. Aus diesen Informationen müssen wir bestimmte Schlüsse ziehen. Unsere Komsomol-Organisation wollte Ihre
Angelegenheit sogar bis zum Büro weiterleiten. Sie selbst sind anscheinend Mitglied des Büros?«

»Ja.«

»Seh'n Sie. Sie sind Mitglied des Komsomol-Büros; und anstatt
für andere ein Vorbild zu sein, verhalten Sie sich so unangemes-
sen. Nicht nur die Leute vom Komsomol, auch andere geschätzte
Arbeiter sind gar nicht mit Ihrem Verhalten einverstanden.«

Zaur dachte sofort an Dadaş.

»Die Genossen sind der Ansicht, daß Ihr Verhalten einen
Schatten auf unser Kollektiv wirft, es übt einen negativen Einfluß auf die Moral der Jugend aus, überhaupt richtet es sich gegen
unseren moralischen Kodex.«

»Ich kann ein Gesuch einreichen und kündigen.«

»Schon gut, regen Sie sich nicht auf. Ich kann mich dem Wunsch des Kollektivs gegenüber nicht gleichgültig zeigen. Sie sind noch jung. Ihr ganzes Leben liegt noch vor Ihnen, Sie könnten noch eine große Zukunft haben, wenn Sie von nun an Ihren Verstand zusammennehmen, wenn Sie...«

Zaur verließ mitten im Satz das Zimmer.

* * *

Er schloß die Tür auf und ging hinein. Jedes Wort des Kündigungsgesuches, daß er gerade geschrieben und abgegeben hatte, ließ er sich noch einmal durch den Kopf gehen. Gut, aber wo würde er eine neue Arbeit finden? Er versuchte sich an jemanden zu erinnern, der ihm helfen könnte, eine neue Arbeit zu finden. Einer geologischen Expedition hätte er sich anschließen können; als er darüber nachdachte, fiel ihm sofort Azer Merdanov ein. An der Universität hatten sie gemeinsam studiert, seitdem waren sie befreundet. Azer lebte nun wahrscheinlich in der Nähe von Filizçay. Wenn diese Sache zustande kommen sollte, konnte sich Zaurs Schicksal vollkommen wandeln. Während der letzten Tage wurde ihm seine Wohnsituation immer unangenehmer. Manaf wußte natürlich, daß Zaur dort lebte, aber nicht einmal er hatte Tehmine gedrängt, eine Änderung ins Auge zu fassen. Tehmine hatte es dagegen eilig, die Wohnung in zwei getrennte Zimmer umbauen zu lassen. Aber von den Vorschlägen, die ihr gemacht wurden, sagte ihr keiner zu. Über dieses Thema sprach sie oft lange am Telefon, sah sich verschiedenartige Wohnungen an und zog sogar Spartak zu Rate. Zaur wurde fast wahnsinnig vor Wut, als er von ihr selbst erfuhr, sie hätten sich zusammen eine Wohnung angesehen.

Das Telefon klingelte. Zaur nahm den Hörer ab:

»Zaur? Ich grüße Sie. Hier ist Muhtar.«

»Ich habe Ihre Stimme erkannt«, sagte Zaur, »Tehmine ist nicht zu Hause.«

»Wann kommt sie?«

»Ich weiß nicht.«

»Entschuldigen Sie die Störung.«

Zaur lag auf dem Sofa, rauchte eine Zigarette und starrte die Decke an. Wo könnte Tehmine nur sein? Anscheinend ist sie nicht im Studio, sonst hätte Muhtar nicht angerufen. Aber wo sonst? Es ist sinnlos, darüber nachzudenken. Wenn du fragst, wird sie sagen, sie sei beim Schneider oder beim Schuhmacher oder beim Zahnarzt oder bei ihrer Freundin gewesen, oder sie habe sich eine Wohnung angesehen. Sie hatte hundert Möglichkeiten, und Zaur wußte, daß es sinnlos war, ihr hinterherzuspionieren.

Wieder klingelte das Telefon.

»Ja.«

Am anderen Ende wurde sofort aufgelegt.

Zaur rechnete mit weiteren Anrufen, und da es ihm lästig war, jedesmal aufzustehen, schob er die Kommode zum Sofa. Nun konnte er im Liegen die Hand ausstrecken und den Hörer abnehmen.

Nach einer halben Stunde klingelte es erneut. Er erwartete bereits, daß wieder aufgelegt würde, hörte aber Muhtars Stimme:

»Verzeihen Sie vielmals, Zaur, ist Tehmine immer noch nicht da?«

»Nein.«

»Aber wo ist sie denn?«

»Ich weiß es nicht.«

»Bitte sagen Sie ihr, daß sie mich sofort zurückrufen soll, wenn sie kommt. Es geht um eine wichtige Angelegenheit. Ich werde im Laufe des Abends ab und zu anrufen.«

Zaur betrachtete den kleinen Feigenbaum, über den Tehmine so viel sprach. Irgendwo in Nahçıvan, in der Nähe von Gemikaya, hatten ihre Freunde diesen Baum entdeckt. Der Überlieferung nach sei bei Gemikaya sei Noahs Arche vor Anker gegangen. An dieser Stelle befänden sich auch interessante Felsmalereien.

Das Telefon klingelte erneut. Aber der Teilnehmer legte wieder auf.

Zaur hatte seit dem Morgen noch nichts gegessen, aber aufstehen, in die Küche gehen und das Essen warm machen wollte er auch nicht. Er wollte überhaupt nichts, nur so daliegen, rauchen und über nichts nachdenken. Nicht einmal über die geologische Expedition, über die Filizçay-Gruppe oder über Azer Merdanov wollte er nachdenken, und ihm kam es vor, als gäbe es in Wirklichkeit gar keine geologische Gruppe und gäbe es sie, sei es ein unerfüllbarer Traum, daß er sich dieser Gruppe anschließen könne. Überhaupt kam es ihm vor, als gäbe es in seinem Leben keinen Weg, sein Dasein zu verändern, ohne dabei den alten Pfad wieder einzuschlagen; alle Wege schienen ihm verbaut, alle Türen versperrt, alle Fenster geschlossen zu sein.

Wieder klingelte das Telefon. Er amüsierte sich darüber, daß diese stummen Botschaften aus einer für ihn unzugänglichen Welt in einem präzisen 30-Minuten-Rhythmus ankamen.

»Hallo.«

Wieder wurde aufgelegt.

Nach neun Uhr begann er sich zu beunruhigen, denn an ihren arbeitsfreien Tagen kam sie gewöhnlich nie so spät nach Hause. Vielleicht hatte sich der Arbeitsplan geändert. Dies herauszubekommen wäre sehr einfach gewesen, er hätte nur den Fernseher einschalten müssen, aber er hatte keine Lust, aufzustehen.

Außerdem hätte Muhtar wohl kaum zu Hause angerufen, wenn sie im Studio wäre. Vom Fenster aus spähte er zu Medines Wohnung, deren Fenster erleuchtet waren.

Als es nach zehn Uhr war, machte er sich ernsthaft Sorgen. Genau um elf Uhr kam wieder ein anonymer Anruf. Muhtar rief dagegen nicht mehr an. Natürlich, wenn es nicht Muhtar war, der ständig auflegte... Wahrscheinlich war er es nicht, das war nicht Muhtars Art, und wenn er es nicht war, wenn er wegen der »sehr wichtigen Angelegenheit« nicht mehr anrief, mußte Muhtar Tehmine gefunden haben, und darum brauchte er sich keine Sorgen mehr zu machen — Tehmine war offenbar nichts passiert.

Um halb zwölf kam Tehmine, und als sie in der Garderobe ihren Mantel auszog, klingelte das Telefon erneut.

»Nimm ab!« sagte Zaur

»Nimm du ab!« erwiderte sie.

»Wenn ich abnehme, meldet sich niemand.«

»Ich weiß«, sagte Tehmine müde. Sie wirkte sehr erschöpft. Das Telefon klingelte ununterbrochen.

»Muhtar hat angerufen«, sagte Zaur, »er meinte, er habe etwas Wichtiges mit dir zu besprechen.«

Nach diesen Worten näherte sich Tehmine zögernd dem Telefon, hob den Hörer ab, legte sofort auf und setzte sich langsam auf einen Stuhl.

Zaur betrachtete sie aufmerksam:

»Wo warst du?« fragte er.

»Ich bin vor deiner Mutter geflohen«, sagte sie und weinte plötzlich schluchzend.

Zaur stand auf und legte seine Arme um ihre Schultern.

»Was ist los mit dir?« fragte er.

»Ich kann nicht mehr, Zaur, ich kann nicht mehr... Ich habe genug. Jeden Tag ruft sie an und beschimpft mich, ununterbrochen bewirft sie mich mit Dreck. Kann ich etwas dafür, daß du ein Kündigungsgesuch geschrieben hast? Ich habe nicht einmal etwas davon gewußt. Aber deine Mutter drohte, sie würde mich vor Gericht bringen, mich der Polizei übergeben und was weiß ich noch alles. Was habe ich denn verbrochen, bei Allah? Ich flehe dich an, um Allahs willen, geh zurück nach Hause, Zaur, damit ich endlich meinen Frieden habe! Laßt mich in Ruhe, du und deine Mutter! Meine Geduld ist zu Ende, wirklich am Ende.«

Sie ging eilig ins Bad.

Zaur betrachtete die Tapeten an den Wänden. Im Halbdunkel der Nachtlampe sahen die Blumenmuster, die ihm so gut gefallen hatten, ganz anders aus. Verschiedene Gedanken schossen ihm durch den Kopf, über sich, über Tehmine und über seine Mutter.

Als Tehmine aus dem Bad kam, trug sie einen blauen Bademantel, und wie immer nach einem Bad, war ihr Gesicht ruhig und entspannt — alle Unruhe und aller Kummer schienen verschwunden zu sein.

Als das Telefon klingelte, sprang Zaur auf, nahm ab und rief hastig:

»Mutter, warum tust du das?« Am anderen Ende der Leitung blieb alles ruhig, und als er erneut ansetzen wollte, um etwas zu sagen, ertönte plötzlich ein ohrenbetäubendes Männerlachen aus mehreren Kehlen.

Zaur legte auf und sagte Tehmine kein Wort.

Und es war das erste Mal nach all ihren Sticheleien, Streitereien, Vorwürfen, Angriffen, Zweifeln und Nervositäten, daß er sie in einem derartig ruhigen Zustand erlebte. Nach dem Bad schienen sich ihre Nerven beruhigt zu haben, und sie erschien ihm schöner als je zuvor.

Zaur bedeckte sie mit Küssen. Er hatte die Vision, sie befänden sich an einem milden Sommerabend im Wald, wie in den fernen ersten Tagen ihrer Liebe, glücklich und vollkommen unbeschwert. Das Streicheln und Küssen wollte kein Ende nehmen, und doch war beiden bewußt, daß das Ende ihrer Liebe bevorstand.

* * *

»Sekine, hast du dem Direktor mein Gesuch gegeben?«

»Nein, Dadaş hat es an sich genommen.«

»Dadaş? Was hat Dadaş hier verloren?«

»Er hat gesagt, er wolle selbst mit dem Direktor sprechen und bat, daß du vorher zu ihm kommst.«

»Komm erstmal zur Vernunft!« sagte Dadaş und warf dem in der Ecke sitzenden Gurban einen vielsagenden Blick zu. »Dein Gesuch ist noch hier, hier bei mir.«

»Aber für euch war es nicht bestimmt.«

»Ich weiß, ich weiß, ich habe nur eine Kleinigkeit mit dir zu besprechen.« Wieder sah er schräg hinüber zu Gurban. Der hatte den Kopf gesenkt und tat so, als sei er beschäftigt, obwohl er die Ohren spitzte. Dadaş reichte Zaur das Gesuch. »Schau es dir an, es ist dein Gesuch. Wann immer du willst, kannst du es dem Direktor geben. Aber ich habe eine kleine Bitte an dich: Laß uns vorher ein winziges Gespräch führen, dann kannst du, wann immer du willst, zum Direktor gehen! Der Direktor läuft dir ja nicht weg, bis zum Feierabend wird er noch hier sein.« Dadaş wandte sich direkt an Gurban: »Gurban«, sagte er, »tu uns einen Gefallen und laß uns für eine Minute allein! Zaur und ich haben etwas Privates zu besprechen.«

Gurban verließ widerwillig, mit säuerlichem Gesicht, das Zimmer. Aber bevor er ging, fingerte er noch eine Zeitlang an seinem Tisch — machte die Schublade auf und zu, ordnete Schriftstücke, nahm etwas weg und legte etwas hin. Schließlich ging er aus dem Zimmer und schloß die Tür hinter sich.

»Ich weiß«, sagte Dadaş, »du hast nicht viel für mich übrig. Ich weiß auch den Grund, aber glaube mir, ich will nur dein Bestes, früher oder später wirst du das auch einsehen. Ich habe das Gesuch auf die Bitte deiner Mutter hin an mich genommen. Sie hatte es durch Zufall irgendwie erfahren und mich angerufen. Die Sache ist die, daß dein Vater krank geworden ist.«

Zaur sprang nervös auf.

»Nein, nein, rege dich nicht auf, es ist nichts Ernstes. Er hat etwas zu hohen Blutdruck, ich selbst habe mit dem Arzt geredet, es ist nichts zu befürchten. Es ist wegen seiner Nerven, sonst nichts. Er wird sich ein bis zwei Tage ausruhen, und alles wird in Ordnung kommen. Nun ist meine Bitte an dich, ein bis zwei Tage Geduld zu haben. Dein Vater hat von dieser Sache noch nichts gehört, aber wenn er es erfährt, wird er sich noch mehr aufregen. In seiner jetzigen Situation, das verstehst du bestimmt, wäre dies Gift für ihn. Deshalb rief mich deine Mutter an. Laß deinen Vater gesund werden und reiche dann dein Gesuch ein! Wenn du kündigen willst, dann kündige, das mußt du selbst wissen.«

»Liegt mein Vater im Bett?«

»Nein, deine Mutter sagte, er gehe im Haus spazieren, aber die Ärzte gestatteten es nicht, daß er arbeite. Wenn du willst, werde ich es ihm morgen sagen; dann könntest du dein Gesuch hier bei mir liegen lassen. Aber warte wenigstens bis Montag. Ich habe mit dem Direktor gesprochen, sein Stellvertreter ist etwas unhöflich, ich weiß das, und das habe ich den Direktor auch wissen lassen. Ich habe gesagt, daß das so nicht geht, bei so empfindlichen Angelegenheiten kann man nicht in dieser Art reden... und noch dazu bei einem so unreifen Jungen. Denn auch das Alter des Beteiligten muß berücksichtigt werden.«

»Mein Alter hat hiermit überhaupt nichts zu tun«, erwiderte Zaur.

»Nein, ich wollte sagen, daß es anstandslos und rücksichtslos ist, sich auf so grobe Weise in die Angelegenheiten eines anderen einzumischen. Aber wie kann man eine solche Sache mit den Methoden administrativen Drucks lösen? Was soll man tun, es gibt nun mal auch solche Schwachköpfe...«

Der verschwitzte, schmutzige Kragen seines Hemdes, seine hin- und herrollenden Augäpfel, das gesamte Erscheinungsbild dieses Mannes, erregten bei Zaur Übelkeit. Wie plump seine Hände und wie kurz seine Finger waren, ihm kam es vor, als sähe er zum erstenmal seine plumpen Finger.

Zaur stand auf.

»Gut«, sagte er, »ich warte bis Montag.«

»Setz dich«, sagte Dadaş, »ich habe dir noch ein paar Worte zu sagen! Aber ich bitte dich, bis zum Ende zuzuhören... Gestern haben Tehmine und ich uns unterhalten.« Diesen Satz sprach er sehr schnell, als fürchte er, daß Zaur ihm einen Schlag auf den Mund versetzen wollte. »Wir unterhielten uns den gesamten Abend lang. Aber komm ja nicht auf falsche Gedanken!«

Zaur dachte nur über Dadaşs plumpe Finger nach. Wie sollte es möglich sein, Tehmine mit solchen Händen zu umarmen?

»Du kennst mein Verhältnis zu ihr. Was auch immer sein mag, ich empfinde eine gewisse Sympathie für sie, ich sehe ein paar sehr gute Eigenschaften an ihr. Was ich sagen will, ist, daß ich Tehmine gestern angerufen habe, daß wir uns getroffen und über alles umfassend unterhalten haben... Zaur, glaub mir, was auch immer zwischen euch war, es ist vorbei, alles ist zu Ende! Tehmine hat dies nun eingesehen, auch du wirst es bald verstehen, aber etwas später, und bis dahin wirst nicht nur du leiden, sondern du wirst auch anderen, vor allem deinen Eltern, großes Leid zufügen... Ich bitte dich, mich nicht zu unterbrechen und mir bis zum Ende zuzuhören. Ich verstehe alles — ihr seid euch begegnet, habt aneinander Gefallen gefunden, du kannst es Zuneigung nennen oder Liebe, dazu sage ich nichts. Ihr seid beide jung, gesund, schön — habt euch gegenseitig angezogen, was ist daran unrecht? Ich weiß, ich weiß alles, ihr wart zusammen in Moskau und lebt nun hier in einer Wohnung. Aber, mein Sohn, glaube mir, alles hat irgendwann ein Ende, auch das gewaltigste Feuer erlischt einmal — und wenn einen Mann und eine Frau nichts anderes verbindet als dieses Feuer — also nicht die Familie, die Kinder, die Ehe — dann kann sich so ein Verhältnis in tausend Qualen verwandeln.«

Zaur erkannte sehr wohl alle Anspielungen in Dadaşs Rede; wenn er über Liebe sprach — den Spott, wenn er über Jugend und Schönheit sprach — seinen Neid, wenn er darüber sprach, daß alles zu Ende sei — den Genuß, den er verspürte, alles, alles verstand er. Er wußte auch, daß diese großväterliche Besonnenheit, diese windelweiche Rede, dieser wohlfeile Rat, nur den Zweck verfolgten, Zaur zu brechen und zu bändigen. Und da man mit Drohungen, Vorwürfen, administrativen Maßnahmen nicht weiter gekommen war, wollten sie es nun mit Dadaşs primitiver Verständigkeit und seinen vorgeblich vertrauenerweckenden Weisheiten versuchen. Das Schlimmste war jedoch, daß Zaur in der Tiefe seines Herzens anerkannte, daß Dadaş Recht behalten würde. Unsicher war er sich nur in der Frage, was Tehmine wohl Dadaş erzählt hatte.

»Du darfst das alles nicht als ein schreckliches Unglück sehen«, sagte Dadaş, »glaube mir, die Erde dreht sich weiter — das ist nicht das Ende deines Lebens, sondern nur einer Episode. Weißt du, wie lang dein Leben ist, Zaur, sie lügen, wenn sie sagen, das Leben sei kurz, wir leben lange, sehr lange, wir sehen viel und wissen viel, wir erleben so vieles in einem Leben. Wir geraten in alle möglichen Schwierigkeiten, wir erfahren die Welt in all ihren Einzelheiten. Wenn ihr euch jetzt trennt, werdet ihr euch mit süßem Bedauern und einer leichten Trauer an diese Tage erinnern, wie an einen schönen Traum. Aber wenn eure Beziehung fortdauert, wird sie zu einer vollkommenen Pein werden. Von etwas nur soviel zu nehmen, daß man nicht ganz satt wird, gibt allen Dingen mehr Reiz, als wenn man sich vollstopft, bis man platzt, glaube mir.« Nach diesen Worten lächelte Dadaş. Vor Zaurs geistigem Auge wurde die Szene lebendig, wie Dadaş mit seinen dicken Fingern ein Hühnchen auseinandernahm und sich in den Mund stopfte.

Zaur stand auf und ging zur Tür, ohne ein Wort zu sagen.

Dadaş rief ihm nach:

»Besuch heute oder morgen mal deinen Vater, und alle seine Leiden werden sofort verschwinden!«

12

Laßt uns Suren des Korans rezitieren, eine Schenke zu erobern,
Vielleicht öffnet sich uns eine verschlossene Quelle.

Er verließ den Verlag und schritt langsam die Straße hinab. Nach Hause wollte er nicht. Bitter lachte er vor sich hin, »nach Hause«. Als ob er ein Zuhause hätte. Das, was er sein Zuhause nannte, war in Wirklichkeit Manafs frühere Wohnung.

Er bemühte sich, an andere Dinge zu denken und bemerkte plötzlich, daß er sehr hungrig war. Wenn er jetzt nach Hause ginge, würde Tehmine ihm Abendessen vorsetzen. Keiner von beiden würde auch nur ein Wort sagen, denn beide wüßten, jedes ihrer Gespräche endete früher oder später im Streit, und dieser Streit würde wahrscheinlich ihr letzter sein.

Er nahm den Omnibus und lief wenig später über den menschenleeren Boulevard. Das Wetter war für die Jahreszeit sehr mild. Wenn die Bäume nicht völlig unbelaubt gewesen wären, hätte es auch erst Herbstanfang sein können. Daß es jedoch später im Jahr war, bewies die früh einsetzende Dämmerung. Wenn die Angestellten ihre Büros verließen, war es noch hell, aber wenn sie nach Hause fuhren, wurden sie von der Dunkelheit eingeholt. Für die Metrofahrer vollzog sich dieser Übergang noch abrupter. Noch vor der Dämmerung stiegen sie hinab und kamen dann in einer in tiefes Dunkel getauchten Stadt an.

Zaur schlenderte über den Boulevard. Die Schaufenster der über die Uferallee verteilten Grillhäuser, Teestuben und Bäckereien verbreiteten ein freundliches Licht. In den Lokalen saßen vereinzelt Leute. So anziehend wie ein Ofen im Winter wirkten diese Versammlungen auf Zaur.

Aus einer Grillstube duftete es verlockend. Zaur wich von seinem Weg ab und ging darauf zu.

Es saßen nur wenige Leute darin. Vier angetrunkene Männer hatten sich in eine hitzigen Diskussion miteinander verhakt. Sie versuchten, sich gegenseitig davon zu überzeugen, daß Ahmedov zwar primitiv, daß aber Ağayev noch schlimmer sei.

Ein anderer Tisch war mit zwei jungen Männern, ein weiterer mit einem Pärchen besetzt.

Zaur setzte sich mit dem Rücken zu Tür. Hinter der Theke spielte der Büffetier am Radio herum. Schließlich fand er einen iranischen Sender, der Konzerte brachte. Zwei Kellner standen am Eingang zur Küche und diskutierten. Nach einer Weile näherte sich einer der Kellner. Zaur bestellte Kebap und zweihundert Gramm Wodka. Ein wenig später brachte der Kellner Gurke, Kopfsalat, Schalotten, Käse, eine Flasche »Badamlı«-Mineralwasser, dann ein mit Mohn bestreutes Brot und, in einer birnenähnlichen Karaffe, Wodka.

Zaur goß den Wodka in ein dickes geripptes Glas und nahm einen kräftigen Schluck. Der auf nüchternen Magen getrunkene Alkohol zeigte sofort seine Wirkung. Zaurs Verstand vernebelte sich ein wenig, und die Freundlichkeit dieser gutgeheizten kleinen Grillstube sowie die Nähe des Boulevards und des Meeres stimmten ihn weich. Ihm war, als ob ihm alle Menschen nahestünden.

Sein Blick wanderte über die Wand hinter der Theke, wo aus dem »Ogonyok« ausgeschnittene Photos hingen von Zeyneb Hanlarova, Müslüm Magomayev, von Stalin in der Uniform des Generalissimus mit seiner Frau und seinem Sohn, den Fußballern aus der Mannschaft »Neftçi« und verschiedenen Schauspielerinnen, deren Gesichter ihm bekannt vorkamen. Lena, die er in Moskau im Kinoclub kennengelernt hatte, erkannte er wieder. Sofort fielen ihm seine Abenteuer in Moskau ein. Er erinnerte sich an Muhtar, und zuckte gerade in diesem Augenblick zusammen, als plötzlich ein vertrautes Gesicht vor ihm auftauchte.

»Oh, seien Sie willkommen.«

Er hob den Kopf und sah den lächelnden Mann, der neben dem Tisch stand — es war Muhtar Meherremov. Ein eigenartiger Zufall — als ob Muhtar Zaurs Gedanken entstiegen und lebendig geworden wäre. Zaur stand auf und schüttelte ihm die Hand.

»Kommen Sie, setzen Sie sich«, sagte Zaur. Muhtar zog sofort einen Stuhl zurück und nahm Platz.

»Ich wollte Sie gerade anrufen«, sagte er.

»Uns, also Tehmine«, sagte Zaur präzisierend.

Muhtar lächelte:

»Nein, nur Sie«, sagte er, »mit Tehmine habe ich soeben telefoniert, sie sagte, Sie seien noch nicht von der Arbeit zurück, müßten aber in jedem Augenblick kommen.«

»Wie sicher sich Tehmine doch ist«, dachte Zaur.

»Und Sie amüsieren sich in dieser Grillstube?« Muhtar zeigte auf die Wodkakaraffe.

Zaur lächelte, während er in ein zweites Glas Wodka goß.

»Machen Sie sich keine Umstände«, sagte Muhtar, »ich bestelle gleich etwas.«

»Arif!« rief Muhtar einen Kellner herbei.

Der Kellner kam sofort, und als der dicke Büffetier Muhtars Stimme hörte, fragte er, wie es ihm ginge.

»Seien Sie willkommen, geehrter Muhtar Müellim«, sagte Arif, »Sie haben sich lange Zeit nicht sehen lassen.«

»Es gibt viel zu tun«, sagte Muhtar, »aber wo ist Nadir?«

»Nadir kommt gleich. Aber auch wir erfüllen Ihnen jeden Wunsch.«

»Gut, machen Sie uns İç Kavurma und zwei Spieße aus Rippenstücken.«

»Sofort... Möchten Sie etwas trinken?«

»Nein, ich habe noch eine Sendung, eigentlich wollte ich nichts trinken... Aber gut, das ist auch egal, bring uns noch zweihundert Gramm Wodka, Zaur Müellim und ich werden das schon bewältigen!«

Als der Kellner verschwunden war, sagte Muhtar:

»Nadir ist der Boß hier, ein interessanter Junge.«

»Warum wollten Sie mich erreichen?« fragte Zaur.

Muhtar konnte keine Antwort geben, blickte über Zaurs Kopf zur Tür, die sich gerade öffnete. Dann stand er auf.

»Ja«, sagte er, »kaum spricht man von ihm und schon kommt Nadir Müellim persönlich.«

Als sich Zaur umdrehte, sah er einen dickbäuchigen, rotwangigen Mann.

Nadir entdeckte Muhtar, grinste seine Goldkronen zeigend und kam eilig auf sie zu.

»Ach Muhtar Müellim, sei willkommen bei uns! Du hast dich ja schon ewig nicht mehr blicken lassen, Mann.«

»Darf ich vorstellen«, sagte Muhtar, »Zaur, ein Freund von mir.«

Nadir nickte erfreut. Die Tatsache, daß Zaur Muhtars Freund war, ließ sein Ansehen bedeutend steigen.

»Wie geht es so, Muhtar Müellim? Wir verfolgen aufmerksam eure Arbeit, freuen uns und empfinden gleichzeitg Neid.«

»Über was freust du dich, und was beneidest du?« fragte Muhtar.

»Ja, das alles werde ich dir gleich eins nach dem anderen erzählen.« Ohne seinen massigen Nacken zu drehen, schnippte er mit den Fingern über die Schulter, worauf der Kellner Arif auf der Stelle erschien. Das İç Kavurma und den Wodka, den Muhtar bestellt hatte, brachte er gleich mit. Nadir warf einen Blick auf den Topf und fragte Arif:

»Ist das von jenem Fleisch?«

»Was soll die Frage, Nadir Müellim?«, sagte Arif, »kennen wir unsere Gäste nicht? Wir alle haben Respekt vor Muhtar Müellim.«

Nadir lächelte zufrieden, aber dann sah er den Wodka in der Karaffe und verzog die Augenbrauen.

»Und was ist das?« fragte er.

Wie zur Entschuldigung sagte Muhtar:

»Ich habe zu tun, Nadir, ich muß gehen.«

»Nein, glaube mir, du würdest mich verletzen«, sagte Nadir, wandte sich zu Arif und fügte hinzu: »Bring die Meßflasche weg. Bring eine von den Extraflaschen und stelle eine in den Kühlschrank! Dort im Kühlschrank ist Bier, du weißt doch, welches ich meine, bring davon erst mal drei, vier Flaschen, dann seh'n wir weiter!«

Arif ging, um seine Anordnungen auszuführen, und Nadir betrachtete seelenruhig die Leute um sich herum.

»So ist die Arbeit, Muhtar Müellim«, sagte er.

Als Arif fünf Flaschen tschechisches Bier brachte, sagte Muhtar:

»So geht es aber nicht. Du vergißt deine alten Freunde.«

»Ich schwöre, wir haben gestern abend zehn Kästen Bier gekauft, und heute wollte ich dich anrufen, aber du bist ja selbst gekommen. Einen Kasten habe ich speziell für dich reserviert. Denn ich weiß, daß du, wie ich selbst, ein Liebhaber von tschechischem Bier bist. Wenn du willst, kannst du den Kasten auf der Stelle mitnehmen.«

»Nein, jetzt muß ich an die Arbeit, aber morgen früh komme ich ihn holen.«

»Was machst du dir solche Umstände, ich schicke ihn dir nach Hause.«

Arif öffnete die Wodkaflasche mit dem roten »Extra«-Etikett und goß in die mitgebrachten schlanken Gläser ein.

»Ja, Muhtar Müellim, du fragst, warum ich mich freue; warum ich Neid empfinde, nicht?« fragte Nadir.

Muhtar hatte dieses Thema schon vergessen, aber Nadir begann umsichtig, seine Gedanken zu ordnen:

»Wir freuen uns, Muhtar Müellim, Sie sind unser ganzer Stolz... Ihr — die Künstler — arbeitet für uns, ihr gebt unseren Geschmäckern Nahrung, aus diesem Grund schulden wir euch Respekt, denn ihr seid unser Stolz... was den Neid betrifft, sieht die Sache etwas anders aus. Zu Hause habe ich drei Apparate. Meine Kinder, diese Hundekinder, wollen immer nur Moskau sehen. Ich gefalle ihnen nicht mehr, sie meinen, 'du sprichst falsches Russisch, Papa', nehmen mich auf den Arm, die Hundekinder. Aber das wollte ich gar nicht sagen. Kurz, ich habe ihnen einen Fernseher gekauft, damit sie Moskau sehen können, solange sie wollen: Widmet euch dem Jazz und so weiter, aber ich schaue Baku. Wir haben doch diese Komödianten. Für nichts auf der Welt würde ich sie vermissen wollen. Die Frau, die Unglückliche, schuftet von morgens bis abends in der Küche, und weil sie einem deshalb leid tun kann, habe ich ihr einen Fernseher gekauft und in die Küche gestellt. Soll sie beim Zwiebelschneiden fernsehen, sich amüsieren; hab' ich nicht recht? Ha, ha, ha! Hier habe ich auch einen Fernseher. Hinter der Küche habe ich ein winziges gemütliches Zimmer eingerichtet.« Dann warf er einen Blick auf Muhtar und fuhr fort: »Ja, ja, Muhtar Müellim, du bist ein schlauer Fuchs, trennst die Spreu vom Weizen. Ja, dort habe ich auch einen Fernseher aufgestellt und schaue manchmal genüßlich, zu meinem Vergnügen. Was ich eigentlich damit sagen will: Mir ist aufgefallen, sobald du als Regisseur für eine Sendung angegeben wirst, erscheint ein hübsches Mädchen auf dem Bildschirm. Ich sage, sei still, das ist Muhtar Müellims neue Beute... Nun ist sie Ansagerin, Schauspielerin, Sängerin — anscheinend bringt Muhtar Müellim jedesmal eine neue, wie man so sagt, eine frischgebratene hervor... Nun sag selbst, was soll man tun, wenn nicht Neid empfinden! Unsereins müht sich, um eine hübsche Frau kennenzulernen, und Muhtar Müellim verbringt ganze Tage mit solchen Schätzchen. Hab' ich nicht Recht? Schlag ein, Muhtar Müellim, du bist in Ordnung, das Leben ist kurz, wem es gelingt, der hat es verdient... schlag ein...!«

Muhtar berührte kurz Nadirs Hand.

»Deshalb sage ich«, sagte Nadir, »laßt uns diese Gläser auf dein Wohl heben. Daß du bis ans Ende deines Lebens in dieser Lust und Freude lebst. Und wir wollen uns nur in deinem Schatten bewegen... Aber vielleicht solltest du auch manchmal die Herzen deiner Freunde erfreuen. Was wäre schon dabei, wenn du uns einmal eine deiner Schönheiten vorstellen würdest?«

Muhtar sagte scherzhaft, aber gleichzeitig mit angemessener Distanz:

»Du sprichst unbedacht, Nadir. Wahrscheinlich verwechselst du mich mit jemandem.«

Sofort änderte Nadir seinen Ton:

»Schon gut, sei nicht beleidigt, das war nur Spaß, unter Freunden ist so etwas doch erlaubt? Was ich sagen will: sobald ich tschechisches Bier kaufe, muß ich sofort an dich denken. Die Welt wird doch nicht zusammenbrechen, wenn du dafür deine Arbeitskollegen — die hübschen Mädchen eingeschlossen — einmal als Besuch zu deinem Bruder Nadir mitbringst, und ich serviere für dich eine Tafel und organisiere eine Party, die du so schnell nicht vergißt. Was kümmert dich das übrige? Schon gut, ich werde darüber kein Wort mehr verlieren, diesen Schluck auf dein Wohl.«

Nachdem sie getrunken hatten, kam Nadir auf die Idee, Zaur könne dieses Gespräch falsch verstehen und begann deshalb mit einer Erläuterung:

»Sie wissen vielleicht nicht, wir sind mit Muhtar Müellim schon lange befreundet. Nicht, daß Sie auf irgendwelche Gedanken kommen... Daß ich keine Geliebte finden könnte, in dieser Hinsicht Mangel erleiden würde. Im Gegenteil, ich weiß gar nicht, wohin ich flüchten und mich verstecken soll, vor lauter Frauen. Wie die Raben fallen sie von allen Seiten über mich her.«

Während Nadir sprach, beobachtete er Zaur, ob er womöglich,

Allah behüte, denken könnte, er — Nadir — sei ein mieser Bursche, würde Frauen hinterhersteigen und sei auf die Hilfe anderer angewiesen.

»Nadir, weißt du was«, sagte Muhtar, »wir sind beide in einem Alter, in dem man eigentlich den Frauen bei jeder Gelegenheit ausweichen sollte.«

Nadir fuhr fort, als hätte er Muhtars Worte nicht gehört: »Vor ein paar Tagen sind hier zwei Jungen und ein Mädchen hereingeschneit. Ich habe sofort bemerkt, daß sie nicht von hier sind. Die Jungen sind rechte Maiblumen — einer mit Glatze und Brille, der andere klein und leblos: wenn man bläst, würde er umfallen. Das Mädchen aber ist, das schwöre ich bei Allah, eine Weltschönheit, man glaubt es kaum — hochgewachsen, tolle Figur, schneeweißes Gesicht, lange Beine, bei Allah, sie schienen am Hals anzufangen. Also, ich habe ein Auge auf die geworfen. Arif bedient sie, und ich sehe, nein, mein Freund, die Blicke des Mädchens sind mal hier, mal da, ganz unruhig, ich habe Erfahrung mit so etwas. Ich sehe, keiner von den Jungen ist ihr Freund, anscheinend waren beide verrückt nach ihr, das Mädchen aber schenkt keinem besondere Aufmerksamkeit, und auch mit Geld steht es bei beiden ziemlich knapp. Sie bestellen nur drei Portionen Röstfleisch und eine Flasche Wein. Arif bietet ihnen Apfelsinen an; sie rechnen lange und lehnen schließlich ab. Ich biß mir in den Finger: jetzt ist der richtige Zeitpunkt, sage ich mir. Es ist November, ja, ich ließ ihnen delikate Gewächshaustomaten servieren, kannst du dir das vorstellen, frische Tomaten und Gurken, Ende November; außerdem herrlichen Cognac. Zuerst wollte ich zwei oder drei Flaschen bringen lassen, damit sich die Jungen richtig betrinken, dann dachte ich mir, solchen Schwächlingen reicht auch eine Flasche, um stockbesoffen zu werden. Schließlich habe ich ihnen noch einen großen Strauß rote Nelken geschickt, mit der Nachricht, der Chef des Lokals lade sie ein, das sei hier so Sitte. Ich sah ja, alle drei strahlten über das ganze Gesicht, vor allem das Mädchen. Plötzlich fiel mir ein, dieses Hundemädchen könnte womöglich auch betrunken werden und den Sinn der Sache nicht verstehen. Mir fiel der teure französische Likör ein, Muhtar Müellim, du weißt doch, wie der ist, wenn den eine Frau auch nur mit der Zunge berührt, schmeißt sie sich von selbst den Männern an den Hals, ha, ha, ha. Ja, ich schickte von diesem Likör, man solle ihr sagen, daß sie nur von diesem Likör trinke, denn auch dies sei Sitte bei uns. Arif sprach mich kurz darauf an: 'Nadir Müellim, das Mädchen möchte Sie sehen, sie fragt, wer dieser großzügige, schöne Mensch sei.' Ich sollte also der schöne Mensch sein! Nein, gut Ding braucht Weile, jetzt ist es noch zu früh, meine Freundin. Wenn du mein Gesicht sehen würdest, würde dir dein Essen hochkommen und meine Ausgaben wären umsonst. Du mußt noch ein, zwei Gläschen von dem Likör trinken, dir die Sinne vernebeln lassen, und die ganze Welt wird dir wie das Paradies vorkommen. Die verfluchten Franzosen sind wahre Meister auf diesem Gebiet. Kurz gesagt, ich sitze gemütlich in einer Ecke, beobachte sie und sehe, daß die Jungs vollkommen blau sind. Ich sage zu Arif, er solle herausfinden, wo sie übernachten, und ihnen bestellen: 'Unser Chef will sie besuchen, um die Souvenirs aus Baku zu übergeben.' Ja, Arif findet heraus, daß sie aus dem Baltikum kommen und im Baku-Hotel wohnen. Natürlich die Jungen in einem Doppelzimmer, das Mädchen, zusammen mit einer anderen Frau, in einem anderen Zimmer. Dies habe ich für alle Fälle herausgefunden, aber alles entwickelte sich einfacher, denn die Jungen waren inzwischen stockbesoffen. Ich setze sie in mein Auto — du weißt doch, meinen Wolga parke ich immer hinter der Küche — und fahre sie ins Hotel. Zusammen mit dem Mädchen bringe ich die Jungen ganz anständig und liebenswürdig auf ihre Zimmer und lege sie auf das Bett. Alles ganz kultiviert. Nun sagte ich dem Mädchen, sie sei völlig nüchtern, habe nur einen kleinen Schwips; ja, ganz liebenswürdig sagte ich dem Mädchen: 'Schade, daß sich Ihre Begleiter als so schwach erwiesen haben, aber Sie sind, Allah sei Dank, völlig nüchtern. Wenn Sie nun noch ausgehen wollen... vielleicht sollte ich Sie spazierenfahren und Ihnen die Stadt zeigen?' Das Mädchen sagte freudig: 'Vielen Dank, das wäre sehr nett von Ihnen.' Nunmehr ist mein Gesicht nicht mehr wichtig. Worauf es ankommt, ist, daß ich ein Auto habe und ich mich sehr liebenswürdig und kultiviert benehme. Was soll die Arme zusammen mit einer fremden Frau in einem Doppelzimmer, da langweilt sie sich doch zu Tode, ja, alles klappte wie geschmiert. Zuerst brachte ich sie zum Kirow-Park, dann fuhr uns das Auto ganz zielstrebig zum Stadtrand, zwischendurch verwickelte ich sie in ein Gespräch: 'Auf der anderen Seite befindet sich meine Datscha, in Buzovna', sagte ich.«

Zaur fiel ein, daß die Murtuzovs dort auch eine Datscha haben.

»Gut, wir kamen zur Datscha... was soll ich noch sagen...«

Zaur war der Ansicht, daß Nadir, der zuvor alle Einzelheiten sehr genau geschildert hatte, das Ende sehr eilig anfügte. Was war der Grund? Nadirs Scham, sein Anstandsgefühl oder etwas anderes? Vielleicht war die Situation, ungeachtet all der mit Umsicht gewählten Fallen, des Cognacs, der Gewächshaustomaten, die im November auf den Tisch gekommen waren, der Gurken, der Nelken und des französischen Likörs, nicht zur Zufriedenheit Nadirs ausgegangen? Wahrscheinlich war das der Grund, warum das Ende von Nadirs Rede so enttäuschend wirkte.

Nadir schenkte Wodka nach, und sie tranken. Muhtar warf einen Blick auf seine Armbanduhr, während Nadir eine andere Frauengeschichte zu erzählen begann: »Auf eine Frau war ich besonders scharf, ich tat alles, um sie kennenzulernen. Schließlich fand sich ein entfernter gemeinsamer Bekannter, der uns einander vorstellte. Ich beschloß, der Frau ein Stück Stoff zu schicken. Ein Freund brachte mich in ein Warenlager und zeigte mir drei Ballen: grau, grün und blau. Zuerst wollte ich alle drei kaufen, damit sie aussuchen könnte, was ihr gefällt. Aber dann fürchtete ich, sie könnte an allen dreien Gefallen finden. Nein, sagte ich mir, das käme zu teuer, das würde sie verderben. Wenn ich sie schon zu Beginn derart verwöhnte, wo sollte das einmal enden? Ich suchte den blauen Stoff aus und schickte ihn ihr mit der Nachricht, ich möchte sie am Abend besuchen. Sie lebt allein, in einer Straße über dem Monolithen, die Adresse wußte ich schon lange. An diesem Abend ließ ich ein schönes Paket schnüren: vier, fünf frische Tabaka, dazu etwas zu trinken, Apfelsinen, einen Strauß Rosen — alles perfekt. Ja, und noch dazu frische Tomaten und Gurken... Und das mitten im November...

Zaur fiel auf, daß alle Liebesabenteuer von Nadir im November stattfanden und er sich besonders damit rühmte, zu dieser Zeit im Jahr Tomaten und Gurken zu haben. Mit irgend jemandem hatte Nadir große Ähnlichkeit, aber mit wem? Wie sehr Zaur sich auch bemühte, es fiel ihm nicht ein.

Die Schilderung dieses Abenteuers endete ebenso plötzlich, und Nadir begann mit einer neuen Erzählung von einer Schifffahrt nach Krasnowodsk mit einer Freundin, wobei er eine Kajüte gemietet hatte. Diese Freundin habe ihn dreimal denselben Ring kaufen lassen. Zuerst habe sie ihm den teuren Ring gezeigt und gesagt: »Den haben sie mir gebracht, soll ich ihn nehmen oder nicht?« Er habe gesagt: »Wenn er dir gefällt, dann nimm ihn natürlich!« und habe sein Geld hervorgezogen und bezahlt.

Ein halbes Jahr später seien sie in einer Luxuskajüte nach Krasnowodsk gefahren, als seine Freundin ihm den Ring erneut zeigte: »Ich weiß nicht, ob ich ihn nehmen soll oder nicht.« Er sei betrunken gewesen oder habe es wirklich vergessen. Jedenfalls sagte er: »Natürlich, nimm ihn!« und habe das Geld hervorgeholt. Nur drei Monate später habe ihm die Frau erneut diesen Ring gezeigt. Er sei außer sich geraten: »Gut, du Schamlose«, habe er gebrüllt, »wenn du willst, kaufe ich dir für alle deine zehn Finger Ringe und stecke sie dir an, aber warum willst du mich ständig hereinlegen? Hältst du mich für einen derartigen Dummkopf, daß du mich den Ring ein drittes Mal kaufen läßt?«

»Angelegenheiten mit Frauen sind langwierig«, erklärte Nadir, seine Geschichte beendend, »sie finden kein Ende.«

Wie sehr Zaur sich auch anstrengte, er konnte nicht herausfinden, mit wem dieser Mann Ähnlichkeit besaß. Seine Art zu sprechen war es nicht, auch sein Gesicht ähnelte keinem Bekannten, aber irgendeine Sache erinnerte ihn ganz stark an jemanden. Halt, halt... Irgendetwas schien klarer zu werden, aber Nadir riß ihn wieder aus seinen Gedanken:

»Kommen Sie, lassen Sie uns einen trinken. Verzeihen Sie, aber was sind Sie von Beruf?«

»Ich arbeite in einem Verlag.«

»Bravo«, sagte Nadir, »die Verlagsmitarbeiter sind unser aller Stolz... Ihr gebt uns geistige Nahrung, und wir schulden euch dafür Respekt, wann immer ihr ihn braucht... Im Verlag... Ihr bringt doch Bücher heraus, oder irre ich mich? Es lebe hoch... Das Buch ist die Mutter der Bildung. Ohne Bücher kann man heute nicht einen Schritt tun... Mein Vater, Allah hab ihn selig — Allah soll unsere Toten selig haben — wollte unbedingt, daß ich studiere und Wissenschaftler werde, was weiß ich, Schriftsteller oder so. Und mein Onkel begann, sobald er mich sah, zu schimpfen und meinte, ich sei der einzige, der den Namen der Familie beschmutze. Denn wirklich, in unserer Familie haben alle studiert, nur ich habe mich als Taugenichts erwiesen. Was soll ich tun, ich habe es nicht geschafft zu studieren, und nun komme ich so in etwa über die Runden. Unsere gesamte Verwandtschaft hat studiert, aber ich weiß nicht, wie es zugeht, daß diese Studierten oft zu mir kommen und sich etwas borgen, beteuern, daß ihr Geld knapp sei.« Nadir lachte schallend... »Ach, Muhtar Müellim, das ist doch nur ein Spaß, nur Gerede um seiner selbst willen. Aber mein Onkel ist wirklich ein großer Mann. Er ist im wahrsten Sinne ein Wissenschaftler. Apropos, er arbeitet auch im Verlag, vielleicht kennen Sie sich? Er heißt Dadaş.«

Zaur dachte, natürlich Dadaş, wie kam es, daß ich bis jetzt nicht herausgefunden habe, wem dieser Mann ähnlich sieht? Diese kurzen Hände, diese dicken kleinen Finger.

»Dadaş Cabbarov«, bestätigte er.

»Kennen Sie ihn?«

»Wir arbeiten zusammen«, sagte Zaur und dachte, das wäre es, alles ist auf einen Punkt zusammengekommen. Alle Fäden sind miteinander zu einem Knoten verbunden. Nun wird Nadir noch ein paar Geschichten erzählen, und dann wird sich herausstellen, daß er Tehmine näher kennt.

»Was für ein Zufall«, sagte Nadir, »diese Sache darf man nicht einfach übergehen. Diese Sache müssen wir feiern. He, Arif«, rief er, »bring uns mal den Wodka!«

Aber Muhtar sagte:

»Nein, nein, ich trinke nichts mehr, ich muß gehen. Ich habe es eilig. Das nächste Mal. Aber das müßt ihr selber wissen, vielleicht wollt ihr zusammen trinken. Vielleicht, ich muß gehen.«

»Nein«, sagte Zaur, »ich hab' es auch eilig.«

Nadir sagte: »Bitte, ihr brecht mir das Herz, laßt wenigstens die leeren Teller wieder auffüllen, ein paar Spieße heißes Röstfleisch verzehren, ein bißchen Wodka; die Arbeit läuft nicht davon...«

Aber Muhtar stand langsam auf, ohne ihm zuzuhören und sagte: »Verzeiht, einen Augenblick«, ging irgendwohin und kam nach einer Minute zurück.

»Zaur, geh'n Sie?«, fragte er.

»Ja, ich gehe«, sagte Zaur und stand auf und zu Nadir gewandt: »Wieviel müssen wir bezahlen?«

»Es ist schon bezahlt«, sagte Muhtar.

»Wie?« Nadir sprang auf. »He, Arif, du Schamloser, schämst du dich nicht und nimmst Geld von Muhtar Müellim?«

Arif zuckte den Kopf und sagte:

»Was soll ich tun, Nadir Müellim. Muhtar Müellim hat gesagt, wenn ich es nicht nehme, dann werde er nie wieder einen Fuß über unsere Schwelle setzen.«

»Muhtar Müellim, du kränkst mich«, sagte Nadir, »ich habe doch bestellt, warum begleichst du die Rechnung? Ich wollte euch einladen.«

»Wir sind doch keine Frauen,« sagte Muhtar, »die du einladen kannst«, lächelte und warf Zaur einen Blick zu, »ich habe mich nach Zaurs Methode verhalten. In Moskau hat er mich einmal genauso eingeladen, und ich wollte ihm nichts schuldig bleiben. Auf Wiedersehen, Nadir, ich warte auf das Bier.«

»Bestimmt«, sagte Nadir; aber man merkte, daß er ziemlich geknickt war, denn er hatte weder Muhtar noch dem Arbeitskollegen seines Onkels Dadaş seine Großzügigkeit unter Beweis stellen können.

Zaur und Muhtar gingen schweigend auf dem Boulevard nebeneinander her. Dann durchbrach Muhtar die Stille:

»Sie wundern sich vielleicht... Sie wundern sich über meine Bekanntschaft mit solchen Männern — ich meine Nadir. Die Sache ist die, daß mich alle Typen von Menschen interessieren — die Guten wie die Schlechten, die Dummen wie die Klugen, die Sauberen wie die Säufer. Es ist wie eine Sucht, mich mit verschiedenen Leuten zu treffen, Kontakte zu knüpfen, zuzuhören und zu versuchen, ihre Art, zu denken und zu leben, zu verstehen.«

»Wozu das?« fragte Zaur.

»Was weiß ich«, erwiderte Muhtar, »nach all den Jahren verstehe ich mich selbst und meine Mitmenschen noch schlechter als zuvor. Ich weiß nur, auf dieser Welt gibt es viele Fragen und wenige Antworten.«

Sie verließen den Boulevard.

»Woher sollen wir jetzt ein Taxi bekommen?« fragte Muhtar.

»Von hier aus fahren alle Taxis in Richtung Bayıl.«

»Gut, aber Sie haben mir nicht gesagt, warum Sie mich angerufen haben«, sagte Zaur.

»Ach ja. Ich dachte mir doch, daß ich Ihnen noch etwas sagen

wollte... die Sache ist die... He Taxi!« rief er, »Taxi!«
Das Auto hielt genau neben ihnen.

»Verzeihen Sie«, sagte Muhtar und stieg in das Auto, »ich habe es sehr eilig, bin eigentlich schon zu spät, morgen Abend rufe ich Sie an, dann können wir uns unterhalten. Gut?«

Das Auto fuhr los. Zaur spürte, wie der schwere Nebel des Alkohols seinen Verstand immer stärker umhüllte. Träge schritt er in Richtung Tehmines Wohnung: nach Hause.

13

Das Seufzen war mein Atembegleiter; wie schade,
Daß es schließlich vor Abscheu meine Kummerhütte verließ.

Niemals war er diese Stufen mit derart banger Erwartung, so träge hinaufgestiegen. An der Tür wurde er ein wenig aufgehalten — der Schlüssel, den er aus der Tasche zog, wollte nicht passen.

Schließlich öffnete er die Tür und betrat die Wohnung. Tehmine war zu Hause. Zaur ging hinein und wusch sich die Hände. Dann betrat er das Zimmer und setzte sich auf einen Stuhl. Sie saß auf dem Stuhl gegenüber und rauchte.

»Willst du nichts essen?« fragte sie.

»Nein, ich habe schon gegessen«, sagte Zaur und zog eine Zigarette hervor. Beide rauchten. Keiner wollte das unausweichliche Gespräch beginnen.

Schließlich fragte Zaur:

»Du warst gestern bei Dadaş?«

Tehmine nickte bestätigend:

»Sie hatten mir Dadaş als Boten geschickt«, sagte sie, »deine Eltern... um zu einem Einverständnis zu kommen. Also ich gebe dich an deine Eltern zurück, als Gegenleistung lassen sie mich in Ruhe, werden sie mich nicht mehr belästigen.«

»Seltsam«, sagte Zaur, »ich bin also eine Ware, mit der ihr ein Tauschgeschäft treibt.«

»Das hängt ganz von dir ab.« Zaur kam es vor, als ob Tehmine mit diesen Worten eine seiner Schwachstellen berühren wollte.

»Vielleicht habe ich nicht den Wunsch, dich mit Gewalt zu halten«, sagte sie, »du bist von dir aus in mein Haus gekommen, und du hast das Recht, mich zu verlassen, wann immer du willst.«

»Ist das Feuer der Liebe erloschen?« fragte er, Dadaşs Worte aufgreifend.

Sie erwiderte gereizt:

»Was hat das Feuer der Liebe damit zu tun? Die Welt wurde nicht nur auf dem Feuer der Liebe errichtet.«

Das waren ganz und gar Dadaşs Gedanken.

»Nur eine Sache ist mir unklar«, sagte Zaur, »warum mußt du Angelegenheiten, die uns beide angehen, mit Dadaş erörtern? Was ist Dadaş für dich — dein Onkel, dein Vater, oder was?«

Tehmine sagte betrübt:

»Ich habe, im Gegensatz zu dir, weder Vater noch Mutter.«

Zaur fuhr sich durch die Haare, dann rieb er sich die Augen.

»Und warum sprichst du mit diesem Dadaş über unsere Angelegenheiten?«

»Ich habe es dir doch gesagt, auf Anregung deiner Mutter. Wenn es sich nur um Dadaş handelte, wäre der Kummer halb so groß. Irgendwie haben sie auch einen Bekannten Muhtars aufgetrieben. Muhtar soll mich gestern abend wegen dieser Sache gesucht haben.«

Diese Nachricht kam für Zaur nicht unerwartet. Denn was sonst sollte Muhtar mit ihm zu besprechen haben?

»Sie hat gestern sogar Medine angerufen.«

»Medine?«

»Ja«, sagte Tehmine und fügte spöttisch hinzu: »Aber dieser Anruf lohnte sich wenigstens; Medine hat ihr ordentlich die Meinung gesagt. Deine Mutter kennt sie noch nicht, aber Medine setzt ihr beim Streiten eher noch eins drauf.«

»Was hat Medine für ein Recht, meine Mutter zu beschimpfen?« Zaur fühlte, daß seine Nerven bis zum Zerreißen gespannt waren, er zitterte vor Wut und fühlte, daß sich die Spannung auch auf Tehmine übertrug.

»Hat deine Mutter vielleicht das Recht, Medine eine Kupplerin zu nennen? Was für eine Unverschämtheit. Medine ist nicht verheiratet, ja und. Nur weil sie keinen Mann hat, kann man sie doch nicht beschimpfen, wie man will? Was fehlt Medine im Vergleich zu deiner Mutter? Sie ernährt sich selbst und zieht ihr Kind groß. Ich wußte gar nicht, daß deine Mutter auch, genau wie Medine, in ihrer Jugend als Typistin gearbeitet hat. Schließlich hatte sie Glück, konnte heiraten — aber Medine hatte kein Glück.«

»Still, sei still«, sagte Zaur, »sprich nicht so über meine Mutter!« Er brüllte fast.

»Aber mit welchem Recht demütigt deine Mutter Medine, wer hat ihr dieses Recht gegeben?« Auch Tehmine brüllte und zitterte vor Zorn: »Kupplerin.«

»Recht hat meine Mutter, deine Medine ist eine Kupplerin«, sagte Zaur.

Noch nie hatte er Tehmine mit solch wütendem Gesichtsausdruck gesehen.

»So also. Kupplerin... Und ich bin also eine aus ihrer Dienstschaft.«

»So etwas habe ich nicht gesagt.«

»Aber gedacht hast du es. Schon immer hast du das gedacht. Seit den ersten Tagen unserer Beziehung hast du so gedacht. Für

166

eine Hure hast du mich gehalten. Deshalb wolltest du mich haben. Du hast gedacht, was ist dabei, sie ist eine von den Gefügigen. Zuletzt hat dich dieser Gedanke auch in unserer glücklichsten Zeit innerlich zerfressen — du hast ständig an mir gezweifelt. Betrug und Verrat hast du von mir erwartet. In der Tiefe deines Wesens hast du mich immer für ein einfältiges Frauenzimmer gehalten. Auch jetzt läßt dir dieser Gedanke keine Ruhe. Deshalb bist du noch ein hilfloses Kind und kein Mann.«

Zaur vergoß alles Gift, das er in sich hatte:

»Natürlich, Dadaş ist ein Mann, Spartak, der Metzger Fazıl«, sagte Zaur, »in deiner Welt.«

Tehmine wurde totenbleich:

»Steh auf und verschwinde von hier! Geh zu deiner Mutter und deinem Moskwitsch!«

Zaur wußte selbst nicht was geschah: plötzlich ohrfeigte er Tehmine. Sie hielt sich die Hände vor das Gesicht, sprang auf und lief aus dem Zimmer. Auch Zaur stand auf und ging in den Flur. Langsam schritt er zur Haustür, dann kehrte er zurück, zog den Schlüssel aus seiner Hosentasche und legte ihn auf die Kommode. Als er wieder im Flur stand, warf er einen flüchtigen Blick in die Küche: Tehmine saß regungslos hinter dem Küchentisch und hielt das Gesicht mit den Händen bedeckt.

Zaur warf die Tür hinter sich zu und ging.

✳ ✳ ✳

Man kann es doch nicht vergessen, man kann es doch nicht vergessen, man kann doch nicht vergessen, daß dies nur ein Spiel ist... Seit seiner Pubertät, den Monaten, Jahren, in denen er zum erstenmal die Welt der Frauen betrat, hatte er dies erkannt. Er vergaß diese Regel nicht — in wahren oder falschen, kurzen oder langen, zufälligen, flüchtigen oder tiefen, langwierigen Verbindungen. Wie kam es, daß er als Erwachsener diese Lebenserfahrung plötzlich vergaß? Warum ließ er zu, daß ihn ein Affekt beherrschte, seinen Willen fesselte? Er durfte nicht vergessen, daß all dies nur Teil eines flüchtigen Spiels war. Er vergaß es doch und hatte nun die Strafe zu zahlen... Wie kam es nur, daß er sich täuschen ließ, daß er die Spielregeln verletzte, das Spiel mit Liebe verwechselte? Sobald er es als Liebe betrachtete, wurde es gnadenlos, wurde es zur Qual. Du dachtest, es sei ein Wunder geschehen? Liebe und so... nur in Büchern und Kinos gibt es so etwas, oder, wenn es im Leben geschieht, dann mit siebzehn bis neunzehn, spätestens neunzehn Jahren, später nicht. Aber du bist mit vierundzwanzig Jahren so getäuscht worden. Wie konntest du nur die schmerzhaften Lehren deiner Jugendzeit vergessen?

Von wirren Gedanken geplagt, lief er durch die Straßen, bis er in menschenleere und dunkle Gassen kam. Hier begann die Wüste und Einöde...

14

Trage keine Salbe auf, und heile nicht die blutende Wunde in
[meiner Brust,
lösche nicht das Licht, das deine Hand entfachte!

Zuerst schien es ihm, als würde er seinen eigenen Moskwitsch fahren, dann aber erkannte er den weinroten Wolga. Zaur saß fast nackt, nur mit einem Unterhemd bekleidet, am Steuer und fuhr durch eine breite und belebte Straße. Zuerst kam es ihm vor, als wäre dies die Leningrad-Hauptstraße in Moskau. Dann sah er jedoch, daß er die Nerimanov-Hauptstraße in Baku entlangfuhr. Hinter einer Ecke erschienen plötzlich Polizisten, die ihm Zeichen gaben, anzuhalten. Er stoppte jedoch nicht, denn er hatte erstens ein fremdes Auto gestohlen, zweitens seinen Führerschein nicht dabei, drittens hatte er nur ein Unterhemd an, und viertens war er auch noch betrunken. In einem Lokal hatte er »Extra«-Wodka und tschechisches Bier getrunken. Dann war da noch ein fünftens, sechstens, siebtens, achtens. Jemand schien alle Vergehen genauestens zu zählen, und Zaur verstand, daß er träumte. Dann hatte er den Eindruck, als sei er aufgewacht und führe nun tatsächlich Auto, und mit Entsetzen bemerkte er, daß er nicht allein war. Wann hatte er diesen Menschen einsteigen lassen? Auf dem Rücksitz saß unzweifelhaft jemand; und dann wußte er plötzlich, daß es Tehmine war. Zwei Polizeimotorräder verfolgten sie. Er wollte ihnen um jeden Preis entkommen und sich retten, denn wenn er gefaßt würde, gäbe es eine Blamage — der Sohn eines Professors hatte das Auto seines Nachbarn Spartak gestohlen. Am hellichten Tag sitzt ein spärlich bekleideter Junge hinter dem Steuer eines gestohlenen Wagens, und, als wenn dies noch nicht reichen würde, hat er die Frau seines Arbeitskollegen Dadaş dabei. Erst kürzlich hatte sie sich von ihrem früheren Mann Muhtar scheiden lassen und Dadaş geheiratet. Ein Mann, der Dadaş zum Verwechseln ähnlich sah, richtete einen Gewehrlauf auf seinen Nacken, wartete nur noch, bis das Auto langsamer würde. Zaur erhöhte die Geschwindigkeit, drückte das Gaspedal bis zum Bodenblech durch — bis er die Höchstgeschwindigkeit erreicht hatte. Aber irgendwie begann sich die Geschwindigkeit allmählich doch wieder zu verringern, und in diesem Augenblick drückten zwei Schützen in Polizeiuniformen ab, die beide Dadaş ähnlich sahen. Seltsamerweise enthielten die Patronen keine Kugeln, sondern Samen. Tehmine behauptete, dies seien Rosensamen. Plötzlich kam ihnen von der gegenüberliegenden Seite ein Motorradfahrer entgegen, und dann waren sie alle anwesend: Spartak, sein Vater Murtuz, Medine und auch Muhtar.

Plötzlich legte Tehmine von hinten ihre Arme um Zaurs

Nacken und begann, ihn zu würgen. Zaur nahm die Hände vom Steuerrad, um sich zu befreien. Daraufhin riß sie das Lenkrad mit einer ruckhaften Bewegung nach links, so daß der Wagen auf einen tiefen Abgrund zuraste.

»Was ist los, Mann, was schreist du so?« Azer Merdanov, der einen Pyjama mit breiten Streifen trug, lehnte lachend im Türrahmen.

»Du hast wahnsinnig laut geschrien. Hattest du einen Alptraum?«

»Hab' ich geschrien?«

»Und wie. Ich hab' es im anderen Zimmer gehört und bin aufgewacht.«

Vereinzelte Regentropfen klopften an das Fenster, das sich am Kopfende von Zaurs Bett befand.

»Entschuldige, daß ich dich aufgeweckt habe«, sagte er, streckte den Arm aus und nahm sich eine Zigarette.

Azer löschte das Licht und ging in sein Zimmer zurück.

Gestern war er, die Straßen durchstreifend, hierher geraten, in die Wohnung eines alten Studienfreundes. Durch einen glücklichen Zufall war Azer an diesem Abend zu Hause. Er ahnte noch nichts von Zaurs Schwierigkeiten. Zaur hatte nur gesagt, er möchte aus gewissen Gründen für ein paar Tage bei ihm bleiben, sofern dies möglich wäre und Azer keine Unbequemlichkeiten bereite.

»Was für Unbequemlichkeiten, was redest du da, bleib ein ganzes Jahr, wenn du willst! Ich bin ohnehin in sechs Tagen auf einer Expedition.«

Vielleicht war Zaur nicht ganz zufällig hierhergekommen. Schließlich wußte er von Azers Junggesellenleben und seiner Gastfreundschaft; aber vielleicht war sein Wunsch, mit Azers Hilfe in die Expedition aufgenommen zu werden, der wahre Grund. Am Abend unterhielten sie sich lange über dieses Thema.

»Ich kann mal mit İdris sprechen«, sagte Azer, »mal sehen, was er dazu sagt.« İdris war ein bekannter Geologe, bei dem sie beide studiert hatten.

»Wahrscheinlich hat dich İdris noch nicht vergessen«, sagte Azer, »mir kommt es vor, als könnte man die Sache hinkriegen. Ich könnte ihn bei der nächstbesten Gelegenheit ansprechen.«

Sie tranken Sadıllı-Wein, aßen Rührei, das Azer zubereitet hatte, und sprachen über alles mögliche auf der Welt — über die Expedition, bei der Azer arbeitete, über Geologie allgemein, über die Jahre an der Universität, die alten Freunde, die Fußballmeisterschaften, über Frauen, über die Notwendigkeit, eine Familie zu gründen, über die Freuden, die man als Sohn von seinem Vater empfing und über anderes. Zaur erwähnte mit keinem Wort die Ereignisse, die sich in den letzten Monaten in seinem Leben zugetragen hatten. Als wären diese Dinge nie geschehen...

✳ ✳ ✳

»Ich habe Ihre Bitte erfüllt. Die drei Tage sind vorbei; heute ist Montag, heute möchte ich mein Gesuch dem Direktor übergeben.«

»Du willst also tatsächlich raus«, sagte Dadaş, »aber hast du schon überlegt, wo du arbeiten willst?«

»Ja, ich hab' es mir überlegt, machen Sie sich keine Umstände. Ich werde an einer geologischen Expedition teilnehmen.«

Dadaş schwieg lange und blickte ihn dann zweifelnd an.

»Gut, wie soll ich deinen Eltern die Nachricht überbringen?«

»Eine Erklärung ist nicht nötig«, sagte Zaur, »ich werde diesen Abend meinen Vater selbst aufsuchen.«

✳ ✳ ✳

Sogar die fußballspielenden Kinder, die ihn sahen, blieben stehen, und der allerkleinste trennte sich von ihnen, lief nach Hause, um die Neuigkeit zu melden. Zaur war vollkomen ruhig — er ging durch den Hof und stieg langsam die Treppen hinauf. Die Nachbarn lugten vorsichtig hinter den Gardinen hervor. Zaur meinte, den kahlen Kopf von Murtuz Balayeviç gesehen zu haben.

Er näherte sich der Tür, an der das rechteckige Kupferschild mit »Professor M. Zeynallı« angebracht war. Als er auf die Klingel drückte, war es vollkommen ruhig, aber dann hörte er eilige Schritte hinter der Tür.

Die Tür öffnete sich, er sah seine Mutter und verstand sofort, daß sein Besuch erwartet wurde. »Dadaş hat es ihr erzählt«, fuhr es ihm durch den Sinn.

»Schön, dich zu sehn, Mutter«, sagte er.

Seine Mutter erwiderte leise:

»Schön, dich zu sehn«, und fügte hinzu, »komm doch herein«.

Er ging in den Flur, und während er seinen Mantel auszog, erstaunte ihn das Verhalten seiner Mutter — sie jammerte nicht, kein Schreien, kein Weinen, kein Beschimpfen, keine Umarmung und keine Gefühlsausbrüche. Es war ein ganz gewöhnliches, schlichtes Treffen — als sei nichts geschehen.

»Wie geht es meinem Vater?« fragte Zaur.

»Im Moment ganz gut«, sagte sie und fügte noch hinzu: »Es hat uns ganz schön erschreckt, sein Blutdruck ist gestiegen, und sein Herz hat geschmerzt.«

Zaur betrat das Zimmer seines Vaters. Mecid saß am Tisch und arbeitete. Er sah seinen Sohn, stand auf und reichte ihm die Hand. Dann setzten sich beide, und Ziver Hanım ging hinaus, um Tee aufzusetzen.

Die Stille wurde von Zaur durchbrochen:

»Wie geht es dir?«

Mecid sprach ohne Pausen, von seiner Krankheit, den Besuchen der Ärzte, von den Medikamenten, und beide verstanden, daß der eigentliche Zweck dieses belanglosen Geredes darin bestand, Zeit zu gewinnen, um die Fremdheit zwischen ihnen allmählich aufzuheben, die verlorene Herzlichkeit wieder aufleben zu lassen.

Ziver Hanım kam zurück, ihre Augen waren inzwischen gerötet, aber trotzdem strahlte sie. Den Tee tranken sie Schluck für Schluck und sprachen über Mecids Krankheit. Ziver Hanım gab zwischendurch Zaur über die Ereignisse in der Familie Auskunft, erzählte, wer angerufen hatte, von wem ein Brief angekommen war. Beiläufig ließ sie Zaur wissen, daß seine Wohnung im Genossenschaftshaus fertiggestellt war, und meinte, in diesen Tagen würde sie übergeben werden. Die Verträge seien bereit, jemand habe es mit eigenen Augen gesehen.

Sein Vater war von diesem Gespräch offensichtlich müde geworden und sah immer öfter zu den aufgeschlagenen Büchern auf seinem Schreibtisch. Zaur stand auf, ging, ohne sich von seinem Vater zu verabschieden, hinüber in das andere Zimmer. Ziver Hanım folgte ihm, und in diesem Moment erblickte er Angst und Aufregung in ihren Augen. Seine Eltern wußten nicht genau, was er mit seinem Besuch bezweckte. Hatte er seine Beziehung zu Tehmine ein für allemal abgebrochen, oder wollte er seine Eltern nur kurz sehen?

Diese Ungewißheit war bedrückend und ließ ihren Geduldsfaden reißen:

»Ich habe die Möbel umgestellt«, sagte sie. »Willst du baden?«

Mit einem knappen »Ja« beantwortete er nicht nur ihre Frage, sondern beendete auch die peinliche Situation.

* * *

Nach dem heißen Bad konnte er sich nichts Schöneres vorstellen, als sich in sein Bett zu legen und die Wände des vertrauten Zimmers, von denen er jeden Zoll, jede Einkerbung kannte, zu betrachten. An einer Stelle hingen Photos, die er irgendwann einmal gemacht hatte. Neben sein Bett, auf das Nachtschränkchen, hatte sie die Zigarettenschachtel und das Feuerzeug, den Aschenbecher, das japanische Radio und das Tonbandgerät gelegt. Ohne sich zu erheben, brauchte er nur die Hand auszustrecken, um Musik zu hören, zu rauchen, sich seinen Träumen hinzugeben. Er war verrückt nach solchen Geräten, er liebte es, stundenlang an Aufnahmegeräten zu spielen, sich mit Photographie zu beschäftigen. Als er jedoch ein Auto bekam, hatte er diese Hobbies vernachlässigt. Sein Hauptinteresse lag nun in der Beschäftigung mit Automotoren. Darum hatte er auch den Sport völlig vergessen, obwohl er mittlerweile in einem Alter war, in dem er, würde er nicht ständig Sport treiben, plötzlich einen Bauch wie Dadaş bekäme.

Als ihm Dadaş Name durch den Sinn fuhr, klingelte das Telefon, und Zaur zuckte zusammen. Im selben Moment dachte er jedoch, es gäbe keinen Grund, wegen jedes Telefonanrufs zusammenzuzucken und sich aufzuregen. Er würde weder Männerstimmen, die mit Tehmine sprechen wollten, noch die Beschimpfungen und Drohungen seiner Mutter anhören müssen, und niemand würde, ohne ein Wort zu sagen, den Hörer einhängen.

Er nahm den Hörer ab:

»Ja.«

»Zaur?«

»Ja.«

»Können Sie sprechen«, fragte Medine, »oder wollen sie mich von außerhalb anrufen?«

»Nein, weshalb, ich kann sehr wohl sprechen«, erwiderte er mit kalter Höflichkeit.

»Seit drei Tagen suche ich Sie und kann Sie nicht finden, weder im Verlag, noch zu Hause.«

»Was ist denn passiert?«

»Ich weiß nicht, Zaur«, sagte sie nervös, »ich weiß nicht, ob wir uns am Telefon darüber offen unterhalten können. Sie haben doch keinen Zweitapparat?«

»Nein.«

174

»Wissen sie... Tehmines Zustand ist ungemein schlecht.«

»Warum, was ist denn passiert?«

»Wie, was ist passiert? Ihr Zustand ist nicht wie er sein sollte... Natürlich weiß sie nicht, daß ich Sie anrufe. Sie hätte es nicht zugelassen, aber seit Sie fort sind, ist sie wie verrückt. Ich habe sogar Angst, daß sie sich etwas antut.«

»Wovon reden Sie?« In Zaurs Ton lag Spott.

»Gestern Nacht bin ich aufgewacht — ich weiß nicht, ob es drei oder vier Uhr oder noch später war — ich sah Licht brennen. Außerdem war Musik zu hören. Ich stand auf und ging zu ihr. Sie saß auf dem Sofa, hatte die Arme um die Knie gelegt, hörte Musik und trank. Eine ganze Flasche Cognac hatte sie alleine ausgetrunken.«

»Was regen Sie sich da auf«, sagte er, »gibt es ein besseres Amüsement?«

Medine sagte ungeduldig:

»Mensch, Zaur, warum spielen Sie den Unwissenden? Verstehen Sie nicht, daß Tehmines Zustand sehr schlecht ist? Sie hat mir gesagt, sie wolle sich umbringen.«

Zaur war verstummt.

»Warum verstehen Sie das nicht? Sie liebt Sie doch. Mehr als alle anderen liebt sie Sie.«

»Ja, mehr als alle anderen«, wiederholte Zaur, »genau da liegt das Problem, 'als alle anderen' , bei 'alle anderen' liegt das Problem.«

Medine überhörte diese Bemerkung.

»Wissen Sie denn nicht, daß sie sich Ihretwegen von ihrem Mann getrennt hat?«

»Hören Sie doch davon auf«, sagte Zaur. Er wollte sich nicht von neuem diesen Dingen zuwenden; aber um sich ganz beruhigen zu können, mußte er wissen, daß Tehmine kein Unglück zustoßen konnte. Natürlich stellte Medine alles übertrieben dar. In den ersten Tagen ihrer Trennung war auch Zaur nahe daran gewesen, verrückt zu werden, aber nachdem einige Zeit vergangen war, wurde er ruhiger und fand wieder zu sich selbst.

»Kommen Sie morgen zu uns«, sagte Medine, »nicht zu Tehmine, sondern zu mir, in meine Wohnung. Lassen Sie uns ein ausführliches und vernünftiges Gespräch führen. Hier liegt irgendwie ein Mißverständnis vor, wirklich, irgendjemand ist zwischen Sie geraten... das Mädchen tut mir sehr leid...«

»Gut«, sagte Zaur, »ich wünsche Ihnen eine gute Nacht.«

»Gute Nacht. Aber erzählen Sie ihr nicht, daß ich Sie angerufen habe.«

Durch dieses Telefongespräch war ihm der erste Abend zu Hause gründlich verdorben. Er hatte sich fest vorgenommen, alles Vergangene ein für allemal zu vergessen und fürchtete nun, daß alles von vorne begänne. Natürlich hatte er nicht vor, am morgigen Tag zu Medine zu gehen. Zaur zündete sich eine Zigarette an, wollte über andere Dinge nachdenken, aber wie sehr er sich auch bemühte, es gelang ihm nicht. Immerzu hatte er Tehmine vor Augen. Ihr Zimmer, ihr Sofa, wie sie, die Arme um die Knie gelegt, auf dem Sofa sitzt, Musik hört, Cognac trinkt und leise vor sich hin weint. Vielleicht sollte ich sie anrufen. Da ist das Telefon, neben deiner Hand, den Hörer abnehmen, sechs Nummern wählen, mehr nicht. Ich rufe an und rede mit ihr. Oder ich rede überhaupt nicht, höre ihre Stimme und lege auf. Aber wenn sich auf einmal niemand meldet? Wenn sie auf einmal nicht daheim ist? Heute ist Sonntag, sie arbeitet nicht, sie muß zu Hause sein. Vielleicht ist sie doch nicht daheim? Wenn sie nicht zu Hause ist, wo ist sie dann, um diese Zeit? Das hieße, ich müßte darüber nachdenken, wo sie sich aufhält. »Das beste ist, ich rufe sie gar nicht erst an. Vielleicht morgen.« Morgen würde er bestimmt anrufen — dieser Gedanke erfreute ihn, als hätte er jemanden, den er verloren und den er wiederzusehen nie gehofft hatte, plötzlich getroffen. Morgen würde er anrufen und sich entschuldigen: anscheinend habe er die Ohrfeige ungerechtfertigt ausgeteilt. Dann schlüge er vor, sich zu treffen. Wenn Tehmine sich wegen ihrer Trennung wirklich gräme, wenn sie tatsächlich litte, würde sie bestimmt einem Treffen zustimmen. Überhaupt könnten sie sich in Zukunft öfters treffen, aber in einer ganz anderen Form. Er würde nunmehr nüchtern sein und in keine Falle mehr tappen. Seine armen Eltern dürfte er keinesfalls mehr verletzen; weder ihr Alter noch ihr Gesundheitszustand würden dies zulassen. »Wenn du dich treffen willst, sehr gut, das paßt mir, aber unsere Treffen müssen heimlich sein, niemand darf davon wissen. Und wir beide sind uns genau im klaren darüber, daß diese Treffen mit Liebe nichts zu tun haben — ein rein geschlechtliches Verhältnis zwischen Frau und Mann, mehr nicht...« Und darum wäre es durchaus nicht seine Sache, Tehmine anzurufen. Mit einem Wort, ihr Verhältnis sollte wieder genauso werden, wie es am Anfang war. Welchen Grund könnte sie haben, nicht einverstanden zu sein? Hatte Medine nicht gesagt, sie wolle sterben? »Gegen Abend rufe ich sie an... also morgen werde ich sie anrufen...« Mit diesem angenehmen Gedanken glitt Zaur in den Schlaf.

Er wachte früh am Morgen auf, wusch sich und ging in die Küche. Als Ziver Hanım ihrem Sohn Tee einschenkte, sagte sie: »Weißt du, daß dir dein Vater ein Geschenk gekauft hat? Er hatte sich vorgenommen, es dir an dem Tag zu geben, an dem du zurückkehrst, aber er scheint sich zu genieren. Er bat mich, ich solle es dir sagen.«

Sie übergab ihm einen kleinen Schlüssel und sagte: »Geh und schau, er steht in der Garage!«

Als Zaur in die Garage lief, war er ganz aufgeregt; nein, er hatte sich nicht getäuscht, in der Garage stand an der Stelle des alten Moskwitsch ein blinkender, funkelnagelneuer Wolga.

Zur Mittagszeit tranken er und sein Vater ein Gläschen Wein. Mecid nahm einen Schluck, stieß ohne einen Trinkspruch mit

Zaur an, und Zaur verstand, daß sein Vater sein Glas auf seine Heimkehr erhob. Dann tranken sie auf eine rasche Genesung seines Vaters. Sie tranken auf Ziver Hanıms Wohl und dankten für den schmackhaften Pilav. Sogar auf die Genossenschaftswohnung tranken sie.

Später zog sich sein Vater ins Arbeitszimmer zurück. Zaur meinte, er würde mit dem Wagen gerne einmal ausfahren.

Seine Mutter sagte aufgeregt:

»Du hast doch getrunken.«

»Was hab' ich schon getrunken, zwei, drei Gläser leichten Wein, nennst du das trinken? Ich komme bald zurück.«

15

Warum gehst du mit dem anderen im Rosengarten spazieren?
Warum hältst du Zechgelage ab, ziehst dich zurück, verwöhnst ihn?
Ist es etwa mutig, das Gebäude unserer Versprechen niederzureißen?
Wo bleiben, oh du Grausame, deine Versprechen, die du uns gabst?

Wo ließen wir uns denn zuschulden kommen, daß du unser so
[überdrüssig bist?
Wir litten Kummer um dich, und du spielst die Leidensgenossin eines
[anderen.
Ist dies so Sitte bei euch? Nennt man dies Liebe?
Wo bleiben, oh du Grausame, deine Versprechen, die du uns gabst?

So, wie jemand, der abgenommen hat und plötzlich die Weite seines alten Jacketts spürt, so empfand Zaur die Abmessungen seines neuen Autos. Als er den Wolga aus der Garage fuhr, paßte er höllisch auf, daß er die Kotflügel nicht ankratzte. Auf der linken Seite ließ er reichlich Platz, auf der anderen dagegen wenig. Wirklich, das Garagentor war für den Wolga etwas eng, er hätte den Metallrahmen des Tores streifen können. Aber andererseits mußte der Wagen irgendwie durch das Tor gekommen sein. Wer hatte dieses Kunststück wohl fertig gebracht? Plötzlich fiel es ihm ein: Spartak. Natürlich Spartak, denn seine Mutter hatte gesagt, Spartak wolle seinem Vater helfen, den Wagen zu verkaufen. Den Wolga hatte sein Vater bestimmt zusammen mit Spartak ausgesucht, und der Teufelskerl Spartak hatte ihn offensichtlich in die Garage bugsiert.

Als Zaur durch die Straßen fuhr, gewöhnte er sich immer mehr an das neue Fahrgefühl.

Er wußte, daß er sich in kurzer Zeit mit diesem Auto anfreunden würde, er würde jedes Detail und jede Eigenheit kennenlernen.

In seinem Wolga sitzend kamen ihm die bekannten Straßen kurz und eng vor. Sich vor dem engen Straßennetz, den engen Ecken und den Sackgassen in Sicherheit bringend, sich vor unvorsichtigen Fußgängern, den unberechenbaren Ampeln und unübersichtlichen Verkehrsschildern rettend, lenkte er den Wagen in Richtung Stadtrand. Daß er mit der Zeit den Wagen immer mehr beherrschte, registrierte er mit großem Stolz, und als die Verkehrsdichte abnahm, steigerte er die Geschwindigkeit immer weiter, überholte ein Auto nach dem anderen. Nachdem er die breite, ruhige Flughafenstraße passiert hatte, überkam ihn ein Gefühl der Unbeschwertheit. Kaum registrierte er, daß er sich immer weiter von der Stadt entfernte und in die nördlichen Gebiete des Abşeron kam. Ihm fiel ein, daß er seit langem — genauer gesagt, seit den Sommermonaten, in denen er mit Tehmine am Strand war — nicht mehr auf dieser Straße gefahren war. Zum erstenmal konnte er ruhig, ohne Aufregung und Schmerz, über Tehmine nachdenken. Seinen Entschluß von gestern führte er sich noch einmal vor Augen und war sich immer noch sicher, daß es so vernünftig war. Alles muß in diesem Rahmen bleiben, ab und zu würde er Tehmine anrufen und sie würden sich treffen.

Er fuhr durch Küstenorte, sah flache Dächer mit zwei Schornsteinen, die an den Rücken eines Kamels erinnerten, Windmühlen, Mauern, die aus bearbeiteten Steinen errichtet waren, Heckenzäune, Rebstöcke, die über lauschige Lauben gewachsen waren, Sandhäufchen, die der Wind an Mauern aufgetürmt hatte. Diese fremden, traurigen Herbstbilder erinnerten ihn an vergangene Tage — an die ersten Treffen mit Tehmine.

Aus der Ferne sah er die Datscha der Murtuzovs. Er erinnerte sich, wie er einmal mit Tehmine hierhergekommen war, und sie ins Haus gegangen waren. Er bog um das Haus und wäre beinahe mit einem weinroten Wolga, der neben der Haustür geparkt war, zusammengestoßen. Vorsichtig fuhr er seinen Wagen an Spartaks Wolga vorbei.

Als er in der engen Sackgasse gewendet hatte und auf die breite Straße zurückkam, fragte er sich, was Spartak um diese Jahreszeit dort wohl zu tun habe. Dann kam ihm in den Sinn, daß er vielleicht nicht alleine gekommen war. Zaur fuhr die Küstenstraße entlang. Der Himmel war unbewölkt, aber das Dezembermeer und der menschenleere Strand kündigten die letzten Atemzüge des Herbstes und den Beginn des Winters an. Irgendwo am Ufer standen Fischerhütten und Zaur dachte, sich jetzt in solch einer Hütte aufzuhalten, wäre von besonderem Reiz: Auch wenn es am Strand kalt war, hatten die Bewohner nun bestimmt Öfen in den Hütten angezündet und schauten aus den Fenstern auf das Meer. Nach der gefährlichen Weichheit der Küstenstraße vermittelte die Härte der betonierten Landstraße ein Gefühl der Sicherheit. Die Strecke war nahezu unbefahren. Auf beiden Seiten prangten riesige Plakatwände mit Parolen. Auf einem der Schilder las er: »Laßt unser Städtchen vorbildlich sein.« Zaur erhöhte allmählich die Geschwindigkeit. Aus der Ferne näherte sich ein Wagen, es war der weinrote Wolga Spartaks. Auf dem Beifahrersitz saß eine Frau, und als sich die beiden Wagen begegneten, erkannte Zaur, wer diese Frau war. Eine Zeitlang fuhr er noch weiter, aber nach nur zwei- bis dreihundert Metern bremste er scharf, wendete und fuhr zurück.

Der weinrote Wolga hatte sich bereits ein gutes Stück entfernt und war dem Bahnübergang nahe. Zaur vermutete, daß Spartak ihn erkannt hatte und deshalb schneller fuhr. Wahrscheinlich hätte Zaur sie in einer halben Minute eingeholt, aber gerade nachdem Spartak den Bahnübergang passiert hatte, schlossen sich die Schranken. Nun wurde ihm alles klar — er verstand, wieso der Wolga um diese Jahreszeit vor der Datscha gestanden hatte, weshalb Spartak zu fliehen versuchte. Sie hatten das Weite gesucht, denn beide hatten die gleiche Absicht und das gleiche Ziel — davonzulaufen, Zeit zu gewinnen, in diesem Spiel, das Leben genannt wurde, Zaur zu besiegen und zu verhöhnen — den gutgläubigen dummen Zaur hereinzulegen und auszulachen.

»Ach, Zaur, an dem Tag, an dem du zu uns kamst, blühten die Blumen auf, ach Zaur, ich liebe dich so, ich werde dich nicht betrügen«, und so weiter. All die süßen Worte, die Tränen — alles war Lüge: das geschickte Bitten, die Spiele, die Fallen — Listen einer unmoralischen Frau, sonst nichts.

»Dienstag abend habe ich Probe« — Heute ist Dienstag — da finden also die Proben statt. Wahrscheinlich kam sie jeden Dienstagabend zu dieser Datscha, und er lag auf dem Sofa und wartete auf sie... »Das paßt zu einem Idioten wie dir. Du lagst auf dem Sofa und rauchtest, während sie hier, in dieser Datscha, in diesem Zimmer...« Diese Gedanken, die Szenen, die in seiner Vorstellung lebendig wurden, machten Zaur rasend. Am liebsten wäre er mit seinen Wagen in den mit Getöse vorbeieilenden Zug gefahren. Aber gleichzeitig wollte er auf keinen Fall von dieser Welt scheiden, ohne sich an den beiden zu rächen. Sein Zorn auf Tehmine war besonders groß, während er seltsamerweise ohne Haß an Spartak dachte. Spartak war erfahrener, hellsichtiger und fähiger, mehr nicht. Männer wie Spartak konnte man nicht mit irgendeiner heuchlerischen Lüge betrügen. Der war kein Dummkopf wie Zaur, daß er jedes Wort glaubte, jede falsche Liebe für wahr hielt. Er lachte nur über die Spielereien und das freundliche Flüstern Tehmines: »Mit mir nicht!« sagte er, und das machte er gut, bravo Spartak, wie Spartak müßte man mit solchen Tehmines umgehen...

Eine füllige, mit einer dick gepolsterten Jacke bekleidete Frau begann an einem Rad zu drehen, worauf sich die Schranken langsam hoben. Zaur startete, und kurze Zeit später zeigte der Tachometer eine Geschwindigkeit zwischen 130 und 140km/h. Ein wenig später sah er den weinroten Wolga vor der Abzweigung zum Flughafen. Nun war er sich sicher, daß er sie erreichen würde. Er trat das Gaspedal bis zum Bodenblech durch und kam endlich näher. Zaur dachte, wenn er in diesem Moment das Steuerrad nur ein kleines bißchen nach rechts drehte und sich mit Spartaks Wagen verhakte, würden wahrscheinlich alle drei sterben. Dies wäre der logische Schluß einer Tragikömodie.

Doch dann spielte sich alles anders ab. Spartaks Nerven hielten nicht stand, er senkte die Geschwindigkeit, und Zaur schoß an ihrem Wagen vorbei, brachte seinen Wagen nach ungefähr zweihundert Metern zum Stehen und stellte ihn quer zur Fahrbahn.

Zaur stieg aus und ging auf sie zu. Spartak lehnte mit dem Ellbogen an der Wagentür. Er trug einen braunen Anzug, sein Hemd stand weit offen. Im Licht des Sonnenuntergangs glänzten sein Ring und ein goldenes Kettchen, das ihm über der behaarten Brust hing. Dann zog er ein goldenes Zigarettenetui aus der Tasche, steckte sich eine Zigarette in den Mund und zündete sie mit einem Ronson-Feuerzeug an. Zaur war erstaunt, daß ihm in diesem Augenblick keine Kleinigkeit entging. Aus den Augenwinkeln sah er Tehmine, die regungslos im Wagen saß.

Spartak fragte ihn mit einem leichten Grinsen:

»Was ist passiert? Hast du dein neues Auto ausprobiert? Wirklich, ein wunderbares Gefährt, ich gratuliere, es soll dir viel Freude bereiten.«

Zaur registrierte den Spott hinter seinen Worten, trat an ihn heran und schlug ihm mit der Faust ins Gesicht. Spartak schwankte, fiel aber nicht. Seine Kiefer klappten aufeinander, worauf ihm die brennende Zigarette ins offene Hemd fiel. Mit ungelenken Bewegungen befreite er sich von der Pein. Auf seinem Gesicht war jeder Anflug des überheblichen Lächelns verschwunden. Eilig öffnete er die Wagentür und fuhr mit der Hand in die Manteltasche. Er zog ein finnisches Messer mit einer langen Klinge. In diesem Moment sprang Tehmine aus dem Wagen und hielt Spartak am Arm fest.

»Bitte Spartak, bitte nicht!«

Zaur war klar, wenn Spartak wirklich gewollt hätte, dann hätte er sich leicht aus den Händen Tehmines befreien können, aber offensichtlich lag dies nicht in seiner Absicht. Tehmine drängte Spartak in den Wagen zurück, ging dann, ohne den Kopf zu heben und ohne ein Wort zu sagen, an Zaur vorbei zur anderen Wagenseite und stieg ein. Zaur rührte sich nicht von der Stelle und wartete — er wollte nicht vor ihnen gehen. Schließlich ließ Spartak den Motor an, wendete den Wagen und fuhr in die entgegengesetzte Richtung davon.

»O Allah, was bin ich für ein Idiot, wie kann man nur so dumm sein!« Während er sich der Stadt näherte, wirbelten die Gedanken in seinem Kopf: »Wegen einer solchen Dirne habe ich gelitten und mich gequält... Wie bin ich nur auf die Idee gekommen, man könnte so eine Frau lieben? All die süßen Worte, die Versprechen, waren von Anfang an nur eine List... O Allah, mit Spartak... Schau dir diese Gemeinheit an, was ihr für Lügen eingefallen sind... 'Er parkt sein Auto absichtlich vor meinem Haus.' Wehe dir... dafür gibt es keine Entschuldigung. Ich wäre nicht der Sohn meines Vaters, wenn ich das ungerächt ließe... Wie soll ich es anstellen, sie so zu verletzen, daß nichts von ihr übrigbleibt? Sie hat Spartak umklammert, als wollte sie mich vor seinem Messer schützen, aber ich spucke auf ihn und sein Messer. Seinem Kinn habe ich ein wunderbares Ding verpaßt, und die Zigarette fiel ihm ins Hemd, das war besonders gut... Damals hab' ich auch Tehmine eine gute Backpfeife verpaßt, hat genau gepaßt... Hündin... Wahrscheinlich lachen sie jetzt über mich. Lacht nur, das macht gar nichts, mal sehn, wer zuletzt lacht... Ihr glaubt, ihr habt mich hereingelegt, nicht wahr? Mal schauen, wer am Schluß wen hereinlegt...«

Zaur träumte, stellte sich vor, was in später Zukunft geschehen würde. Eines Tages, irgendwann, in vielen Jahren vielleicht, würde er Tehmine begegnen, Tehmine würde alt und häßlich aussehen, würde ihn sehnsüchtig ansehen und sagen: »Zaurik, du hast dich als der hellsichtigere von uns erwiesen. Du hast uns alle hereingelegt«. Er würde sie von oben herab ansehen und gleichgültig lächeln. Aber was konnte er tun, um sie jetzt schon zu demütigen?

Er fuhr ziellos durch die Straßen. Die Nacht war bereits hereingebrochen.

✳ ✳ ✳

Vor Staunen blieb Ziver Hanım der Mund offen.

»Meinst du das ehrlich?«

»Natürlich«, sagte Zaur, »könnte ich darüber Witze reißen? In letzter Zeit hab' ich viel nachgedacht. Auch die Wohnung ist bereit... deshalb fangt nun mal an mit der Sache.«

»Sehr schön«, sagte Ziver Hanım, »gleich morgen früh wollen wir einen Boten schicken. Aber nicht, daß du deine Meinung später änderst.

»Ich bin doch kein Kind mehr«, sagte Zaur, »mit solchen Dingen darf man nicht spaßen.«

Seine Mutter lief eilig in die Küche und kehrte bald wieder zurück. Offenbar suchte sie irgendetwas, wußte aber selbst nicht was. Sie war völlig durcheinander. Schließlich trat sie zu ihrem Sohn, sah ihm aufmerksam und lange in die Augen und küßte ihn:

»Du bist mein vernünftiger Sohn«, sagte sie, »ich dachte, daß Allah uns gegenüber nicht ungerecht sein würde, ich wußte, daß alles ein gutes Ende nehmen würde... Du bist mein ein und alles ... Weißt du, wie sich dein Vater freuen wird? Von der Familie des Mädchens ganz zu schweigen. Ein regelrechter Feiertag wird das für sie. Das war doch der größte Wunsch Alyas.«

Zaur setzte sich vor den Fernseher und wartete auf das angekündigte Hockeyspiel. »Das habe ich mir wirklich hervorragend ausgedacht«, dachte er bei sich, »wie eine Bombe wird die Nachricht einschlagen, und manche Leute wird sie umhauen. Wirklich, 'Schönes Leben, wie aufregend du bist...' Wie gut du bist, schönes Leben, wie gut es ist, jung, kräftig und gesund zu sein... und frei zu sein, zu tun was man will, an niemanden gebunden zu sein, im Gegenteil. Und dein ganzes Leben soll in der Zukunft liegen... wie schön...«

Und wirklich: war das Leben nicht schön? Er besaß ein wunderbares neues Auto, er würde eine wunderbare neue Wohnung bekommen, er würde sie einrichten können, wie er wollte, von den Expeditionen würde er seltsame Steine mitbringen, in den Wäldern würde er seltene Pflanzen sammeln, auf Tonband die Geräusche der Vögel und des Windes aufzeichnen. Er würde Reisen in ferne Länder unternehmen, von dort würde er interessante Dinge mitbringen — afrikanische Masken, japanische Puppen, indische Holzfiguren. Er würde das ganze Land, die ganze Welt bereisen und daheim eine glückliche Familie haben, eine Frau, so anständig wie eine Rose, ordentliche, wohlerzogene, gesunde und glückliche Kinder. Sollten alle verdammt sein, die ihm dieses Glück verwehrten, sollten sie sich doch verzehren vor Neid.

* * *

Um sieben Uhr kamen sie. Der Cousin Mecids, Professor Behram Zeynallı, Şahin und Ziver Hanıms Onkel. Daß auch Dadaş erschien, erstaunte Zaur, aber Ziver Hanım zog ihren Sohn in die Küche und sagte:

»Bei Allah, reg dich nicht auf! Weißt du, warum wir Dadaş eingeladen haben? Von der anderen Seite kommt Murtuz' Schwager Nemet, er arbeitet doch auch bei euch im Verlag, noch dazu in Dadaşs Abteilung, laß von ihrer Seite einen Angestellten kommen und von unserer Seite seinen Vorgesetzten! Außerdem ist Dadaş nicht auf den Mund gefallen, man muß ihm nicht, wie deinem Vater, jedes Wort aus der Nase ziehen, laß ihn reden und dich loben!«

»Warum muß man mich loben? Als ob sie mich nicht kennen würden.«

»Natürlich kennen sie dich. Aber sie werden nicht alleine sein. Von ihrer Seite kommen wahrscheinlich noch andere Leute, da sollte jemand da sein, der sowohl dich, als auch unsere gesamte Familie umfassend repräsentiert. Deshalb sei Dadaş gegenüber nicht ungehalten, ich bitte dich.«

Zaur erwiderte mit müder Stimme:

»Warum sollte ich ungehalten sein? Ihr sagt Dadaş, und ich sage, so soll es sein.«

Um acht Uhr machten sich die Hochzeitsgäste auf den Weg zu den Murtuzovs. Zaur dagegen begann, Kreuzworträtsel zu lösen. Eine Stadt in Afrika, die mit »C« beginnt, das wollte ihm partout nicht einfallen... Zur Brautwerbung waren ausschließlich Männer unterwegs, während die weiblichen Verwandten mit Ziver Hanım in der Küche redeten. Obwohl Zaur die Worte nicht klar verstand, konnte er sich sehr wohl vorstellen, worüber die Frauen sprachen — manchmal lachten sie laut auf, um dann wieder zu flüstern.

✳   ✳   ✳

»Also, es ist nicht nötig, Zaur besonders zu loben«, setzte Dadaş an, während er schluckweise Tee trank und den Zucker zwischen den Zähnen kaute: »Er ist vor unser aller Augen aufgewachsen. Und seine Familie kennt ihr zum Glück sehr gut. Man sagt, daß einem der Bekannte nähersteht als der Verwandte, aber wenn der Bekannte noch dazu ein Verwandter ist, dann seht, was das für ein Glück ist. Ha, ha, ha, aber Spaß beiseite, Mecid Müellim ist einer unserer bekanntesten Wissenschaftler. Er ist ein gutes Familienoberhaupt. Die Familie — was gar nicht weiter erwähnt werden muß — ist eine der saubersten, besten, liebenswürdigsten, beständigsten und stabilsten Familien. Und der Apfel fällt nicht weit vom Stamm. Ein Junge, der in einer solchen Familie aufwächst, ist ein wertvoller junger Mensch, man kann es betrachten, wie man will; er ist gebildet, wissend, anständig und — dem Alter angemessen — respektvoll. Seit zwei Jahren sind wir Arbeitskollegen, er genießt in der Gemeinschaft, trotz seiner Jugend, großen Respekt. Er hat einen guten Charakter, sein Herz ist rein, vielleicht reiner als nötig. Wie ein Kind ist er. Ich persönlich sehe das nicht als Mangel, sollte es vielleicht jemanden geben, der dies beanstandet, was macht das? Wenn er älter wird, mit Schwierigkeiten konfrontiert wird, werden seine Erfahrungen zweifellos reicher. Wahrscheinlich steht ihm eine große Zukunft bevor. Sie wissen, wir wären wegen eines schlechten Menschen nie als Heiratsboten zu einer würdigen Familie wie Ihrer gekommen. Ich sehe, daß auch mein Freund Nemet Müellim hier sitzt, er ist, wie man sagen würde, von der Seite des Mädchens, aber gleichzeitig sind wir Kollegen, auch Nemet kennt Zaur sehr gut und kann meine Worte bestätigen.«

Nemet murmelte irgendetwas, womit er Dadaş beipflichten wollte.

Murtuz war rot geworden und schnaufte laut vor Rührung, denn es war wahrscheinlich das erste Mal, daß er einen Heiratsboten empfing. Aber sein anderer Schwager, Cabbar, zeigte sich sehr beflissen und bestätigte Dadaş, indem er fortwährend »Ja, ja, schön, schön« murmelte. Schließlich unterbrach Dadaş seine Rede, und Cabbar heftete die Augen auf Murtuz. Als dieser leicht mit dem Kopf nickte, begann Cabbar eiligst hervorzusprudeln:

»Und für uns ist es eine große Ehre, daß so wichtige Leute wie Sie zu uns als Heiratsboten gekommen sind. Wir alle kennen Zaur, er ist ein liebenswürdiger, verständiger junger Mann. Und Sie kennen zweifellos die Familie der Murtuzovs gut. Also wer kennt Murtuz Balayeviç in unserer Republik nicht? Er ist ein bekannter Feldherr, ein Militärfunktionär, seine Tochter Firengiz ist vor unseren Augen aufgewachsen. Es stimmt, bis jetzt haben wir ihre Stimme nicht gehört, sie paßt nicht zu den Mädchen von heute. Wenn man sie zum Sprechen bringt, wird sie rot. Sie ist ein stilles, verschämtes Kindchen. Ich würde sagen, sie ist eine Knospe, ein Sproß — sie hat sich noch nicht, wie eine Rose, geöffnet... Wir alle denken, daß diese hübschen jungen Menschen eine glückliche, schöne Familie gründen werden. Allah möge seinen Segen dazu geben«.

Alle lächelten und stimmten ein: »Allah möge seinen Segen geben.« Eine Minute später brachten Alya, Tahire und Süreyya honigsüßen Tee.

Dadaş, die anderen Boten und die Hausherren begannen traditionsgemäß, lautstark mit den Löffeln im Glas umzurühren. Alle beglückwünschten nacheinander Mecid, Murtuz und Alya, während Dadaş und Nemet ein Gespräch über ihre Arbeit im Verlag begannen.

Um neun Uhr kehrten die Boten lachend und laut redend zurück. Dadaş ging allen voran und gratulierte Zaur. Es schien, als wollte er ihn sogar küssen, aber Zaur wandte sein Gesicht ab, und in diesem Augenblick fiel ihm plötzlich die afrikanische Stadt ein, die mit »C« beginnt: Casablanca. Zehn Buchstaben, natürlich, Casablanca...

* * *

Am nächsten Tag trafen sich die Frauen. Ziver Hanım konsultierte Alya und besprach alles ausführlich. Zaur sollte bereits in einem Monat mit der geologischen Expedition losziehen. Alya Hanım und Ziver Hanım waren besorgt, daß, Allah behüte, irgendetwas Unvorhergesehenes geschehen könnte, wer wußte denn, ob Zaur noch auf andere Gedanken käme. Deshalb kamen sie zu dem Schluß, innerhalb von zehn Tagen sowohl die Verlobung als auch die Hochzeit anzusetzen. Beide Seiten hatten schon lange Vorbereitungen getroffen und alle nötigen Dinge besorgt. Alya trug bereits seit der Geburt des Mädchen eine stattliche Aussteuer zusammen — Stoffe, Bettwäsche, teure Decken, Geschirr, Gold und Silber, Schmuck — was zum Leben nötig war; vom Klavier bis zum Salzstreuer stand alles bereit und wartete auf den großen Augenblick. Ein paar größere Teile waren noch zu beschaffen — ein Kühlschrank, verschiedene Möbel — aber Spartak versprach, alles, was nötig war, innerhalb von drei Tagen aufzutreiben. Von seinem eigenen Geld kaufte er arabische Möbel, eine finnische Kücheneinrichtung und einen »ZIL«-Kühlschrank. Cabbar und Tahire kauften einen Fernseher, Nemet und Süreyya einen kristallenen Kronleuchter...

Auch die Zeynalovs hatten für das Mädchen und ihre Verwandten teure Geschenke besorgt. Für eine prächtige Hochzeit mit siebzig Personen in einem großen Restaurant lag auf einer Bank Geld bereit. Alya hatte gesagt: »Wie es der Brauch will, sollte das Haus des Mädchens die Verlobung und das Haus des Jungen die Hochzeit ausrichten.«

Die diplomatischen Gespräche zwischen Alya Hanım und Ziver Hanım verliefen friedlich und problemlos, und zum guten Schluß lud Alya Hanım die Familie Zaurs zu einem Mittagessen am nächsten Tag ein, zum ersten Besuch.

✳ ✳ ✳

Zaur war auf dem Weg von der Arbeit nach Hause. Es war kalt

geworden, ein Nordwind fuhr einem in die Kleider, und es begann zu regnen. Er hielt seinen Wagen an, stieg aus und befestigte die Scheibenwischer. Da sah er Medine, die gebeugt an der Bushaltestelle stand.

»Medine«, rief er, »kommen Sie, ich fahr' Sie.«

Medine trug einen riesigen und offensichtlich schweren Flechtkorb. Nach der Arbeit war sie wie gewöhnlich zum Markt gegangen und hatte eingekauft. Sie näherte sich eilig, stieg ein und sagte:

»Zaur, Allah hat Sie geschickt, mir ist fast der Arm abgebrochen. Und der Bus will auch nicht kommen, noch dazu dieser Regen und der Wind.«

Zaur fragte lächelnd:

»Nach Hause?«

»Natürlich, ich hab' nicht mehr geglaubt, daß ich mit diesem Korb nach Hause komme.«

»Wie geht es Ihnen?« fragte er.

»Danke, es geht. Das Kind ist etwas krank.«

»Was ist denn passiert?«

»Wahrscheinlich hat es die Grippe, dazu hustet es noch.«

»Im Moment hat die gesamte Stadt Grippe.«

»Ja, wen man auch fragt, alle sind krank«, sagte Medine. »Ist Ihr Auto neu? Meinen Glückwunsch, es soll Ihnen Freude machen.«

»Danke.«

Medine verstummte, sie zögerte, ob sie etwas Bestimmtes sagen sollte. Schließlich, nachdem sie Zaur von der Seite angesehen hatte, kam sie zu dem Entschluß, es ihm zu sagen.

»Ja, ich gratuliere Ihnen, ich habe gehört, daß Sie heiraten.«

»Vielen Dank«, sagte Zaur und zündete sich eine Zigarette an.

Jetzt konnte er auch seinerseits fragen:

»Wie geht es eurer Nachbarin?«

»Tehmine?« fragte sie, als ob noch andere Nachbarn Zaur interessieren könnten. »Auch sie ist krank, die Arme.«

»Was ist es denn? Hat sie auch Grippe?«

»Etwas an der Leber... ihre Krankheit ist jetzt heftiger geworden. Ich sagte doch dem unglücklichen Mädchen: 'Du darfst
nicht trinken!' — aber sie hört nicht auf mich.« Nach einer Pause
fügte sie hinzu: »Ja, haben Sie denn nicht bemerkt, daß sie auch
nicht mehr im Fernsehen erscheint?«

»Ich sehe nicht fern«, sagte Zaur.

»Sie haben ganz recht«, sagte Medine erfreut, »was gibt es denn
schon zu sehen, sie zeigen doch nur dummes Zeug.«

Medine sprach weiter über Fernsehsendungen, aber Zaur wollte das Gespräch in eine andere Richtung lenken. Er fragte sich, ob
wohl Tehmine ihrer Freundin von ihrer denkwürdigen Begegnung auf der Straße zum Flughafen erzählt hatte.

»Liegt Tehmine im Bett?« fragte er.

»Nein, heute geht es ihr etwas besser, vielleicht ist sie sogar zur
Arbeit gegangen.« Sie lächelte plötzlich verschlagen. »Wenn Sie
wollen, können Sie sie heute Abend im Fernsehen sehen«, fügte
sie hinzu.

»Ja, dafür lohnt es sich fernzusehen«, sagte Zaur.

»Ihre Leber ist krank, aber sie trinkt jeden Abend«, wiederholte Medine, »sie trinkt und hört Musik. Mitten in der Nacht
wache ich auf, schaue und sehe, daß Licht brennt und sie Musik
hört.«

Zaur lächelte. Sie erreichten die Straße, in der sie wohnte, kamen an dem Park vorbei, in dem Zaur — sogar das genaue Datum
konnte er angeben — am fünften Juni — mehr als eine Stunde auf
sie gewartet hatte. Schließlich war sie gekommen. Sie trug ein rotes Kleid mit weißen Knöpfen. Dann waren sie zum Meer gegangen, und damit hatte ihr Verhältnis begonnen. Zaur hielt vor
dem Außentor. Genau an diesem Platz hatte Spartak seinen Wagen geparkt, als er ihm den Reifen zerstochen hatte. Medine sagte
plötzlich:

»Zaurik, glauben Sie mir, nur mit Ihnen war die Arme glücklich.« Zaur war über diese Worte erstaunt, aber noch mehr wunderte er sich darüber, daß sie ihn Zaurik genannt hatte. Er zuckte mit den Achseln.

Medine stieg aus und sagte:

»Vielen Dank. Sie haben mich gerettet. Allah möge Sie dafür belohnen.«

»Keine Ursache, was soll das schon gewesen sein«, erwiderte er und fuhr langsam davon.

* * *

Ziver Hanım strahlte: »Komm etwas früher von der Arbeit, Alya Hanım hat uns eingeladen!«

Er nickte.

»Heute war ich bei Alya. Wir haben über alles geredet. Warum sollte man die Sache unnötig verzögern? Şahin soll mit dem Restaurant den Zwanzigsten ausmachen... der Zwanzigste ist ein Freitag...«

Wieder nickte er nur.

»Hast du dich schon mit Firengiz getroffen?«

»Nein, warum?« fragte er erstaunt.

»Was heißt, warum? Sie ist nun deine Verlobte. Triff dich doch mit ihr, und nimm sie mit ins Kino, Theater oder Konzert!«

»Wir sind aber noch nicht offiziell verlobt«, widersprach Zaur, »was würden die Leute dazu sagen... das wäre nicht gut...«

Entweder hatte seine Mutter den leichten Spott nicht verstanden, oder sie überging ihn nur:

»Das stimmt«, sagte sie, »morgen gehen wir zu ihnen hin und machen den Anfang. Dann kannst du sie öfters besuchen. Es ist ohnehin nicht mehr lange bis zur Verlobung und Heirat.« In ihren Augen lag Freude und Stolz, und Zaur empfand Mitleid mit ihr. Ziver Hanım konnte nicht mehr an sich halten und deklamierte in ihrer Liebe zu ihrem Sohn: »Herr, zerstöre nicht dieses unser Glück!«

Als sie zu Bett gegangen war, schaltete Zaur den Fernseher ein. Als der Film endete, erschien Tehmine auf dem Bildschirm. Seit der letzten Begegnung auf der Straße hatte er sie nicht mehr gesehen. Verblüfft stellte er fest, wie schlecht sie inzwischen aussah. Sie hatte stark abgenommen, und obwohl sie lächelte, als sie den Zuschauern eine gute Nacht wünschte, hatten ihre Augen einen traurigen Ausdruck.

»Ich wünsche Ihnen eine gute Nacht.« Zaur fiel ein, wie Tehmine immerfort vom Schrecken der endlosen Nächte erzählt hatte: »Wie soll man es bis zum Morgen aushalten, o Allah?« Sie zitierte sogar eine Verszeile von Fuzuli:

Ach Fuzuli, es besteht keine Hoffnung, daß die Nacht des Kummers ein Ende hat.

Jener Spruch, es gebe einen Morgen, ist ein Trost für dich.

Vielleicht waren diese Worte falsch, zweischneidig, gelogen... wer weiß... Zaur wollte ihre Augen sehen, in ihre Tiefe blicken, vielleicht war dort die Wahrheit zu finden. Aber in diesem Moment verschwand ihr Bild, und es blieb nur eine hellblaue Leere, die immer dunkler wurde, sich schließlich in einen hellen Punkt verwandelte, der endlich verlöschte.

Ihm kam ein seltsamer Gedanke: aufstehen und hinuntergehen, in das Auto steigen, vor das Fernsehstudio fahren und Tehmine begegnen. Ob sie sich wohl freuen würde? Vielleicht wäre die Freude geheuchelt, aber wahrscheinlich würde sich, ob nun geheuchelt oder nicht, ihr gesamtes Wesen aufheitern.

Was könnte einfacher sein auf der Welt? Aber Zaur wußte, daß diese einfache Sache in Wirklichkeit die schwierigste auf der Welt war.

Er stand auf und schaltete den Fernseher ab.

16

Verberge ich meinen Kummer vor den Fremden, so fehlt dir die
                                        [Ausdauer der Geduld,
Und lüfte ich die Geheimnisse meiner Sorgen, so habe ich
                                        [keinen, der sie mit mir teilt.
Ich bin in einem Kerker gefangen, in Ketten gelegt, habe kein
                                        [Recht, selbst zu entscheiden.
Reicht dies denn nicht? Mußt du meinem Leid noch weiteres
                                        [hinzufügen?

Z aur«, sagte Ziver Hanım, »alles, was geschehen ist, sollte vergessen sein! Schließ doch endlich Frieden mit Spartak! Nun seid ihr doch Verwandte.« Sie waren an der Tür der Murtuzovs angekommen. Zaur hatte eine riesige Torte auf dem Schoß, die Ziver Hanım in der Nacht gebacken hatte, und der Professor hielt einen großen Rosenstrauß im Arm.

»Alya hat mir gesagt, ihr hättet euch gestritten«, fuhr sie fort.

»Wieso gestritten,« sagte Zaur, »ich habe ihm eins aufs Kinn verpaßt, mehr nicht.«

»Gut, aber all das muß nun vorbei sein.«

Sie öffneten die Tür, und Alya Hanım begrüßte sie mit den Worten:

»Seid willkommen, seid willkommen!«

Zaur stellte die Torte auf dem Schemel neben dem Kleiderständer ab und ging zusammen mit seinem Vater in das Wohnzimmer, während sich Ziver Hanım zu den Frauen in die Küche begab. Im Zimmer, neben dem gedeckten Tisch, spielten Murtuz Balayeviç, der ein blütenweißes Hemd trug, und Cabbar Tavla. Am Kopf des Tisches hing Murtuz' ordengeschmückte Uniformjacke über einem Stuhl. Nemet sah dem Tavlaspiel zu. Als der Besuch eintrat, standen alle drei auf und schüttelten ihnen die Hände. Murtuz klopfte Zaur auf die Schulter und sagte:

»Junger Mann.«

Cabbar sagte:

»Kommen Sie, setzen Sie sich, Professor.«

Zu Cabbar gewandt sagte Murtuz:

»Laß mich ihm sofort eine Lektion erteilen!« — während Nemet Zaur über seine neue Arbeit befragte.

Auf dem Tisch stand alles bereit, was das Herz begehrte — Gurken und Tomaten, »um diese Jahreszeit«, wie der Restaurantbesitzer Nadir gesagt hatte. Verschiedene Salate in Meißner Porzellan, Getränke verschiedenster Farben in Kristallkaraffen...

»Kommt«, sagte Alya Hanım und lud alle zu Tisch. An den Kopf des Tisches setzten sich Murtuz und Mecid, zu ihrer linken Seite Ziver Hanım, Cabbar und Nemet, auf der rechten Seite saß Zaur, und den Stuhl neben ihm hielten sie frei. Ein wenig später führte Alya Firengiz ins Zimmer. Sie war feuerrot angelaufen, und das weiße Kleid brachte die Röte ihrer Wangen, die Schwärze ihrer geflochtenen Haare, ihrer Wimpern und ihrer Augen noch mehr zur Geltung. Ohne den Kopf zu heben, begrüßte sie alle. Zaur stand auf und wies sie auf den Platz neben sich. Süreyya, Tahire und Alya setzten sich an das Ende des Tisches. An ihrer Seite saßen drei Mädchen und ein Junge — die Töchter von Süreyya und der Sohn von Tahire. Die Mutter Alyas, Süreyyas und Tahires kam herein, küßte Firengiz und Zaur und sagte, das sei der glücklichste Tag in ihrem Leben, dann entschuldigte sie sich und ging in die Küche, um den Reis zuzubereiten.

»Und wo ist Spartak?« fragte Murtuz. Alya antwortete, er komme gleich. Sie tranken auf das Wohl der jungen Leute, Zaur und Firengiz, auf das Wohl der Eltern und auf das Wohl der Verwandten. Als Spartak das Zimmer betrat, sah Zaur ihm in die Augen und bemerkte eine leichte Aufregung. Aber dann hatte er sich wieder im Griff und setzte seine arrogante Mimik auf, ging auf

Zaur zu und reichte ihm geringschätzig die Hand.

Murtuz war inzwischen etwas angeheitert. Er war aufgestanden, um auf aller Wohl zu trinken:

»Heute, an diesem Tisch, der mit den schönsten Speisen gedeckt ist, sind alle unsere nächsten Verwandten versammelt, und wir sind wegen eines sehr freudigen Ereignisses zusammengekommen. He Spartak, schenk uns noch was zu trinken ein! Aber nicht, daß du selbst trinkst und es dir gut gehen läßt, ich kenn dich doch, du Schlitzohr! Wenn du einmal anfängst, verlierst du die Kontrolle über dich.«

»Mensch Vater, gerade du mußt so etwas sagen«, verteidigte sich Spartak.

Alle lachten, und Alya Hanım blickte Murtuz vorwurfsvoll an:

»Er hat doch recht«, sagte sie, »paß etwas auf dich auf! Hast du dein Herz vergessen?«

Murtuz erfreute sich allerbester Laune, deshalb regte er sich über den Vorwurf seiner Frau und seines Sohnes nicht weiter auf:

»Ich hab' alles im Kopf«, sagte er. Mit dem Starrsinn eines Angetrunkenen wiederholte er: »Ich hab' alles im Kopf... Hört zu, was ich zu sagen habe... Trinken wir auf das Wohl unserer Jugend, trinken wir auf zukünftige, saubere und schöne Familien. Aber ich will sagen«, er wandte sich zu Zaur, »daß ein Mann alles, was sich bis zu seiner Heirat ereignet hat, beiseite schieben soll. Was geschehen ist, ist geschehen, aber da du geheiratet hast, gib dir Mühe! Die Familie muß fest und stabil sein.«

Alle fühlten sich etwas unwohl, die Andeutungen des Oberst waren doch zu direkt. Eine gespannte Stille breitete sich aus. Nur der Professor hustete ab und zu und machte sich den Hals frei. Zaur war von einem Gefühl völliger Gleichgültigkeit gegenüber all diesen Redensarten und Ereignissen ergriffen. Murtuz' Ansprache nahm er mit einem Gesichtsausdruck des Respekts wahr, während er sich insgeheim über ihn lustig machte. Seine weitschweifigen Ausführungen waren dem Oberst schon seit der Brautwerbung im Kopf umhergegangen, und nun, unter dem Einfluß des armenischen Cognacs, nahmen die Gedanken den Weg von seinem Herzen zu seiner Zunge:

»Sind uns in unserer Jugend nicht auch solche Dinge passiert?« fragte er und warf Mecid einen vielsagenden Blick zu. Der Professor verlor beinahe die Fassung. »Nein, ich sage nichts, auch das ist nötig, für einen jungen Mann ist das ein Muß, sogar... wie sagt man, man muß alle Launen des Lebens akzeptieren, darf kein Idiot sein, für die Entwicklung ist das nötig, geradezu für die Gesundheit... auch die Medizin bestätigt dies... Aber... hier ist eine Sache... was für eine Sache? Man darf seine Schuld gegenüber der Familie, gegenüber der Gemeinschaft niemals vergessen...«

Nach seiner Ansprache flüsterte Murtuz etwas in Mecids Ohr. Zaur verstand jedoch jedes einzelne Wort:

»Ich erinnere mich, ich hatte eine Sojka, Alya soll das nicht hören, sie war keine Frau, sie war wie ein Feuer, dieses Stück. Damals war ich ein junger unreifer Mann, um ein Haar hätte es mich erwischt. Beinahe hätte sie mich hereingelegt; nun kann ich selbst nicht glauben, wie es sich zugetragen hatte, ich wollte sie sogar heiraten... Allah sei Dank bin ich rechtzeitig aufgewacht... So etwas kann einem passieren... Aber die heutigen Jugendlichen sind viel aufgeweckter als wir... sie haben ihren Spaß, aber sie werden nicht blind und geraten in die Falle wie wir, nein, Allah behüte, sie sind keine Dummköpfe... Nimm unseren Spartak zum Beispiel; er ist mein Sohn, aber in solchen Dingen kann er dich, mich und hundert alte erfahrene Männer in die Tasche stecken. Er kennt alle Ecken dieser Erde, die Sache mit den Frauen hat er eingehend studiert, das kannst du mir glauben.«

Dann blieben seine Gedanken an der Beziehung zwischen Spartak und Zaur hängen, er fing mit endlosen Fragen an, was denn zwischen beiden geschehen sei.

Sowohl Spartak, als auch Zaur sagten:

»Nichts, überhaupt nichts ist geschehen.«

Murtuz ließ jedoch nicht locker und erklärte schließlich:

»Gut, wenn ihr meint, es sei nichts geschehen, dann steht auf und umarmt euch.«

Zaur sah ein, daß er auch dies hinter sich bringen mußte, um sich selbst zu beweisen, daß er sich von der Vergangenheit verabschiedet hatte, daß er alles, was noch in der Vergangenheit lag, endgültig aus seinem Leben gerissen hatte. Er nahm eine Serviette, wischte sich den Mund ab und umarmte und küßte Spartak. Wie damals auf der Straße verströmte Spartak einen intensiven Parfumgeruch.

Tee wurde gereicht, Torten, Gebäck und Obst wurden aufgefahren. Murtuz war bereits dazu übergegangen, Fronterlebnisse zu erzählen, als Zaur bemerkte, daß zweifelnde Blicke auf ihn gerichtet waren. Er schaute Nemet ins Gesicht und erkannte, daß nur er begriff, was sich hier abspielte. Er verstand sowohl Zaurs Situation, als auch die Gründe, die ihn zu diesem Entschluß getrieben hatten.

* * *

»Auf Wiedersehen, auf Wiedersehen...«

»Und ihr kommt bitte, wartet nicht auf eine ausdrückliche Einladung.«

»Wir wohnen doch so weit entfernt, am anderen Ende der Treppe, ha, ha, ha...«

»Sag das nicht!«

»Ach, es regnet ja.«

»Zaur bringt euch mit dem Auto hin.«

»Spartak kann euch auch hinbringen.«

»Nein, Spartak hat zuviel getrunken.«

»Was ich getrunken habe, ist nicht der Rede wert. Zaur und ich werden den Besuch gleich nach Hause bringen. Mal sehen, wer schneller da ist.«

»Zaur, mein Sohn, komm morgen mal vorbei.«

»Aber gewiß, Alya Hanım.«

»Professor, im Tavla bin ich Ihnen etwas schuldig geblieben.«

»Gut, auf Wiedersehen, geht hinein, ihr werdet naß im Regen, bis dann!«

»Wie dunkel es doch ist, zünde doch ein Streichholz an.«

»Ich fahr' das Auto sofort hinaus.«

»Ich fahr' es auch hinaus, wartet einen Augenblick.«

»Komm schnell zurück, Zaur.«

»Spartak, komm nicht zu spät.«

✳ ✳ ✳

Er fuhr aus dem Schlaf auf und sah auf seine Armbanduhr — es war genau sechs Uhr in der Früh. Zaur war überrascht, vielleicht hatte er im Traum dieses Geräusch gehört, aber das Telefon klingelte ein zweites Mal. Er streckte die Hand aus und nahm den Hörer ab, der sich neben seinem Bett befand und sagte mit verschlafener Stimme:

»Hallo.«

Der Teilnehmer blieb jedoch stumm, Zaur wollte bereits auflegen, als er Musik vernahm. Zuerst kam sie aus der Ferne, dann, so schien es, näherte sich die Musikquelle dem Hörer. Er hörte das Lied »Ich habe die Straße mit Wasser besprengt«. Langsam wurde er wach, dieses eigenartige Morgenkonzert verwunderte ihn. Plötzlich verstand er:

»Hallo, wer ist da?« rief er, aber das Lied endete, und der Hörer wurde aufgelegt.

Zaur wußte sofort, wer angerufen hatte. Sie hatte wahrscheinlich noch gar nicht geschlafen, hatte die Nacht über Musik gehört und getrunken.

Zaur wählte ihre Nummer. Sie nahm den Hörer sofort ab, sagte jedoch kein Wort. Auch Zaur sprach nicht. Ein neues Lied erklang: «Schau mal her, schau mal her...!«

Aus dem Fenster fällt ein Stein,
Aus dem vom Weinen schmerzenden Auge rinnt eine
[Träne.
Wenn man dich mir gäbe,
Erfreute sich auch Allah.

Das Lied ging zu Ende, und Tehmine legte auf. Zaur kämpfte mit den Tränen. Er stellte sich vor, was für eine Nacht Tehmine verbracht hatte. In diesem Augenblick ertönte abermals das Telefon. Er nahm den Hörer ab und hörte dem Lied zu:

Doch mein Schiff sich nicht füllte.
In jungen Jahren ich ein Mädchen liebte.
Sie wurde nicht mein.
Mein Lebtag schleppte ich Stein.'

»Tehmine, ach Tehmine, warum hast du das getan?« wollte Zaur sagen, aber er schwieg. »Und mit wem, ausgerechnet mit Spartak!« wollte Zaur sagen, sagte aber nichts. »Tehmine, ich hab dich doch wirklich geliebt, und ich war wirklich glücklich mit dir«, wollte Zaur sagen, sagte aber nichts. »War denn alles Lüge? Hast du mich denn überhaupt nicht geliebt und wenn ja, warum hast du mich so verletzt?« wollte Zaur sagen, sagte aber nichts... »Denn ich werde nie wieder, nie wieder glücklich, das weißt du, denn ich lebe nicht mehr, ich bin ein Toter, ein lebender Leichnam«, wollte Zaur sagen, sagte aber nichts. Das Lied war zu Ende, und Tehmine legte auf. Kurze Zeit später kam wieder ein Anruf, er nahm ab und hörte das Lied:

Rote Rose, gelbe Rose,
Ihr seid Rosen des Gartens.
Du hast zu spät geblüht und bist zu schnell verwelkt,
Hättest du doch nicht geblüht, Rose...

Es war das »Laçin«-Lied... Tehmine weinte immer, wenn sie dieses Lied hörte. Jetzt weinte auch er. Seit seinen Kinderjahren hatte er nicht mehr geweint; er weinte leise, wischte die Tränen, die ihm über die Wangen rannen, nicht weg. Er weinte, weil er wußte, daß dies ihr endgültiger Abschied war, und nur eine Frau auf dieser Welt konnte sich so verabschieden. Die letzten Sätze des »Laçin«-Lieds waren zu hören, Zaur wußte, daß es das letzte Lied auf Tehmines Band war, und nun, wenige Tage vor seiner Heirat mit Firengiz, zog sich Tehmine aus seinem Leben zurück:

> *Auf dem Aras, auf dem Eis,*
> *Das Fleisch brennt auf dem Feuer,*
> *Sollen sie mich doch töten,*
> *Des Mädchens mit den hellbraunen Augen wegen...*

Als das Lied endete, wurde der Hörer aufgelegt...

17

> *Von wem ich Treue wollte, von dem erhielt ich Qual.*
> *Wen ich auch auf dieser Welt sah, er war untreu, untreu.*
> *Mir zeigte die Welt den Preis meines Unglücks hundertmal,*
> *Wann immer ich Schicksalsgeplagter es betrachtete, war mein*
> *[Schicksal schwarz.*

Istanbul im Nebel... Wie im Traum tauchen im Dunst die Minarette auf, die Türme und Kuppeln der Moscheen. Zu dieser frühen Morgenstunde war der Bosporus von dichtem Nebel verhüllt, der sich bis zum rot gefärbten Horizont erstreckte.

Die vergangene Nacht hatte Zaur kaum geschlafen. Nun stand

er an Deck des Schiffes und betrachtete das Erwachen der Stadt, die er zum erstenmal sah. Das Meer lag bleiern da. Das Weichbild der Stadt, die Silhouetten der Schiffe im Hafen, sahen so unwirklich wie Dekorationen aus, die von rötlich-gelbem Licht eines unsichtbaren Projektors beleuchtet wurden. Träge erschien die Sonne am Horizont.

Ihr Schiff näherte sich langsam der Brücke des Hafens von Istanbul. Diese Stadt war die letzte Station auf ihrer vierwöchigen Reise.

Firengiz verspürte in den vergangenen Tagen eine starke Übelkeit. Als sie auf dem Weg nach Odessa waren, sagte sie, sie sei wahrscheinlich schwanger.

In Odessa buchte Zaur den Rückflug. Er telegrafierte den Murtuzovs und seinen Eltern, sie sollten sie am Flughafen in Baku abholen.

＊　＊　＊

Als Zaur die beiden Familien in der Ankunftshalle entdeckte, begriff er sofort, daß hier etwas nicht stimmte. Aber worum es sich handelte, war ihm unklar. Ziver Hanım, Firengiz' Eltern, Spartak, ein Freund Spartaks, den er vom Sehen kannte, dessen Namen er aber vergessen hatte, winkten lächelnd Zaur und Firengiz zu. Auch Zaur und Firengiz winkten, aber schon von weitem sah Zaur, daß seine Mutter von den Murtuzovs entfernt stand. Sie begrüßten die Murtuzovs, die ihnen zuerst entgegenkamen, und als er zu seiner Mutter kam, las er Kränkung und Unzufriedenheit in ihren Augen. Ziver Hanım begrüßte ihren Sohn zurückhaltend, seine Frau noch distanzierter.

»Dein Vater konnte nicht kommen«, sagte sie und fügte hinzu: »Ich bin mit deinem Auto hier und würde gern auch damit wieder nach Hause fahren. Fahr du, ja?«

Ziver Hanım setzte sich auf den Beifahrersitz in Zaurs Wolga.

Zaur erfuhr, daß Spartaks Freund seinen Wagen hierhergefahren hatte und es kein Zufall war, daß Ziver Hanım nicht zusammen mit den Murtuzovs zurückfahren wollte. In den vergangenen Wochen mußte etwas zwischen den beiden Familien geschehen sein.

Alya Hanım und Firengiz begannen miteinander zu flüstern. Am Erröten von Firengiz sah Zaur, daß sie ihrer Mutter von ihrer Schwangerschaft erzählte. Alya Hanım lächelte zufrieden.

Nachdem sie das große Gepäck verstaut hatten, sagte Alya Hanım: »Fira fährt mit uns«, worauf alle Murtuzovs auf Spartaks weinroten Wolga zuschritten.

Zaur setzte sich hinter das Steuer seines Autos, ließ den Motor kurze Zeit warmlaufen und fuhr hinter dem roten Wolga her. Sie passierten gerade die Stelle, an der es vor noch nicht allzulanger Zeit zu der denkwürdigen Begegnung zwischen Tehmine, Spartak und ihm gekommen war. Aber Zaur fand keine Gelegenheit, über die eigenartigen Labyrinthe des Lebens nachzudenken, denn Ziver Hanım hatte damit begonnen, ihm einen langen Vortrag zu halten.

Alles war gekommen, wie er es sich gedacht hatte. Ziver Hanım sagte, es sei nicht möglich, die Menschen zu kennen. Langjährige Nachbarn seien sie, immer habe sie die Murtuzovs für anständig gehalten, aber in Wirklichkeit seien sie teuflischer als der Teufel selbst. Sowohl sie, als auch ihr Mann seien so überzeugt von sich, als hätten sie das Gebirge erschaffen. Ihrer Ansicht nach gäbe es auch keinen, der ihrer Tochter würdig sei; als sei sie im Goldkörbchen vom Himmel gefallen, und Ziver Hanıms Familie wisse es nicht. Aber das sei noch nicht alles: Zaur hätte sehen sollen, wie Alya Hanım dieses Schlitzohr Spartak in den siebten Himmel gelobt habe. Spartak sei so und so, habe sie unaufhörlich gesagt. Man solle die Unverschämtheit dieser Frau betrachten, daß sie Ziver Hanım direkt ins Gesicht gesagt habe, sie würde Spartak und Zaur zu Unrecht vergleichen, da sei ein riesiger Unterschied. Spartak sei ein unabhängiger Mann, eine Stütze der Familie.

Zaur dagegen könne, auf sich allein gestellt, nicht einmal die eigene Familie ernähren. Nun sei sie aber geplatzt, und wie. Was hier eigentlich los sei, habe sie entgegnet; sei Zaur vielleicht zu ihnen gegangen und habe um Hilfe gebeten? Seien seine Eltern womöglich gestorben, daß er plötzlich auf sie angewiesen sei? Hinter ihm stehe, habe sie gesagt, ein Vater wie ein Berg. Und was habe dieses Teufelsweib ihr darauf geantwortet? Er würde nicht immer einen Vater haben. Und was sei mit ihrem Mann, werde der denn bis zum Ende der Welt leben? Unser aller Ende liege in der schwarzen Erde. Was schaue sie darauf, daß Zaurs Vater krank sei. Niemand wisse, wann und wo ihn der Tod ereile: Manchmal breche ein junger Mensch plötzlich zusammen und sterbe, aber ein alter kranker Mann könne bis ins hohe Alter leben. Außerdem habe sie gesagt, die Ärzte hätten prophezeit, der Professor werde mindestens hundert Jahre alt. Sie selbst würde seinen Vater immer Professor nennen, wenn sie mit Alya Hanım rede, damit diese ihren Oberst-Ehemann nicht zu sehr loben könne.

Zaur verhielt sich gegenüber diesem Wortschwall vollkommen gleichgültig: Er wußte, daß er sich sein gesamtes Leben lang nunmehr solches Gerede anhören mußte. Er war sich auch dessen bewußt, daß alles so sein mußte, war weder erstaunt noch wütend. Natürlich entsprach es dem Charakter seiner Mutter, ihm von der ersten Minute an die Laune zu verderben. Aber wäre seine Rückkehr ansonsten so erfreulich für ihn gewesen?

Nicht aus Interesse, sondern aus Höflichkeit fragte er:

»Was ist denn der Grund für all diese Schwierigkeiten?«

»Ach, gar nichts. Euren Hausschlüssel hattet ihr bei Alya gelassen. Deswegen sage ich nichts, das ist eure Sache, wahrscheinlich war das für euch günstiger — euer Haus, euer Recht. Und ich Idiotin dachte, vielleicht ist irgendeine Hilfe nötig, zum Beispiel aufzuräumen; wahrscheinlich war auch alles verstaubt. Ich habe angerufen und höflich gesagt: 'Alya Hanım, vielleicht können wir, bis sie wiederkommen, das Haus aufräumen, alles putzen und in Ordnung bringen.' Ich hatte doch in Erinnerung, daß, noch bevor ihr gegangen seid, das Haus in Unordnung war. Wie Alya Hanım geplatzt ist... du glaubst es nicht; das hat ihren Stolz angekratzt: Was ich damit sagen wolle, hat sie gesagt, warum Firas Haus unordentlich sein solle. Was los sei, ob ich damit sagen wolle, sie würde nicht achtgeben auf das Haus. Was los sei, hat sie gesagt, hätten sie sie etwa jahrelang fürsorglich erzogen, daß sie unsere Dienerin werde?« Ziver Hanım versuchte, Alyas giftigen Ton nachzuahmen, ihre eigenen Worte gab sie ruhig und besonnen wieder. »Nein, Schwester, habe ich gesagt, warum sie solche Dinge in den Mund nehme, was soll das heißen, Dienerin. Schließlich sei sie jung und werde alles mit der Zeit lernen. Im Augenblick seien wir älter und erfahrener als sie, wir müßten sie an der Hand nehmen, ihr helfen und einen Hausputz durchführen. Was schon dabei sei, das sei doch nicht unter unserer Würde. Vielleicht könnte ich helfen. Nein, hat sie gesagt, es ist keine Hilfe nötig. Sie hat gemeint, sie könne alles mit ihren Schwestern in Ordnung bringen, bis sie kommen. Ihre Schwestern kennst du doch: die sogenannte Weltschönheit Tahire, die ihr Mann in einen Käfig gesperrt hat, so daß die Arme nicht mal einen Piepser machen kann und die andere, Süreyya. Aus welchem Holz die geschnitzt ist, das weiß ich auch. Ihren ersten Mann hat sie unter die Erde gebracht, kaum ein Jahr später drängte sie sich Nemet auf. Um wieviel Jahre ist ihr Mann jünger als sie selbst? Und ihre Töchter sind nicht der Rede wert.«

»Schon gut, Mutter«, unterbrach Zaur, »wie hat denn die ganze Aufregung angefangen? Wegen der Sache mit dem Putzen?«

»Nein, mit dem Putzen hat das nichts zu tun. Endlich hab' ich diese Leute durchschaut. So ist der Charakter dieser drei Schwestern — den Ehemann unter dem Pantoffel halten. Tahire ist so und auch Süreyya... und Alya? Laß dich nicht von Murtuz' Aufplustern beeindrucken, vor seiner Frau hat er Angst wie ein Hund. Was sie auch befiehlt, er sagt 'Jawohl'. Auch aus dir wollen sie einen Waschlappen machen, so daß du nach ihrer Pfeife tanzt und deine Eltern vergißt; das ist, was sie wollen, was sonst?«

»Schon gut Mutter, ist doch egal.«

»Hab ich nicht recht? Es ist Alya eben rausgerutscht. Sie meint also, sie habe unserer Familie einen hohen Dienst erwiesen, indem sie dir ihre wertgeschätzte Tochter gegeben hat. Du seist gar nicht würdig, der Ehemann einer solchen Weltschönheit zu sein.«

»Und was ist jetzt? Redet ihr nicht mehr miteinander?«

»Hör zu! Also, es vergingen ein paar Tage und von euch kam keine Nachricht. Ich war ziemlich besorgt, rufe Alya an, ob sie nicht ein Telegramm oder so erhalten habe. Ich ruf' an und frag' recht höflich nach ihrem Wohlergehen: 'Wie geht es dir und deinem Mann?' Ist die auf mich losgegangen. Sie hat mir alles an den Kopf geworfen, was ihr gerade einfiel.«

»Aber warum?«

»Hör zu, ich sag' es doch! Du kennst doch Sitare, unsere Nachbarin. Einmal ist sie zu uns gekommen und meinte, sie habe gehört, daß Zaur ein tolles Haus habe und dies noch dazu wunderbar eingerichtet sei. Wenn ihr zurückkämt, solle ich ihr Bescheid sagen, damit sie das Haus in Augenschein nehmen könne. Und ich, gutgläubig wie ich bin, woher soll ich wissen, daß die Menschen aus Eintracht Streit machen, ich sage, die Schlüssel seien bei Alya. Sie solle Alya sagen, daß sie sie gleich zu Zaurs Haus bringen solle; warum sollte sie warten, bis Zaur zurückkommt? Ich weiß nicht mehr, wie sie bei Alya meine Worte verdreht hat, auf alle Fälle hat Alya einen Wutanfall bekommen. Dann ist sie auf und los, in der ganzen Stadt hat sie verbreitet, das mit dem Schlüssel sei so gekommen, das mit dem Haus so gegangen. Sie werde ihn schon mit Spartak schicken, sagte sie, den verdammten Schlüssel; was für ein einmaliges Ding unser Haus sei. Firoçka hätte, wenn sie gewollt hätte, in ein tausendmal schöneres Haus ziehen können. Die Heiratsboten hätten sich gegenseitig die Türklinke in die Hand gegeben.«

»Welche Heiratsboten?«

»Sie lügt doch, sie lügt wie gedruckt. Wer ist schon als Heirats-
bote zu ihr gekommen? Als ob ich es nicht wüßte. Als wenn die
Menschen taub und blind wären. Sie soll Allah danken, daß das
Glück dem Mädchen nachläuft. Aber das macht nichts, ich hab'
ihr auch ein paar süße Worte gesagt, die sie bis zu ihrem Lebens-
ende nicht vergessen wird. Ihr grober Klotz von Ehemann hat
mich allerdings noch wütender gemacht. In seinen Augen ist er
angeblich ein gesetzter, weiser Mann, aber schämt sich nicht, sich
in Frauenangelegenheiten einzumischen. Er ruft an und beschimpft mich.«

»Und mein Vater hat Alya in ihre Schranken verwiesen, oder?«

»Nein, das hätte noch gefehlt! Dein Vater hat es doch nicht nötig, sich mit Frauen herumzustreiten. Aber mit Murtuz hat er geredet und zwar ausführlich.«

»Ihr habt eure Zeit hier aber in Herzlichkeit verbracht.«

»Meinst du, ich lasse das ungerächt? Da kennst du mich aber
schlecht. Nur deinetwegen...«

Zaur verstand sehr gut, weshalb sich seine Mutter derart ereiferte. Sie war sich bei ihm nicht sicher, fürchtete, daß Alya und
ihre Tochter ihn hereinlegen und auf ihre Seite ziehen könnten.
Zaur dachte, wenn seine Mutter von den Geschenken, die er mitgebracht hatte, erführe, wenn sie herausfände, daß sie Ziver Hanım und Alya Hanım die gleichen Stiefel, Mecid und Murtuz die
gleichen Hemden gekauft hatten, noch dazu Spartak eine schöne
Krawatte mitbrachten, die Zaur persönlich ausgesucht hatte, was
würde dann für ein Krach beginnen. »Unser Sohn, der mit unserem Geld auf Reisen geht, bringt seinen neuen Verwandten das-
selbe mit, was er uns mitgebracht hat, und vergißt nicht einmal
Spartak. Ist so etwas denn überhaupt möglich?«

Sie hatten die Stadt erreicht und Zaur sah, daß der rote Wolga
nach rechts abbog, um Firengiz' Eltern vor ihrem Haus abzu-

setzen. Womöglich würde auch Firengiz aussteigen.

Vielleicht war Alya Hanım sogar darauf aus, Firengiz von Zaur zu trennen. Denn sicherlich wurden in dem anderen Auto die gleichen Vorfälle durchgesprochen, mit der gleichen Erregung, aber mit genau entgegengesetzten Behauptungen. Möglicherweise verlief dort das Gespräch etwas friedlicher, denn immerhin hatten sie einen Fremden dabei. Aber die Gemüter waren wahrscheinlich so erhitzt und aufgebracht, daß dort niemand mehr auf den Freund achtete. Vorhin, als sie aus dem Flugzeug ausstiegen, hatten die Murtuzovs beiden zugelächelt, aber dann wurde offensichtlich, daß dieses Lächeln nur für ihre Tochter bestimmt war. Zaur begrüßten sie nebenbei. War es also wirklich Alyas Absicht, ihre Ehe zu zerstören? Aber Zaur sah bald ein, daß dies ein sinnloser Gedanke war. Niemand wollte sie trennen.

Als sie zu Hause ankamen, fragte Zaur:

»Und bei wem ist der Schlüssel jetzt?«

»Bei wem soll er schon sein, bei mir natürlich«, sagte Ziver Hanım stolz. Bis Zaur das Gepäck ausgeladen hatte, kamen auch Spartak und Fira an. Zaur freute sich, daß seine Frau mitgekommen war. Spartak und Zaur trugen das Gepäck in den achten Stock. Ziver Hanım schloß die Tür auf und alle vier betraten die Wohnung. Ziver Hanım gab sich Spartak gegenüber gebieterisch:

»Stell das Gepäck in diese Ecke!« Offensichtlich fühlte sie sich als Hausherrin.

»Das wär's dann, ich gehe«, sagte Spartak. Er hatte sich scheinbar vollkommen verändert, sprach lange nicht mehr so laut wie sonst, und offenbar war sogar eine gewisse Trauer in seine Augen eingezogen.

Zaur brachte ihn zur Tür und drückte auf den Liftknopf. Der Lift begann, sich zum achten Stock hinaufzubewegen. Spartak wollte ihm irgendetwas sagen, und Zaur ahnte, was es war. Zweifellos war auch er in das Netz von Haß und gegenseitigen Intri-

gen zwischen den beiden Familien eingespannt und hatte nun, ob
er wollte oder nicht, seine Rolle zu spielen. Deshalb machte er so
ein bekümmertes Gesicht. Der Aufzug kam endlich, die Tür
ging auf, und Spartak nahm all seinen Mut zusammen:

»Weißt du, Zaur«, sagte er mit erstickter Stimme, »ich wollte dir
sagen... Tehmine ist gestorben...«

Er stieg in den Aufzug und fügte hinzu:

»Leberzirrhose... in zwanzig Tagen ist sie zugrunde gegangen,
die Arme.«

18

Meine Seele brennt vor Trennungsschmerz, ersehnt die Einung
[mit der Geliebten Wange,
Ich bin ein Leidender, der ein Heilmittel mit einem schönen
[Antlitz sucht.

Niemals hätte er sich vorstellen können, daß der Anblick
von Häusern und Straßen ihn so peinigen könnte.
Er kam an dem Park vorbei, wo er an einem Junitag Tehmine in
seinem grünen Moskwitsch erwartet hatte. An derselben Stelle
stand ein Wagen, der wie sein alter Moskwitsch aussah. Sein Herz
fing zu pochen an, und plötzlich fiel ihm alles wieder ein: wie er
auf Tehmine gewartet hatte, der Geschmack der Zigarette, die er
rauchte, Tehmine, die ein rotes Kleid mit weißen Knöpfen getragen hatte und ihm von weitem etwas zurief. In ihrer Tasche steckte eine Flasche Kamyu-Cognac, den sie für ihn mitgebracht hatte;
der Bürgersteig gegenüber der Tür, an dem irgendwann Spartak
seinen Wolga geparkt hatte; die Telefonzelle, von der er Tehmine

angerufen hatte, und niemand abnahm, weil, wie er später erfuhr, ihr Telefon tatsächlich abgestellt worden war. Dort war die Bushaltestelle, an der Tehmine einstieg, wenn sie zur Arbeit fuhr. Dort hatte er sie oft verabschiedet. Tehmine hatte dann immer aus dem Fenster des Busses gewunken und mit einer Bewegung, die Zaur sehr mochte, sich ihre Haare aus dem Gesicht gestrichen und gelächelt.

Nachdem ihm Spartak die Nachricht von Tehmines Tod überbracht hatte, war er noch eine kurze Zeit lang schweigend am Lift stehengeblieben. Schließlich war Spartak eingestiegen, die Tür ging zu, und der Aufzug glitt nach unten. Zaur war in seine Wohnung zurückgekehrt. Aus irgendeinem Grund hatte er die Koffer aus dem Flur ins Schlafzimmer getragen und das Gepäck aus dem Schlafzimmer in den Flur. Dann war er, ohne seiner Frau oder seiner Mutter eine Erklärung abzugeben, hinausgegangen und das Treppenhaus hinuntergestiegen. An der Straßenecke kaufte er sich Zigaretten und machte sich zu Fuß auf den Weg. Noch spürte er die Trauer nicht so heftig, aber der Schmerz nahm zu, je näher er kam. Er stieg die Treppe hinauf, über die er zuletzt voller Zorn nach unten gerannt war. Und erst jetzt wurde ihm endgültig bewußt, daß Tehmine nicht mehr da war und nie wieder da sein würde. Irgendwie ging ihm auch Spartak nicht aus dem Sinn, und er hatte plötzlich das Gefühl, es müsse sich durch irgendein Zeichen erweisen, daß Spartak und Tehmine zu keiner Zeit ein Verhältnis miteinander hatten, daß alle Zweifel unbegründet waren. Diese bittere Wahrheit würde seinen Schmerz und seine Schuld hundertfach steigern und ihn an den Rand des Wahnsinns treiben. Auf einmal fiel ihm ein, daß Tehmine ihm in Spartaks Datscha erklärt hatte, sie sei nicht ohne Grund hier, er würde alles vielleicht viel später einmal verstehen.

In der Höhe des zweiten Stockes stieß er auf Männer, die stöhnend einen riesigen Schrank hinauftrugen. Ein Mann, der mit einem schwarzen Mantel mit Pelzkragen bekleidet war — wahrscheinlich war er der Besitzer des Schrankes — wies die Möbelträger an:

»Dreht ihn nach links, so paßt er nicht durch, ich sage euch doch nach links, links!« Dann entdeckte er Zaur und fragte: »Wollen sie vorbei?« und forderte die Möbelpacker auf: »Macht den Weg frei, damit der Herr vorbei kann!«

Als sich Zaur vorbeischob, gab der Mann im Pelzkragenmantel neue Anweisungen:

»Tragt ihn nun etwas niedriger. He, faß doch mal hier an, Kerl!«

Im dritten Stock angelangt sah er, daß die Türen zu Tehmines Wohnung weit offen standen. Auf einem neu angeschlagenen Schild las er: »Ingenieur und Rationalisator G. Kerimov.«

Am Türpfosten lehnte eine Frau mit bronzefarbenem Haar, mit einem farbigen Schlafrock bekleidet — anscheinend war sie die Frau des Ingenieurs, und den Schrank trugen sie wohl in die Wohnung der neuen Mieter. Zaur spähte nach innen, aber da standen nur noch ein Tisch und ein paar Stühle, die den Kerimovs gehörten. Weder die antike Wanduhr, Tehmines Photographien, noch der kleine Feigenbaum waren übriggeblieben. Zaur drehte sich um und klingelte an der Tür gegenüber.

Ein quengelndes Kind war zu hören und dann Medines Stimme:

»Jetzt wart erst mal ab, wer das ist!«

Die Tür öffnete sich.

»Zaur«, sagte sie, ihre Lippen zitterte. Dann wiederholte sie: »Zaur«, und weinte.

Er fühlte, daß er nicht weinen konnte, aber tiefer Kummer stieg in ihm auf und schnürte seine Kehle zu.

Ein übergewichtiges Kind saß auf dem Topf. Als seine Mutter zu weinen begann, schaute es eine Zeitlang verdutzt, dann begann es selbst aus vollem Hals zu schreien.

Die neue Nachbarin, die immer noch in der gegenüberliegenden Tür lehnte, sah sie erstaunt an, dann ging sie hinein und schloß die Tür. Durch die halboffene Tür von Medine war ein kleiner Fernsehschirm zu sehen, auch dies versetzte ihm einen Stich. Er wurde sich bewußt, daß er über einen Monat bei Tehmine gewohnt hatte ohne auch nur einen Blick in Medines Wohnung zu werfen.

Medine wischte sich mit dem Saum ihres Kleides die Augen und sagte:

»Komm rein!«

Das Kind weinte noch. Medine trug es mit seinem Topf irgendwohin und beruhigte es. Er betrachtete den kleinen alten Fernseher und die billige Einrichtung des Zimmers. Offensichtlich bewegte sich die Bewohnerin dieses Zimmers in Engpässen und Not. Das Kind beruhigte sich schließlich, und Medine kam, sich die nassen Hände abwischend, in das Zimmer und setzte sich Zaur gegenüber:

Zaur zündete sich eine Zigarette an.

»Wann bist du gekommen?« fragte sie. Sie duzte Zaur. Es war, als hätte das Leid sie einander näher gebracht:

»Heute, vor einer halben Stunde«, sagte er.

»Mama, und wann geh'n wir?« fragte das Kind.

»Wir gehen schon, wir gehen schon, mein Kind, siehst du nicht, daß der Onkel zu Besuch gekommen ist?« Dann wandte sie sich wieder ihm zu und erklärte: »Seit heute morgen fällt er mir auf die Nerven, will unbedingt, daß wir ins Kino gehen. Ich hab' überhaupt keine Lust, ins Kino zu gehen.«

Das Kind sagte weinerlich:

»Und wann geh'n wir?«

»Wir gehen schon, wir gehen schon, geh und spiel mit dem Ball, ich komme auch gleich!«

Der Junge verließ widerwillig das Zimmer, und Medine sagte:

»So ist es, Zaurik, Tehmine ist von uns gegangen...« Und sie begann wieder zu weinen.

Zaur wußte nicht, was er sagen sollte. Sollte er Medine trösten oder brauchte er selbst jemanden, der ihn tröstete?

Aus Verlegenheit erklärte er:

»Spartak hat es mir gesagt.«

Insgeheim hoffte er, Medine lüftete jetzt, da er Spartaks Namen erwähnt hatte, ein Geheimnis, das vielleicht nur sie kannte. Dann würde alles klar werden und Zaur den Fehler, den er begangen hatte, tausendfach bereuen. Aber ein solches Geheimnis, darüber war er sich im klaren, gab es wahrscheinlich überhaupt nicht. Womöglich gab es auch keinen Fehler, es gab überhaupt nichts. Alles ist so, wie es war, nur Tehmine gibt es nicht mehr.

»Leberzirrhose, innerhalb von zwanzig Tagen ist es mit ihr zu Ende gegangen. Sie wollte nicht sterben, die Arme. Bevor sie krank wurde, sagte sie öfters, sie wolle sterben. Das war nur Gerede, aber dann ist sie wirklich krank geworden. Sie hatte große Schmerzen und kam ins Krankenhaus. Sie begriff schnell, daß sie sterben würde und flehte um Hilfe. Aber sie benahm sich tapfer bis zum Schluß...«

Das Kind kam wieder ins Zimmer:

»Mama, geh'n wir jetzt ins Kino?«

»Gleich, gleich, mein Liebling, wir gehen sofort. Bis zu ihrer letzten Stunde hat Muhtar sie besucht. Auch Manaf ist gekommen. Was für ein guter Mensch Manaf ist, haben wir gar nicht gewußt. Die Kosten des Begräbnisses hat er getragen, die Totengedenkfeiern am dritten und am siebten Tag ausgerichtet. Jetzt käme bald die Feier des vierzigsten Tages, aber die wird er nicht geben können, sie haben doch die Wohnung verändert... Ein Ingenieur ist mit seiner Frau eingezogen.«

»Mama, laß uns geh'n!«

»Gleich, gleich, mein Sohn. Laß mich ein wenig mit dem Onkel sprechen und dann gehen wir!«

Zaur stand auf, und sie unterhielten sich nun im Stehen.

»Wenn du sie gesehen hättest, du hättest sie nicht wiedererkannt, Zaurik, sie war so abgemagert, die Arme... die Schmerzen quälten sie so sehr... Wie gut es ist, hat sie gesagt, niemand wird mich alt und häßlich sehen... Ein junger hübscher Mann hat sie behandelt. Einen Tag, bevor sie starb, hat sie gesagt, es sei schade, daß ein so hübscher Mann sie tot sehen wird. Sie scherzte, manch einer habe sie nackt gesehen, aber niemand tot. Dieser junge Mann wird der erste sein.«

Zaur drückte seine Zigarette aus und steckte sich eine neue an.

»Setz dich doch, Zaur!« sagte Medine, dann drehte sie ihren Kopf in die Richtung des Flures und fügte hinzu: »Anscheinend hat er eine Beschäftigung gefunden und läßt uns jetzt in Ruhe.«

Und wirklich kam kein Laut mehr von dem Kind.

»Warte, ich bring' dir gleich Tee«, sagte sie.

»Ich möchte keinen Tee. Erzähl mir mehr von ihr!«

»Ach Zaur, was soll man noch sagen... Es ist, als ob sie nie existiert hätte. Nichts ist übrig von dem Unglück. Aber weißt du, was für ein guter Mensch sie war? Was für ein reines Herz sie gehabt hat? Und dich wollte sie sehr, Zaurik, aber jetzt soll sie das nicht mehr... sie wollte dich wirklich... weißt du, was die Arme alles erlitten hat, nachdem du weggegangen warst?«

»Ich weiß, sprich nicht darüber«, sagte Zaur.

»Ich verstehe, auch für dich ist es natürlich schwer. Aber du bist noch jung, du hast noch dein ganzes Leben vor dir. Alles wird vergessen werden, Zaur. So ist sie, diese unbeständige Welt.«

»Ja, so ist sie«, sagte Zaur.

Medine versank in Gedanken, dann schien sie mit sich selbst zu reden:

»Aber die Arme haben sie zu Unrecht belästigt«, sagte sie.

»Wer?«

Medine zögerte etwas, dann sagte sie:

»Ich weiß nicht, wahrscheinlich jemand von euch. Sei nicht wütend. Als du mit deiner Frau verreist bist, hat sie jemand jeden Tag angerufen: Ja, du Unfruchtbare, was ist los, hat es nicht geklappt? Ist deine Falle nicht zugeschnappt? Zaurs Frau ist schwanger, sie wird Kinder haben.«

Medine blickte in Zaurs Gesicht und sagte schnell:

»Nein, deine Mutter war es nicht. Tehmine hätte die Stimme deiner Mutter erkannt. Es war jemand anderes.«

»Alya?« dachte Zaur, »aber Alya wußte damals nicht, daß wir ein Kind erwarteten. Woher hätte sie auf diese Lüge kommen können?«

»Stimmt das wirklich?«

Zaur errötete, und einen Augenblick kam es ihm vor, als wäre Tehmine seine wirkliche Frau und das Kind, das Firengiz erwartete, sei ein Verrat an Tehmine.

»Im Krankenhaus hat sie oft an dich gedacht... bis zum letzten Tag.«

»Was hat sie gesagt?«

Medine lächelte:

»Sie sagte, 'Zaur hat mich an sie verkauft.«

»An wen?«

Medine zuckte mit den Schultern.

»Was weiß ich, sie sagte es nur so: an sie...«

Das Kind erschien wieder.

»Mama, wann geh'n wir denn?«

»Gleich, gleich, mein Schatz.«

Sie erhoben sich und standen nun im Flur.

»Spartak hat so viel geholfen, jedes Medikament beschaffte er irgendwie. Welcher Arzt auch immer nötig war, er brachte ihn mit dem Auto.«

»Wann war es zu Ende?«

»Am vierzehnten...«

»In welchem Land waren wir wohl an diesem Tag?« dachte er — aber es fiel ihm nicht ein.

An der Tür sagte er:

»Leb wohl, Medine!«

»Warum sagst du Leb wohl?«

»Mama, geh'n wir jetzt, der Onkel geht auch.«

»Wir gehen sofort.« Plötzlich fiel ihr noch etwas ein: »Ich hab' es völlig vergessen. Sie hat dir noch ein Schriftstück hinterlassen.«

»Ein Schriftstück?« fragte Zaur, und sein Herz begann heftig zu schlagen. Medine verschwand in ihrem Zimmer und kam kurz darauf mit zwei kleinen Blättern zurück. Eines der Papiere war eine Quittung, die Zaur sofort wiedererkannte — sie belegte die Strafe für das ordnungswidrige Überqueren einer Straße in Moskau. Den zweiten Zettel reichte sie ihm mit den Worten:

»Zwei Tage vor ihrem Tod hat sie ihre Geheimrezepte für Parfums aufgeschrieben. Sie bat mich, sie dir zu geben. 'Laß Zaurs Frau diese Parfums benutzen', hat sie gesagt, 'dann wird er mich immer in Erinnerung behalten.'«

Zaur steckte den mit Bleistift beschriebenen Zettel in die Tasche, verabschiedete sich von Medine und stieg langsam die Stufen hinunter. Die Packer hievten gerade ein Klavier in den dritten Stock und der Ingenieur gab wieder Anweisungen: »Seid vorsichtig, das ist doch ein Klavier, stoßt nicht an die Wände, setzt es vorsichtig ab!« Er blickte Zaur an und fragte: »Wollen Sie vorbei? Macht Platz, damit der junge Mann vorbeikommt!«

Zaur wandte sich noch einmal um. Tehmines Tür war halboffen. Dann begann er, die Stufen hinunterzugehen. Er wußte, daß er nie wieder in seinem Leben diese Treppe hinaufsteigen würde.

Aber er wußte nicht, daß...

Epilog

Bin so trunken, daß ich nicht erkenne, was die Welt ist,
Wer ich bin, wer der Mundschenk ist, was der Wein ist.
Wünsche auch ich mir von der Geliebten Linderung für das
*   [liebestrunkene Herz,*
So weiß ich doch nicht, wenn sie fragt, was die Linderung für
*   [das Herz ist.*
Nicht der ist weise, der die Geheimnisse der Welt und alles
*   [darin Befindliche kennt,*
Sondern jener, der die Welt und alles darin Befindliche nicht
*   [kennt.*

E r hatte nicht erwartet, daß er Tehmine noch einmal sehen
und ihre Stimme hören würde. Eines Abends brachten sie
die in Moskau produzierte Fernsehsendung. Damals in Moskau
hatte Tehmine Zaur zum Geburtstag gratuliert. Die Bemerkung
hatten sie herausgeschnitten, aber ihre typische Geste, mit der sie
sich das Haar aus dem Gesicht strich, war geblieben.

An jenem Abend, an dem er vom Tod Tehmines erfahren hatte,
hatte sich Zaur vorgenommen, sein Kind, sollte es ein Mädchen
werden, Tehmine zu nennen. Er wußte, daß darüber in der Familie Ablehnung und Gerede entstehen würde. Mit der Zeit bekam
er Angst vor seinem eigenen Entschluß. Glücklicherweise bekam er einen Sohn und da Murtuz, der Vater von Firengiz, zwei
Monate vor der Geburt gestorben war, nannten sie das Kind
Murtuz. Murtuz Balayeviç starb an einem Infarkt, nachdem
Spartak wegen Devisenvergehen ins Gefängnis gekommen war.
Er wurde zu fünf Jahren verurteilt, und danach war die Hochnä-

sigkeit der Murtuzovs, Alya eingeschlossen, vollkommen verschwunden.

Zaur traf sich gelegentlich mit seinen Eltern, während er die Murtuzovs nur selten besuchte, aber Alya machte sich nach der Geburt ihres Enkelkindes bei ihrer Tochter nützlich. Zaur nahm an der geologischen Expedition teil und kehrte dann nach Baku zurück. Mit Hilfe seines Vaters bekam er eine Stelle im Ministerium. Zaur wußte von da an, daß er niemals eine Dissertation schreiben würde. Die Arbeit versetzte ihn in eine neue Umgebung, und es kam ihm seltsam vor, daß er irgendwann in seiner Jugend über solche Ämter gespottet hatte. Er erinnerte sich, wie er sich einmal über einen Freund, der zum Stab eines Ministers gehörte, lustig gemacht hatte. Wenn sein Freund sagte: »Morgen fliegen wir mit dem Minister nach Moskau«, hatte er sich vorgestellt, er würde nur zum Koffertragen nach Moskau fliegen. Vielleicht würde sein Freund auch das Badebündel der Ministergattin zu tragen haben, stellte er sich vor. Die Frau des Ministers besaß natürlich gar kein Badebündel, denn sie hatte zu Hause ein eigenes Bad. Warum hätte sie in das Hamam gehen sollen? Einmal hatte Zaur diesen Freund im Bazar gesehen, als er für den Minister einkaufte. Zaur selbst trug natürlich keine Koffer und mußte auch nicht einkaufen, aber manchmal reiste er mit seinem Minister nach Moskau. Der Minister war ein alter Mann, und manchmal bat er Zaur sehr höflich, im Hotel an seiner Seite zu bleiben, nötigenfalls beim Hotelservice Tee kochen zu lassen. Wenn er manchmal in wichtigen Konferenzen beschäftigt war, bat er Zaur auch: »Wenn du schon nichts zu tun hast, dann erledige doch bitte diese Besorgungen!« und drückte ihm einen Einkaufszettel seiner Frau und manchmal auch seiner Tochter in die Hand.

Die Frau des Ministers war sehr kultiviert und höflich. Sie sprach immer respektvoll mit Zaur und war bemüht, in keiner Weise sein Ehrgefühl zu verletzen. Ein- oder zweimal bat sie Zaur in hilfloser Lage, einen Handwerker aufzutreiben, der den defekten Ofen im Badezimmer reparieren sollte. Zaur zeigte sich verständig, aber eigentlich wuchs ihm die Arbeit über den Kopf: Er bereitete Dokumente und Urkunden für den Minister vor, kümmerte sich um Empfänge, ordnete die Briefe und schrieb Antworten, die die Unterschrift des Ministers trugen. Er fuhr mit dem Minister oft in die Provinz. Wenn sie mit der Tagesarbeit fertig waren und sich unter Teilnahme der örtlichen Honoratioren gegen Abend in einer intimen Versammlung im Gästehaus aufhielten, trank der Minister auch ein bißchen, und wenn er angeheitert war, begann er Zaur zu duzen. Der sich meist förmlich gebende, verknöcherte Mann wurde dann zusehends lockerer: »Ich bin zufrieden mit deiner Arbeit«, sagte er. »Arbeite noch ein paar Jahre, und ich verschaffe dir Flügel zum Aufsteigen«, versprach er und fügte noch hinzu: »Ich hab' den nötigen Stellen schon Beurteilungen über dich geschickt; wenn die Zeit kommt, kannst du in eine schöne und unabhängige Position kommen.«

Aber unglücklicherweise wurde der Minister eines Tages in Pension geschickt. Der neue Mann war vergleichsweise jung. Kurze Zeit, nachdem er in das Amt eingetreten war, begann er allmählich, die früheren Vertrauten seines Vorgängers zu entfernen. Auch Zaur machte er deutlich, daß er für seine Stelle einen anderen Kandidaten vorgesehen hatte. Zaur gab sein Kündigungsgesuch ab, und da zu dieser Zeit auch sein Vater Mecid verschied, konnte er für sich keine gute neue Arbeit finden. Nur durch Dadaşs Gnade kehrte er an seinen alten Arbeitsplatz zurück... Zaur und Firengiz bekamen ein weiteres Kind — einen Jungen. Zwei Jahre später bekamen sie einen dritten Sohn, und drei Jahre später kam endlich eine Tochter zur Welt. Ziver Hanım erlebte ihre Enkelin nicht mehr. Sie starb zwölf Tage vor der Geburt, und man nannte das Kind Ziver. Drei Monate später verstarb auch Alya Hanım. Dreißig Jahre später waren Dadaş, Onkel Sefder, Tahire und Cabbar nicht mehr am Leben. Auch Muhtar war bereits tot. In dem Jahr, in dem Tehmine gestorben war, hatte es an seinem Arbeitsplatz irgendeinen Streit gegeben. Er zog um und lebte in Moskau, wo es ihm nicht schlecht erging. Dann kehrte er nach Baku zurück und starb bei einem Autounfall... Gegen Ende des zwanzigsten Jahrhunderts waren Nemet, Süreyya, Zaur und Firengiz alle noch wohlbehalten. Spartak hatte die fünf Jahre schon lange abgesessen und war wie verwandelt. Ja, die uns Bekannten — Nemet, Süreyya, Zaur und Firengiz — versammelten sich eines Tages, um etwas zu feiern. Anscheinend hatte Murtuz, Zaurs Sohn, Geburtstag. Vielleicht auch nicht; vielleicht war es zu jener Zeit, also am Ende des zwanzigsten Jahrhunderts, nicht mehr Brauch, Geburtstage zu feiern. Wer weiß. Offensichtlich ist hier auch der Schriftsteller überfragt, und er weiß auch nicht, ob die Menschen zu dieser Zeit noch Bücher lesen werden, ob sie sterben werden, oder ob sie einen Weg finden werden, sich am Kragen zu packen und vor dem Tod zu retten. Werden sie womöglich den Tod besiegen und sich dann überlegen, wie sie sich vor der Unsterblichkeit retten können? Trotz alledem, mit einem Wort, eines Tages hatten sich alle unsere am Leben gebliebenen Helden getroffen. Sie hatten gut gegessen, spielten Tavla (schmackhaftes Essen und Tavla wird es zweifellos auch dann noch geben) und während des Gesprächs erinnerte sich plötzlich jemand an Tehmine. Es war wohl Nemet, dem Tehmine einfiel. Er erzählte, er habe diese Nacht einen seltsamen Traum geträumt. Sie könnten sich überhaupt nicht vorstellen, wer ihm in diesem Traum erschienen sei — Tehmine. Ja, Tehmine, noch dazu jung und schön, so wie sie alle in Erinnerung hatten. Spartak sagte, es sei seltsam. In diesen Tagen sei er auf der Straße einer Frau begegnet, die Tehmine wie ein Ei dem anderen glich. Wenn er nicht sicher wisse, daß Tehmine keinerlei Kinder hatte, hätte er geschworen, daß es ihre Tochter war. Wie könnten sich zwei Menschen so ähneln. Das seltsamste aber sei gewesen, daß jene Frau nicht der aktuellen Mode entsprechend gekleidet war, sondern nach der Mode zu Tehmines Lebzeiten. Er sei sich sogar

sicher, sie habe eines der Kleider getragen, die Tehmine immer
trug... Nemet sagte, wahrscheinlich würden die Menschen nicht
endgültig sterben, nicht für immer verschwinden. Solange die
Menschen, die sich an die Toten erinnerten, die ihre Stimmen
und Gesichter im Gedächtnis behielten, lebten, solange lebten
auch die Toten weiter. Sie seien aber die letzte Generation, die
sich an Tehmine erinnere.

Die Worte beeindruckten Zaur, aber im Tavla verlor er gegen
Spartak und vergaß diesen Gedanken... Zaur wußte nicht...

❋   ❋   ❋

Mein Herz tröstet sich durch das Bild von ihr, schickt sich nicht
[an, sie zu erlangen.
Der Verliebte kann nicht glauben, daß es außerhalb des
[Herzens eine Geliebte gibt.

...Er wußte nicht, daß einige Zeit vergehen würde und eines
Abends, eines verregneten Abends, eines verregneten Abends im
Herbst, eines traurigen, verregneten Abends im Herbst, ein
buckliger, alter Mann aus dem Bus steigen würde. Unter dem Sitz
würde dieser Mann einen abgegriffenen Koffer deponiert haben.
Im Koffer wären Papiere, Brot, Wurst, Käse und seine täglichen
Sorgen — vielleicht würde der Mann am Kiosk an der Ecke stehenbleiben und eine Zeitung kaufen. Vielleicht würde ihm einfallen, daß er keine Zigaretten und Streichhölzer mehr hatte, er
würde dem Verkäufer Geld geben (natürlich nur, wenn zu dieser
Zeit Geld noch benützt werden wird) und Zigaretten kaufen, den
Rest des Geldes würde er, ohne nachzuzählen, in die Tasche
stecken. Dann würde er langsam nach Hause schreiten. Er würde
über das Abendprogramm des Fernsehens (vielleicht wird es
dann keine Fernseher, sondern Holographen geben, wer weiß)
und über seine Arbeit am nächsten Tag nachdenken. Er würde
denken, daß er seinem Sohn Stiefel kaufen müßte, seiner Tochter

einen Mantel, seiner Frau einen Sommermantel und daß er seinen eigenen Mantel in die Reinigung geben müßte. Er würde denken, daß er den Gasofen reparieren lassen und auf das Dach Teer auftragen lassen müßte, daß er für den Sommerurlaub Geld sparen müßte (wenn dann Geld noch benützt werden wird). Er würde denken, daß er mit dem neuen Direktor überhaupt nicht zurecht käme. Er würde denken, daß das Wetter sehr schlecht sei, und er würde denken, daß er ein ziemlich sinnloses Leben auf dieser Welt führe.

Auf einmal würde er zusammenzucken, es würde ihm vorkommen, als wäre auf jener Straßenseite eine junge Frau um die Ecke gegangen und verschwunden... Und der weit entfernte Schatten dieser Frau würde wie ein plötzlicher Wind in sein Herz wehen und ihm einen vergessenen Duft ins Bewußtsein rufen. Und im Herzen des Alten würde Hoffnung erwachen — das unbezwingbarste und stärkste Gefühl der Welt. Die Hoffnung würde einen Augenblick die Freuden und Schmerzen seiner längst vergangenen Jugend zurückbringen, und all die Frauen, die er geliebt hatte, würden wie Inseln, die im Ozean verschwunden waren, an seinen Augen vorüberziehen. Die vorbeiziehenden Schatten würde er erreichen und festhalten wollen. Dann würde er die Gedanken aus seinem Kopf vertreiben und ruhig seinen Weg fortsetzen. An der Ecke angekommen würde er anhalten, um zu Atem zu kommen. Er würde sich verbieten, über etwas anderes als die Abendsendungen im Fernsehen (oder im Holographen), über das Wetter und seine Ischiasbeschwerden nachzudenken. Ein Motorrad, das mit Geheule dicht an ihm vorbei durch eine Pfütze führe, würde ihn von Kopf bis Fuß bespritzen. Auf dem Motorrad würden ein junger Mann und ein junges Mädchen sitzen. Das Mädchen würde sich an dem Jungen festklammern und die dem alten Mann immer rot erscheinende Ampel würde plötzlich auf grün umspringen... Woher sollte der alte Mann denn wissen...

* * *

Allah weiß, die Geliebte ist nicht abwesend in meiner Seele,
[meinem Herzen;
Was heißt es schon, wenn der Grund abwesend ist in meinem
[weinenden Auge.

...Woher sollte Zaur wissen, daß ein paar Tage vergehen würden, vielleicht ein paar Monate, vielleicht ein Jahr, bis Zaur eines Tages wieder — das liegt vollkommen außer Zweifel — eines Tages wieder Tehmine sehen würde. Sie werden sich fast Auge in Auge gegenüberstehen — Tehmine wird Zaur ansehen und lächeln — sie wird jenes rote Kleid mit den weißen Knöpfen tragen, jenes Kleid, das sie vor dreißig Jahren getragen hatte, und so wird offenbar werden, daß Tehmine außerhalb der Zeit existiert, sie wird sich nicht verändert haben. Wie vor dreißig Jahren wird sie Zaur anlächeln, und Zaur wird mit zitternden Lippen Tehmines Namen aussprechen, aber sobald er ihren Namen ausgesprochen haben wird, wird sie sich umdrehen und in der Menschenmenge auf der Straße verschwinden. Ein wenig später wird Zaur sie vor der Metro sehen, hinter ihr herlaufen, sie verlieren und dann ihr rotes Kleid in einem Abteil der Metro entdecken. Aus dem Zug, dessen Türen verschlossen sein werden und der sich gerade in Bewegung setzt, wird Tehmine ihm lächelnd zuwinken, und Zaur wird in den nächsten Zug steigen und ihr nachfahren. Er wird keine Hoffnung mehr haben, sie zu erreichen, aber an der nächsten Station wird er aussteigen und den gesamten Bahnsteig absuchen. Mit der Rolltreppe wird er nach oben fahren, sich auf der Straße umschauen und sie schließlich noch einmal sehen, wie sie in dem neuen Hotel verschwindet. Er wird hinter ihr herlaufen und sehen, wie Tehmine in den Aufzug einsteigt. Zaur wird sich auf die Tür des Aufzuges stürzen, aber die Tür wird sich in diesem Augenblick schließen. Er wird auf die Anzeige über der Lifttür starren, die Nummern der einzelnen Stockwerke verfolgen — zwei, drei, vier, fünf, sechs. Der Aufzug wird den sechsten Stock erreichen und stehenbleiben. Zaur wird den Knopf drücken, und der Aufzug wird wieder in das Erdgeschoß zurückkehren. Schwer und majestätisch wie ein Sarg wird er vor Zaur stehenbleiben: die Türen werden sich öffnen. Zaur wird einsteigen und den Knopf für den sechsten Stock drücken wollen, und in diesem Augenblick wird ihm klar werden, daß es überhaupt keinen Knopf für den sechsten Stock gibt, ja, es wird nicht einmal einen sechsten Stock geben, das Haus wird nur fünf Stockwerke haben. Auch auf der Anzeige über der Lifttür wird es nie einen sechsten Stock gegeben haben. Zaur wird schwören wollen, daß der Aufzug in den sechsten Stock gefahren sei. Vielleicht wird Zaur in den fünften Stock fahren und den Hausmeister befragen, und der wird ihm beteuern, niemals eine Frau im roten Kleid gesehen zu haben. Zaur wird das gesamte Stockwerk abgehen und suchen und schließlich sogar über die Feuerleiter auf das Dach steigen. Auf dem Dach wird er jedoch nichts vorfinden, außer einem sternenübersäten Himmel und herumtollenden Katzen; den Geruch des neu aufgetragenen Teers wird er wahrnehmen, mehr nicht...

Außer dieser seltsamen Begebenheit hatte es während seines gesamten Lebens kein unerklärliches Ereignis gegeben, noch würde ein solches Ereignis stattfinden. Es gab nur seine Arbeit, seine Familie, seine Kinder, seine Freunde und Bekannten. Sie wurden geboren, starben, und einen Friedhof gab es noch. Auf diesem Friedhof befand sich ein Grab mit einem Stein, auf dem der Vor- und Nachname Tehmines und ihre Lebensdaten, 1941-1965, standen. Nach dem Tod Medines, Manafs und Muhtars besuchte niemand mehr dieses Grab...

* * *

Mein Herz, das du erfreut siehst, brannte im Feuer des
                                            [Kummers.
Mein Herz, das du frei siehst, wurde an die Kette gelegt.
Ich weiß nicht, was es im Wein erblickte, daß es zu seinem
                                            [Liebhaber wurde.
Was du siehst, mein Herz, ist ein Jünger vom Gemüt der
                                            [Gottesfürchtigen.
Fuzuli schuf die vergnügliche Schenke von Rum.
Was du siehst, mein Herz, ist ein Gefangener von Bagdads
                                            [Leid.

Um sieben Uhr in der Frühe saßen sie im Bahnhofsrestaurant und tranken süßen Wein, belegten sich Brote mit holländischem Käse. Memmed Nesir lauschte Zaurs Worten aufmerksam und fragte:

»In welchen Stock ist sie gefahren?«

»In den sechsten«, sagte Zaur, »ich reiß' mir den Kopf ab, wenn ich mich irre, mit meinen eigenen Augen hab' ich die Sechs gesehen... aber das Gebäude hat nur fünf Stockwerke...«

Memmed Nesir hatte die achtzig Jahre schon längst überschritten, aber er war noch rüstig. Jeden Tag gönnte er sich in der Frühe ein bis zwei Gläser süßen Ağdam-Wein. Es ist wahr, er trank nun im Vergleich zu früher sehr viel weniger, aber er trank immer noch jeden Tag. In letzter Zeit war er oft mit Zaur zusammen. Im Laufe der Jahre hatte sich der Altersunterschied zwischen beiden verwischt, und nun mochte ein neutraler Beobachter denken, zwei alte Männer ließen vergangene Tage und Erinnerungen wiederaufleben, unterhielten sich über die lange Zeit, die sie gemeinsam im Verlag verbracht hatten.

Zaur wiederholte:

»Aber das Gebäude hatte nur fünf Stockwerke.«

Memmed Nesir blickte lange Zeit ins Leere. Es war, als ob er mit seinen Blicken die Wand durchbohrte und irgendwohin weit in die Ferne sah. Dann sagte er plötzlich:

»Wenn die Menschen begreifen würden, daß ein fünfstöckiges Gebäude einen sechsten Stock haben kann, dann gäbe es keine Schwierigkeiten mehr.«

Anmerkungen

*: Alle Zitate in diesem Roman stammen aus dem dramatischen Poem »Leyli und Mecnun« oder aus dem »Diwan« von Fuzuli. Sie wurden von Helga Dağyeli-Bohne und Yıldırım Dağyeli ins Deutsche übertragen.

Baklava: Süßspeise aus Blätterteig, Nüssen und Honig.

Baza: Zentrales Versorgungslager für Supermärkte und Kooperativen.

Dolma: Mit Reis, Pinienkernen und Korinthen gefüllte Weinblätter.

Ferhad: Held eines türkischen Volksromans; um seine Geliebte zu erlangen, mußte er sich seinen Weg durch Eisenberge bahnen.

Firdovsi: Persischer Dichter und Mystiker aus dem 10. und 11. Jahrhundert; berühmt geworden durch sein Poem »Buch der Könige«.

Fuzuli: Türkischer Dichter aus dem 16. Jahrhundert, der sich zeit seines Lebens in Bagdad aufhielt. Er erlangte mit seinem Poem »Leyli und Mecnun« den Rang eines Meisters der orientalischen Dichtung.

Hamam: Türkisches Dampfbad.

Hanım: Höfliche weibliche Anrede.

İç Kavurma: Grillgericht mit Nieren, Leber, Herz und Milz vom Lamm.

Kebap: Gegrilltes Lammfleisch.

Kerem: Held eines türkischen Volksromans; er bestand schwierige Prüfungen in der Hoffnung, dadurch seine Geliebte zu erlangen, die ihm jedoch verwehrt wurde. Aus Kummer verbrannte er sich.

»Leyli und Mecnun«-Oper: Eine Oper, die von dem aserbaidschanischen Komponisten Üzeyir Hacıbeyli auf der Grundlage des Poems von Fuzuli geschrieben wurde.

Manat: Aserbaidschanische Bezeichnung für Rubel.

Müellim: Vornehme Anrede für Herren in Aserbaidschan.

Nizami: Aserbaidschanischer Dichter, der im 12. und 13. Jahrhundert lebte und durch eine Reihe von Poemen auch im Okzident bekannt wurde. Zu seinen berühmten Werken gehören »Leyli und Mecnun«, »Chosrou und Schirin« und »Die sieben Geschichten der sieben Prinzessinnen«.

Pilav: Reisgericht.

Rabfak: Abenduniversität für Arbeiter.

Rum: Das Land der Römer. So bezeichneten die Türken, Perser und Araber im Mittelalter Anatolien.

Sadi: Persischer Dichter aus dem 15. Jahrhundert. Berühmt durch sein Poem »Der Rosengarten«.

Şekerbura: Süßspeise aus Weizengrieß und Zucker.

Şekerçöreği: Süßspeise aus Weizenmehl und Zucker.

Tabaka: Gegrilltes Hähnchenfleisch.

Tanka-Manka: Verspottende Form von Tanya.

Tavla(spiel): Orientalisches Brettspiel mit Würfeln und Steinen.

Zaurik: Koseform von Zaur.

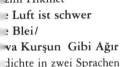

zım Hikmet
e Luft ist schwer
e Blei /
va Kurşun Gibi Ağır

dichte in zwei Sprachen
Seiten, Fran. Br., DM 29.80

es Buch enthält Gedichte des berühm-
türkischen Poeten Nâzım Hikmet aus
inen Schaffensperioden. An ihnen läßt
sein Werdegang mühelos nachvollzie-
Die Gedichte erscheinen deutsch und
sch, um dem Leser zu ermöglichen,
nets große lyrische Begabung zu ent-
en, die in den bisher oft falsch oder
ellt übersetzten Versen zu wenig her-
eten konnte.
net gehört zweifelsohne zu den ersten
aten, welche die bürokratischen Miß-
le in der Sowjetunion erkannten und
literarisch mit ihnen auseinandersetz-
Durch die politische Ernüchterung be-
, sah Hikmet schließlich die Welt
den Sozialismus mit kritischeren Au-

Nâzım Hikmet
Eine Reise ohne Rückkehr /
Dönüşü Olmayan Yolculuk

Gedichte und Poeme in zwei Sprachen
272 Seiten, Fran. Br., DM 29.80

Die im vorliegenden Band zusammenge-
faßten Gedichte gehören zu den besten,
die das Gesamtwerk Nâzım Hikmets enthält. Es sind seine Reisegedichte und einige Poeme, die er über die Länder, in denen
er sich aufhielt, geschrieben hat. Die meisten dieser Texte werden hiermit erstmalig
in deutscher Sprache erscheinen. Abgese-
hen von seinen Haftzeiten befand Hikmet
sich nahezu ständig auf der Reise. Er besuchte Länder in allen Erdteilen. Reiseein-
drücke und die Begeisterung an fremden
Orten sprechen vor allem aus den längeren
Texten der Sammlung. Bei den Aufenthal-
ten in Aserbeidschan, China, Polen, Un-
garn, Bulgarien, der CSSR, DDR, Kuba
und Tansania, in Rom oder Paris wechselt
für Hikmet das Thema: Ähnlichkeiten mit
der Türkei und seine Sehnsucht nach der
Heimat werden deutlich.
Hikmet reiste um der Erfahrung möglichst
vieler Länder, Menschen und Orte willen,
aber auch, weil er sich mit den Freiheits-
kämpfen anderer Völker ebenso identifi-
zierte wie mit dem seines eigenen.

Nâzım Hikmet, geboren 1902 in Saloni-
ki, damals Staatsgebiet des Osmanischen
Reiches, und gestorben 1963 in Moskau,
verfaßte bereits als Elfjähriger Gedichte.
Nach seiner Teilnahme am türkischen Be-
freiungskampf 1920/21 fuhr er nach Moskau und schrieb, inspiriert von Majakows-
ki, das erste freizeilige türkische Gedicht,
womit er sich aus der osmanischen Diwan-
lyrik löste und die Poesie der Türkei revo-
lutionierte. Da er 1923 der türkischen KP
beigetreten war, wurde Hikmet bei seinen
Türkeiaufenthalten 1925–35 mehrfach
verhaftet und 1938 endgültig eingeker-
kert. Seine Freilassung 1950 erfolgte nach
Soldidaritätsaktionen von u. a. Brecht, Ne-
ruda und Aragon durch eine Generalamne-
stie. 1951 ging er ins Exil und konnte bis
zu seinem Tod nicht in seine Heimat zurückkehren. Die Werke Hikmets erschienen in mehr als 40 Sprachen, z. B. in
China, Japan, den USA, der Sowjetunion,
Frankreich und Italien.

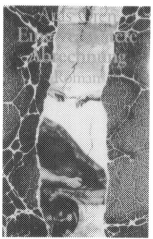

Aras Ören
Eine verspätete Abrechnung oder der Aufstieg der Gündoğdus

Roman
336 Seiten, Geb., DM 38.-

Dieser Roman ist eine Chronik vor dem Hintergrund der Zeitgeschichte. Eine Darstellung der türkischen Migration, verkörpert in einer einzigen Person, deren Identität in den vergangenen zwanzig Jahren gespalten war. Die besondere Situation hat sie zu einem Grenzgänger gemacht; sie lebt zwar hier, wird jedoch immer wieder von der Vergangenheit eingeholt und läßt sich von ihr mitziehen. Der Grenzgänger ist es allmählich leid, jahrelang immer nur auf dem hauchdünnen Grat der Nicht-Zugehörigkeit, der Heimatlosigkeit entlangwandern zu müssen. Die Lage drängt auf eine Entscheidung hin, doch bevor sie getroffen wird, zieht noch einmal sein ganzes Leben mitsamt den gesellschaftlichen Ereignissen hier wie in der Türkei an seinem geistigen Auge vorüber. Zwischen den Kulturen eingeklemmt, flüchtet er sich in phantastische Tagträume.

Aras Ören
Das Wrack

Gedichte
112 Seiten, Fran. Br., DM 19.80

In diesem Gedichtband rechnet Aras Ören mit der Vergangenheit ab, ohne jedoch ihre Schönheit außer acht zu lassen. Er gibt den Alltag als Grenzgänger zwischen zwei Kulturen wieder: Auswüchse des Alltags, Zerstörung der Umwelt und der Gesellschaft, ausgeträumte Träume, ersehnte Liebe . . .
Seine Personen, wie so oft Türken und Deutsche in Berlin, machen mit schrillen Schreien ihrer Not, ihrer Bedrängnis in einem geschundenen Alltag Luft. In seinen Gedichten widerspiegeln sich die Zerstörung der Natur, die Katastrophenstimmung der Menschen. In einer solchen Atmosphäre reißen sie ihre Brücken zur Vergangenheit ein und versuchen, jeder auf seine Weise, einen Neubeginn hier.

Aras Ören
Verlorene Zärtlichkeit

Erzählungen
160 Seiten, Geb., DM 24.–

In den zehn kurzen und zwei läng[...] Erzählungen entsteht der Eindruck,[...] Zärtlichkeit, deren Existenz man ohne[...] teres voraussetzt, sei plötzlich abha[...] gekommen, Ist die verlorene Zärtlic[...] eine Sehnsucht? Ist sie eine Metap[...] Oder ein nostalgisches Seufzen? Sie ist[...] und nichts davon. Die harmonischen[...] der sind zersprungen, die Farbe ist a[...] blättert. In ihnen spiegeln sich die me[...] schen uns sozialen Werte, die von Eu[...] geschaffen und ununterbrochen expor[...] werden. Aras Ören zerkratzt diese B[...] noch weiter. Er will Konturen sich[...] machen, die gefährdete Situation[...] Menschen von heute zeigen, der ers[...] in der Kommunikationslosigkeit und[...] rissen ist zwischen eigenen Idealen un[...] Realität.

ORHAN VELİ KANIK
Fremdartig/Garip

übersetzt von Yüksel Pazarkaya

**Nummer Eins
in der SWF-Bestenliste
im März 1986!**

◆DAĞYELİ◆

**Orhan Veli Kanık
Fremdartig/Garip**
Gedichte
256 Seiten DM 24.80

»In ganz Europa ist keiner, der das Raffinement der (scheinbar) einfachen Poesie
derart beherrscht. Beim ersten Lesen geben sich seine Gedichte bescheiden.
Aber man vergißt sie nicht mehr. Sie kommen immer wieder, bei der Arbeit,
beim Autofahren, beim Essen. Vor allem beim Trinken. Seine Verse sind wie das
Marmarameer: von der großen Welt (bis jetzt noch) verschont, Durchgang. Aber
plötzlich merkt man, daß die Fäden immer wieder dorthin zurückkehren, an das
Meer zwischen den Meeren. So befreiend wirken die Zeilen Velis.«
Beat Brechbühl in *Radio-Fersehen Bern*

„Wie bei seinen Brüdern im Geiste (William Carlos Williams, Blais Cendras,
Oswald de Andrade), die er teilweise nicht gekannt haben mag, ist bei Orhan Veli das Lakonische nie mager, das Trockene nie dürr. Das Lob der Faulheit und des
poetischen Müßiggangs verträgt sich mit der sozialen Anklage und dem Tag-
traum, in dem Wollust und Liebesschmerz nicht weniger gegenständlich sind als
Liebesüberdruß und Melancholie…“
Hans-Jürgen Heise in *Süddeutsche Zeitung*

Lyrik im Dağyeli Verlag

Levent Aktoprak, Unterm Arm die Odyssee
Gedichte, 64 Seiten, Broschur, DM 11.80

Yunus Emre, Das Kummerrad/Dertli Dolap
Gedichte, 96 Seiten, Fran. Broschur, DM 17.80

Orhan Veli Kanık, Fremdartig/Garip
Gedichte, 256 Seiten, Fran. Broschur, DM 24.80

Behçet Necatigil,
Eine verwelkte Rose beim Berühren/ Solgun Bir Gül Dokununca
Gedichte, 256 Seiten, Fran. Broschur, DM 29.80

Aras Ören, Das Wrack
Gedichte, 108 Seiten, Fran. Broschur, DM 19.80

Aras Ören, Gefühllosigkeiten/Reisen von Berlin nach Berlin
Gedichte, 40 Seiten, Fran. Broschur, DM 12.80

Aras Ören, Dazwischen
Gedichte, 56 Seiten, Broschur, DM 12.80

Yüksel Pazarkaya, Irrwege/Koca Sapmalar
Gedichte, 150 Seiten, Broschur, DM 16.80

Mewlana Dschelaleddin Rumi,
Das Meer des Herzens geht in tausend Wogen
Ghaselen, 96 Seiten, Fran. Broschur, DM 19.80

Zafer Şenocak, Flammentropfen
Gedichte, 96 Seiten, Broschur, DM 12.80

Zafer Şenocak, Ritual der Jugend
Gedichte, 112 Seiten, Broschur, DM 16.80

Hubert Winkels, Vergiß
Gedichte, 96 Seiten, Broschur, DM 19.80

Michael Zeller, Lust auf Blau & Beine
Gedichte, 112 Seiten, Broschur, DM 19.80